BASTEI
LÜBBE
TASCHENBUCH

Weitere Titel der Autorin:

Die Maske der Leidenschaft
Die Nichte der Marquise
Flucht aus dem Harem
Die Nächte der Aphrodite
Der Duft der Rose

Titel in der Regel auch als E-Book erhältlich

Daria Charon

# DAS HAUS DER FREUDE

Erotischer Roman

BASTEI LÜBBE
TASCHENBUCH

BASTEI LÜBBE TASCHENBUCH
Band 16 641

1. Auflage: April 2012

Dieser Titel ist auch als E-Book erschienen

Bastei Lübbe Taschenbuch in der Bastei Lübbe GmbH & Co. KG

Originalausgabe

Dieses Werk wurde vermittelt durch die Literarische Agentur
Thomas Schlück GmbH, 30827 Garbsen


Titelillustration: © panthermedia.net/Anja Roesnick
Umschlaggestaltung: Kirstin Osenau
Satz: Urban SatzKonzept, Düsseldorf
Gesetzt aus der Palatino
Druck und Verarbeitung: CPI – Ebner & Spiegel, Ulm
Printed in Germany
ISBN 978-3-404-16641-1

# 1

Der Raum glich einer antiken Opferstätte. Aus drei Feuerbecken züngelten Flammen hoch, in denen Weihrauchkegel knisterten. Der aromatische Duft vermischte sich mit dem Geruch nach Wachs, den unzählige Kerzen verströmten. Ihr flackerndes Licht spiegelte sich in blank polierten dunkelroten Marmorwänden.

Eine nackte Frau lag auf einem Altar, anders konnte man den schweren Tisch mitten im Raum nicht bezeichnen. Er befand sich auf einem über drei Stufen zu erreichenden Podium, das an den Längsseiten von jeweils drei nackten Männern flankiert wurde. Jeder von ihnen hielt eine dicke Kerze vor seine voll erigierte, an der Wurzel und den Hoden mit einem Lederriemen umwickelte Rute. Sie verharrten bewegungslos, als wären sie zu Stein erstarrte Statuen. Auch als ein hochgewachsener Mann die Stufen des Podiums hinaufstieg, verzogen sie keine Miene. Er trug eine weitgeschnittene schwarze Hose in orientalischem Stil und ein rotes Seidenhemd. Sein langes schwarzes Haar hatte er straff aus dem Gesicht genommen und im Nacken zu einem festen Zopf geflochten. Als er in einer spielerischen Liebkosung über den nackten Schenkel der Frau strich, blitzte an seinem rechten Daumen ein breiter Silberring auf.

Die von der Decke hängenden Ketten, in denen die Handgelenke und Fußknöchel der Frau lagen, klirrten leicht, da sie vergeblich versuchte, die Position ihrer gespreizten Beine und ausgebreiteten Arme zu verändern, um sich dem Mann entgegenzustrecken.

Er sah auf die Frau hinunter. »Bereit, Madame de Carrée?« Obwohl er nicht übermäßig laut gesprochen hatte, hallten die Worte im Raum. Seine Finger wanderten weiter über die helle Haut, bis sie die steif aufgerichtete Brustwarze erreichten. Er umkreiste sie sanft mit der Spitze seines Zeigefingers, ehe er sie unverhofft hochzog und zusammendrückte. Die Frau stieß einen abgehackten Laut aus, der in ein kehliges Stöhnen überging.

Ohne seine lustvolle Folter zu unterbrechen, bedeutete der Mann einem der Umstehenden, ihm die Kerze zu reichen. »Bereit, Liebste?«, wiederholte er und ließ die geschwollene Brustwarze los.

Die Frau nickte und blickte die Kerze mit einer Mischung aus Faszination und aufsteigender Panik an. Ihr Atem ging stoßweise und übertönte das leise Knistern aus den Feuerbecken.

»Wenn Ihr lieber doch auf diese Erfahrung verzichten möchtet, können wir es auch bei der üblichen Prozedur belassen.« Er entfernte die Kerze aus ihrem Blickfeld, ohne zurückzutreten.

»Nein.« In das heisere Timbre mischte sich der Klang einer unüberhörbaren Sehnsucht. »Ich will es. Heute. Jetzt.«

»Euer Wunsch ist mir Befehl, Madame de Carrée.« Er hielt die Kerze über die Brust der Frau und kippte sie leicht. Ein dünner Strahl Wachs landete zwischen ihren Brüsten und lief weiter, bis die Flüssigkeit erstarrte.

»Wenn ich die Kerze tiefer halte, ist das Wachs heißer, Liebste, das erhöht den Schmerz … und die Lust. Was meint Ihr, soll ich sie tiefer halten?« Spielerisch ließ er das Wachs um den brennenden Docht kreisen.

Die Frau befeuchtete ihre Lippen mit der Zungenspitze. »Ich vertraue Euch, Farid. Ihr habt mir so oft Lust verschafft, und auch dieses Mal kennt Ihr mein Verlangen besser als ich selbst. Schenkt mir Lust, bis ich schreie. Schenkt mir Lust, bis ich nicht mehr weiß, wer ich bin und wo ich bin«, antwortete sie mit rauer Stimme.

»Euer Wunsch ist mir Befehl, Liebste.« Er senkte die Kerze über die geschundene Brustwarze und ließ das heiße Wachs auf die Aureole tropfen.

Madame de Carrée schrie auf und umklammerte die Ketten. Ohne zu zögern hob Farid die Kerze ein wenig an und kippte sie erneut. Winzige Wachsperlen sprangen von der erigierten Brustwarze ab und bedeckten die zarte Haut, die sie umgab.

Die Frau bäumte sich auf, und noch ehe ihr Körper auf den Tisch zurückfiel, tropfte das Wachs auf ihre andere Brustwarze. Die Ketten klirrten wieder, und Madame de Carrées Aufschrei ging in einen kehligen Laut purer Lust über. Sie versuchte, die Schenkel zusammenzupressen, um sich Befriedigung zu verschaffen, und als ihr dies nicht gelang, wand sie sich stöhnend in den Fesseln. Schweiß sickerte in einem dünnen Rinnsal von ihren Achseln auf die Steinplatte, auf der sie lag.

Farid zeichnete mit dem Wachs ein Muster auf ihren Bauch und näherte sich dabei dem glattrasierten Venushügel. Er hob die Kerze wieder ein Stück höher und ließ dann einen Schwall Wachs über die Scham der Frau laufen. Wieder zerrte Madame de Carrée an den Ketten und stieß ein lang gezogenes Stöhnen aus.

Das Wachs rann an der zarten Haut zwischen Schenkel und Schamlippen hinunter. Farid reichte die Kerze einem der Männer und nahm eine andere, in der sich noch mehr flüssiges Wachs befand. Er ging um den Tisch herum und blieb direkt zwischen den gespreizten Beinen der Frau stehen. Ihre Spalte klaffte vor Gier und Erregung weit auseinander.

Die ersten Wachstropfen fielen in schnellem Stakkato und liefen auf die prall geschwollenen Schamlippen. Nach einem Blick auf das vor Lust verzerrte Gesicht der Frau ließ Farid das Wachs über die feuchtglänzenden Falten fließen. Sie schrie auf, und ihr Rücken wölbte sich wie von einer fremden Macht beherrscht. Die Kontraktionen ihrer Scheide waren so stark, dass Farid sie ohne Mühe erkennen konnte, und sie dauerten noch an, als der Körper von Madame de Carrée bereits schlaff und reglos auf dem Altar lag.

»Sie gehört euch«, sagte Farid und stellte die Kerze beiseite. »Aber erst, wenn sie das Bewusstsein wiedererlangt hat. Sie ist nicht zimperlich, sondern braucht es hart – allerdings ohne Spuren. Sie mag es, wenn ihr euren Samen über ihr Gesicht und ihren Körper spritzt, nachdem sie euch vorher beim Wichsen zugesehen hat. Simon und Etienne, ihr werdet Madame helfen, sich wieder präsentabel zu machen, ehe sie uns verlässt. Wie üblich ist alles Notwendige dazu im Nebenzimmer vorbereitet.«

Die Männer nickten, und Farid tätschelte die Wange der Frau. Sie drehte den Kopf weg und gab einen unwilligen Laut von sich. Als ihre Lider zu flattern begannen, wandte er sich ab und stieg die Stufen des Podiums hinunter.

Farid schloss die Tür des Marmorsalons von außen und löste mit einem Handgriff seinen Zopf. Er schüttelte sein Haar aus, bis es glatt auf die Schultern fiel, und ging den Flur entlang zum Erkerzimmer der ersten Etage, in dem sein Bureau lag. Er hatte es eingerichtet, nachdem ihm bewusst geworden war, dass er als Bordellbesitzer über seine Einnahmen und Ausgaben exakt Buch führen musste, damit der Steuereintreiber ihn nicht länger mit seiner Anwesenheit belästigte als unbedingt nötig.

Diese Aufgabe ödete ihn an, vor allem, da von den Einnahmen wesentlich weniger übrig blieb, als übrig bleiben sollte, um ihn ruhig schlafen zu lassen. Mit einigem Unbehagen erinnerte er sich immer öfter an Emmalines schallendes Gelächter, als er ihr offenbart hatte, dass er ein Bordell für Frauen eröffnen wollte.

Emmaline Dessante war nicht nur alles, was er im weitesten Sinn an Familie vorzuweisen hatte, sondern auch die erfolgreichste Bordellbetreiberin in Versailles, wenn nicht von ganz Frankreich. Im Alter von zehn Jahren war er ihr auf dem Marktplatz über den Weg gelaufen, als er ein Stück Schinken gestohlen hatte. Statt ihn der Obrigkeit auszuliefern, hatte Emmaline den Schinken bezahlt und den jugendlichen Delinquenten im gleichen Zug zu sich genommen. Als sie erfuhr, dass seine Mutter ihn vor Jahren bei Zigeunern zurückgelassen hatte, die gerade am Stadtrand kampierten, schickte sie jemanden mit einer Nachricht und einem Beutel Münzen dorthin. Ob das der alleinige Grund gewesen war, dass ihn niemand holen kam, bezweifelte Farid bis heute. Die Zigeuner hatten ihn immer spüren lassen, dass er nicht zu ihnen gehörte, sondern nur ein unerwünschter Esser war. Man hätte wohl auch ohne Emmalines Geld nicht nach ihm gesucht, da man froh war, ihn los zu sein. An dieser einfachen Wahrheit gab es nichts zu rütteln.

Daher ließ er die engen, muffigen Wohnwagen aus Holz ohne Bedauern hinter sich, in denen jeder neue Tag einen neuen Kampf brachte, den er niemals hätte gewinnen können. Begeistert schlüpfte er in die bunten Kleider, die Emmaline für ihn aussuchte, schnallte den kleinen Krummsäbel um und setzte den Turban auf, der ihm anfangs oft über die Augen rutschte. So ausstaffiert stand er im Foyer von Madame Dessantes Etablissement und gewöhnte sich mit der Zeit an die Entzückensschreie der weiblichen Gäste, die an den oft und gerne veranstalteten privaten Gelagen im Haus teilnahmen. Zwar war er kein Mohr, aber sein Äußeres exotisch genug, um in Verbindung mit der passenden Kleidung als orientalischer Page durchzugehen. Zum ersten Mal bedauerte er es nicht mehr, dass mandelförmige schwarze Augen und aufgeworfene Lippen sich in seinem Antlitz zu fremdländisch anmutenden Zügen vereinigten.

Man kniff ihn in die Wange, tätschelte ihm den Rücken und steckte ihm Süßigkeiten in die Taschen, manchmal sogar die eine oder andere Münze. Anfangs dachte er nicht darüber nach, was all die vornehmen Menschen in ihren teuren Kleidern im Haus seiner Gönnerin taten. Er dankte einfach dem Schicksal, ihn zu Lebzeiten in ein solches Paradies geführt zu haben. Regelmäßige und reichhaltige Mahlzeiten ließen ihn in die Höhe schießen, gleichzeitig wuchs auch seine Neugier. Nach und nach reimte er sich zusammen, welcher Art Madame Dessantes Etablissement war, und es störte ihn nicht. Mit sechzehn begleitete er zum ersten Mal eine Frau in eines der Appartements. Er lernte schnell, und schon bald hatte er Stammkundinnen, die ihn auch zu einschlägigen Veranstaltungen in Privathäusern mitnahmen. So erweiterte sich nicht nur das Repertoire seiner Fertigkeiten, sondern auch sein Bekanntheitsgrad. Seinen ersten Mann hatte er mit neunzehn. Obwohl er seine Dienste in der Folge auch Männern zur Verfügung stellte, bevorzugte er Frauen und widmete sich inbrünstig der Erforschung aller weiblichen Geheimnisse. Sein Leben glich mehr und mehr einem nicht enden wollenden Rausch. Er fand Gefallen an der Macht, die mit der Beherrschung der Lust anderer einherging. Mit einiger Verwunderung stellte er fest, wie leicht er damit seinen Geldbeutel füllen konnte, wenn er die Zügel fest in den Händen behielt und sich keine Schwächen erlaubte. Je ausgefallener die Wünsche der Kundschaft, desto höher sein Gewinn, auch dies war ihm bald klar geworden. Mit vierundzwanzig kannte er alle Spielarten der Lust und stand im Ruf, jeder Frau, die zu ihm kam, einen Höhepunkt verschaffen zu können. Gleichgültig, welche Praktiken sie bevorzugte, gleichgültig, wie alt sie war, gleichgültig, wie sie aussah – solange sie das geforderte Salär entrichtete, brachte er sie innerhalb einer Stunde dazu, einen Orgasmus zu erleben, der Vergleichbares suchte.

Da Madame Dessantes Etablissement – abgesehen von der Vermietung von Räumlichkeiten für private Zusammenkünfte – vorwiegend der Befriedigung männlicher Besucher und ihrer Bedürfnisse diente, erschloss sich Emmaline damit eine neue, wohlhabende Klientel. Die weibliche Kundschaft empfahl ihn weiter, und stetig wachsende Nachfrage bestärkte Farid in der Annahme, dass ein Bordell für Frauen eine Goldgrube sein müsste.

Emmaline, mit der er einmal andeutungsweise darüber sprach, schüttelte nur den Kopf. »Frauen bekommen immer und überall Sex. Dafür zu zahlen, das wird sich bei ihnen nie durchsetzen, glaub mir, *mon enfant*.«

»Warum rennen sie dir dann die Tür ein?«, fragte er ungläubig.

Emmaline musterte ihn durch den Rauch ihrer Zigarre. »Sie rennen nicht mir die Türe ein, *mon trésor*. Sie rennen dir die Tür ein. Sie kommen nur wegen dir. Sei es, wegen deines Rufes als Meister im Gebrauch von Feuer und Nadeln, sei es wegen deiner legendären Ausdauer, deiner Ausstattung ...«

Sie hob die Achseln. »Ganz gleich, was der Grund ist – sie kommen nur wegen dir.«

Er schob diesen Einwand beiseite, so schmeichelhaft er auch war. »Aber deine Mädchen erzählen mir immer wieder, wie viele Männer es schätzen würden, wenn ihre Ehefrauen etwas mehr …«

Emmalines Gelächter ließ ihn innehalten, und er zog beleidigt seine Hand weg, als die Frau danach griff. »Ich hatte keine Ahnung, dass du so naiv bist, *mon enfant*.« Sie betonte die letzten beiden Worte voller Zuneigung, zwinkerte ihm aber gleichzeitig verschmitzt zu. »Natürlich erzählen unsere Kunden den Mädchen ihre Wunschträume. Und natürlich gibt es bestimmt eine nicht geringe Anzahl von ihnen, die gerne dabei zusehen möchte, wie ihre Frau von einem anderen Mann genommen wird. Aber das hat absolut nichts damit zu tun, was Ehemänner im Allgemeinen vom ehelichen Beischlaf erwarten. Sie haben im Grunde kein großes Interesse daran, dass ihre Frauen etwas dabei empfinden. Im Gegenteil, wenn prüde Ehefrauen plötzlich auf den Geschmack kommen, besteht viel eher die Möglichkeit, dass auch sie sich ihr Vergnügen außerhalb des Ehebettes suchen.« Sie betrachtete Farid eine Weile. »Die Art ›Schule für Eheleute‹, die du im Sinn hast, ist eine romantische Vorstellung, nichts weiter. Dein Bestreben, die Welt ein Stück besser zu machen, in Ehren, aber das wird nicht funktionieren, Farid.«

Natürlich hatte er ihr nicht geglaubt. Stattdessen hielt er sein Geld zusammen und sah sich nach einem passenden Gebäude um, das er zu seinem »Haus der Freude« machen konnte. Aber erst nach seinem Aufenthalt im Süden, der mit dem Engagement des Herzogs von Mariasse begonnen hatte, verfügte er über die nötigen Mittel, seinen Traum zu verwirklichen. Die Zwangslage eines notorischen Spielers brachte ihn schließlich in den Besitz eines Hauses am Rande von Versailles, das er nach seinen Vorstellungen herrichten ließ. In seinen Plänen nahm er selbst die Rolle eines Prinzipals ein, dessen Aufgabe sich darauf konzentrierte, alle Fäden in der Hand zu halten, statt seinen Köper zu verkaufen.

Ebenso wie Emmaline es tat. Während der fast zwanzig Jahre, die er in ihrem Etablissement verbracht hatte, hatte sich Emmaline strikt von allem ferngehalten, was hinter den verschlossenen Türen geschah. Sie streifte durch die Gänge in ihren schwarzen glitzernden Gewändern, stets eine weiße Feder im hochgesteckten rabenschwarzen Haar und Spitzenhandschuhe an den Fingern. Sie war überall und nirgends. Sie wusste alles über jeden, der sich in ihrem Haus befand, gleichgültig, ob Gast oder Hure. Sie herrschte mit eiserner Hand über ihre Schäfchen und sorgte für sie auf eine Art, die weit über das hinausging, was üblich war. Keines der Mädchen musste fürchten, wegen einer unerwünschten Schwangerschaft mittellos auf der Straße zu stehen. Ein Arzt kümmerte sich wie selbstverständlich um Erkrankungen aller Art; und Gäste, die durch besondere Brutalität auffielen oder anderweitig gegen die Hausordnung verstießen, wurden nicht mehr eingelassen.

Emmalines gut geführtes Bordell war das Vorbild, an dem er sich orientieren wollte. Doch je länger er sein Haus der Freude betrieb, desto häufiger musste er seiner Mentorin recht geben. In allem. Vorwiegend ehemalige Stammkundinnen besuchten sein Etablissement, und obwohl er für seine Dienste ein geradezu wahnwitziges Salär verlangte, zahlten die Frauen, ohne mit der Wimper zu zucken. Derweil saßen die anderen sechs Männer, die er sorgfältig ausgewählt hatte, mehr oder weniger tatenlos herum. Vor einem halben Jahr sah er sich gezwungen, das Haus zweimal in der Woche für Privatgesellschaften zu öffnen und zusätzlich drei Mädchen aufzunehmen, die sich um die männlichen Besucher kümmerten.

Das alles hätte ihm nichts ausgemacht, wenn er dadurch die Möglichkeit gehabt hätte, sich wie geplant aus dem aktiven Geschehen zurückzuziehen, aber davon war er weiter entfernt denn je. Und das zu einem Zeitpunkt, da ihn im Grunde alles anwiderte, was mit Sex zu tun hatte. Die Übersättigung der letzten Jahre brachte es mit sich, dass er mittlerweile wie ein Zuschauer neben dem Geschehen stand, wenn er sich mit einer Frau in eines der Appartements zurückzog. Er hatte schon immer über ein außerordentliches Maß an Selbstbeherrschung verfügt, deshalb merkte niemand etwas von der bloßen Routine, die er abspulte. Jede Frau bekam, wofür sie bezahlte. Wenn sie ging, dann mit dem Gefühl, unwiderstehlich zu sein und soeben etwas ganz Außergewöhnliches erlebt zu haben, etwas, was nur ihr vorbehalten war. Der Teufelskreis schloss sich, denn natürlich empfahlen ihn seine Kundinnen gerade deshalb immer weiter …

Es fühlte sich müde, und sein Enthusiasmus hatte sich längst erschöpft. Immer öfter fragte er sich, ob das wirklich das Leben war, das er sich erträumt hatte. Aber was sollte er stattdessen tun? Er konnte nichts anderes. Die einzige Alternative bestand darin, das Haus der Freude in ein ganz normales Bordell zu verwandeln, die Zimmer mit Mädchen zu füllen und seinen verwegenen Plan als gescheitert zu betrachten. Aber diese Option interessierte ihn nicht. Noch nie hatte es ihn gereizt, mit dem Strom zu schwimmen.

Mit einiger Wehmut erinnerte er sich an die Zeit, die er im Süden verbracht hatte. Die Leichtigkeit des Lebens dort, die

Sonne, die Wärme, die liebliche Landschaft – das alles war ihm paradiesisch erschienen. Mochte der Herzog von Mariasse auch ein selbstherrlicher Bastard sondergleichen sein, so erinnerte Farid sich doch gerne an seinen Aufenthalt auf dem sagenhaften Schloss *Belle Étoile*. Und an die Frau mit den roten Haaren und den kühlen grauen Augen: Sophie d'Asseaux. Wenn er allein war, beherrschte sie seine Fantasien, und wenn er seinen Körper zum Gehorsam zwingen musste, um seinen Lohn zu verdienen, dann sah er sie, und nur sie, vor sich. Er wusste, dass diese Besessenheit auf der simplen Tatsache beruhte, dass er zwar ihre Lust geschmeckt, Sophie aber nie genommen, ja nicht einmal nackt gesehen hatte. Deshalb bekam er sie nicht aus dem Kopf und stellte in Gedanken die verruchtesten, verbotensten Dinge mit ihr an. Manchmal fragte er sich, was wohl aus ihr geworden war. Der Herzog von Mariasse hatte ihr versprochen, sich um sie zu kümmern, und bei aller Verachtung, die Farid für den Mann empfand, zweifelte er dieses Versprechen nicht an. Der Herzog würde Wort halten, schon allein, um nicht das Gesicht zu verlieren. Vielleicht hatte er sie tatsächlich nach Versailles an den Hof gebracht. Was nicht weiter von Belang war, denn Farid würde das königliche Schloss ebenso wenig betreten wie Sophie das Haus der Freude. Wenn sie seinen Ratschlag befolgt und ihre Haut teuer verkauft hatte, dann war sie vermutlich bereits mit einem der vielen Höflinge verheiratet, die den König umschwirrten, und führte das Leben, das ihr vorausbestimmt gewesen war. Ihn und seinen kurzen Auftritt in ihrem Leben hätte sie – schon aus reinem Selbstschutz – längst aus ihrer Erinnerung verbannt.

Er öffnete die Tür seines Arbeitszimmers und ging zur Anrichte, wo auf einem zierlichen Porzellanrechaud eine Teekanne stand. Gedankenverloren löffelte er reichlich Zucker in ein silbergefasstes Glas und goss das heiße, fast schwarze Getränk darüber. Damit setzte er sich an seinen Schreibtisch und zog seufzend Kladden, Tintenfässchen und Gänsefeder zu sich heran. Kaum hatte er die ersten Zeilen geschrieben, klopfte es an der Tür und Pascal trat ein.

»Eine Kundin wartet unten«, sagte er ohne Umschweife und ließ ein Säckchen aus schwarzem Samt vor Farid auf den Schreibtisch fallen.

Farid legte die Feder weg. »Du hast sie darauf aufmerksam gemacht, dass sie die Dienste der anderen weit weniger kosten würden?«, fragte er wie gewöhnlich, während er das Säckchen in der Hand wog.

»Natürlich.« Pascal grinste ungeniert. »Sie wollte nur dich. Ich habe sie ins Smaragdzimmer geführt und sie darauf vorbereitet, dass du nur selten ohne vorherige Vereinbarung zur Verfügung stehst. Wenn du also ablehnen willst, schicke ich sie weg.«

Farid schloss die Finger um den Beutel mit den Münzen. Der Blick in die Bücher hatte ihm wieder einmal drastisch vor Augen geführt, dass die finanzielle Lage seines Hauses nicht gerade rosig war. Den Luxus einer Absage konnte er sich daher nicht leisten.

»Nein. Ich mache es. Aber ein wenig kann sie sich gedulden. Kennst du sie? War sie schon einmal hier?«

»Ich glaube nicht.« Pascal lehnte sich an den Schreibtisch und spielte mit einem Brieföffner. Er war ein gut aussehender blonder Mann und mit seinen dreiundzwanzig Jahren genau zehn Jahre jünger als Farid. Ursprünglich hatte er als Schankgehilfe gearbeitet, sich jedoch schnell von den Vorteilen überzeugen lassen, die eine Anstellung im Haus der Freude mit sich brachte. »Nicht mehr ganz jung, kalte Augen, teuer gekleidet und offensichtlich über dein Salär informiert, denn sie trug es bereits abgezählt bei sich. Ich habe es überprüft.«

»Danke.« Farids Tonfall ließ Pascal nicht im Zweifel darüber, dass er für den Augenblick entlassen war.

Sobald die Tinte auf den Papieren getrocknet war, verstaute Farid diese wieder in den verschiedenen Schubfächern. Eine neue Kundin verlangte nicht nur Einfühlungsvermögen und Geduld, sondern meistens auch ein mühsames Herantasten an ihre Wünsche. In den seltensten Fällen sprachen die Frauen offen über das, was sie erwarteten und wollten. Sie nahmen an, er könnte ihnen ihre geheimsten Wünsche einfach von der Stirn ablesen.

Er füllte sein Glas aufs Neue mit Tee und öffnete die Verbindungstür zu seinen privaten Gemächern. Im Grunde brauchte er sich weder umzuziehen noch zu waschen, aber er tat es dennoch. Es gehörte zu dem Ritual, das er vor jedem Schäferstündchen durchführte, um sich auf die Situation einzustimmen. Statt des roten Hemdes nahm er ein schwarzes aus der nach Patchouli duftenden Kleidertruhe, dazu wählte er eine gleichfarbige Pluderhose, die an den Knöcheln und am Bund mit schwarzen Glasperlen in orientalischen Arabesken bestickt war. Er verzichtete darauf, sein Gesicht zu schminken und mit Schönheitspflästerchen zu versehen oder sein Haar zu pomadisieren. Stattdessen band er es im Nacken zusammen. Außer dem Silberring an seinem Daumen trug er keinen Schmuck. Nach einem letzten kritischen Blick in den goldgerahmten Spiegel öffnete er den obersten Hemdknopf und verließ seine Gemächer.

# 2

Das Smaragdzimmer trug seinen Namen wegen der dunkelgrünen schimmernden Seidentapete, die alle Wände schmückte. Es verfügte über ein breites Bett und eine Kommode, in der sich allerlei obszönes Spielzeug verbarg. In einer Ecke gruppierten sich eine Chaiselongue und drei Sessel um ein kleines Tischchen. Im Kamin flackerte ein Feuer, und eine verschwenderische Anzahl von Kerzen erhellte bereits den Raum, als Farid lautlos eintrat.

Die Frau stand am Fenster und blickte in die Dämmerung hinaus. Ein breitkrempiger Hut und ein mit Pelz besetzter Mantel verhüllten ihre Silhouette. Trotzdem fühlte sich Farid, als hätte der Blitz neben ihm eingeschlagen. Unwillkürlich lehnte er sich an die geschlossene Tür und hielt den Atem an.

Sophie d'Asseaux. Er war sich völlig sicher, obwohl er sie nicht klar erkennen konnte. Er spürte es mit jeder Faser seines Körpers. Seine Finger schlossen sich um den Samtbeutel in seiner Hosentasche. Er hatte ihn mitgenommen, um ihn der Besitzerin zurückzugeben, falls er ihre Wünsche doch nicht erfüllen wollte.

Großer Gott, sie konnte doch nicht hergekommen sein, um ihn dafür zu bezahlen, ihr Lust zu verschaffen. Der bloße Gedanke daran ließ ihn hart werden. Sein Blick glitt hinüber zu dem breiten Himmelbett, auf dem möglicherweise alle seine Fantasien in den nächsten Stunden zum Leben erwachen würden.

Sie wandte sich um, als hätte sie ebenfalls seine Gegenwart gespürt. Ihre Blicke trafen sich, aber keiner sagte ein Wort. Schließlich ging Farid langsam auf sie zu und lächelte.

»Sophie, Liebste, das nenne ich eine Überraschung.« Er verbeugte sich und griff nach ihrer Hand, ehe sie zurückweichen konnte – was zweifellos ihre Absicht gewesen war.

»Monsieur Bejaht.« Ihre Stimme klirrte vor Kälte, und ihre Hand schien völlig steif, als er sie mit den Lippen streifte. In einem Winkel seines Verstandes dämmerte Farid, dass das Bett vermutlich unberührt bleiben würde.

Er hob den Kopf und musterte sie. Die Krempe des Hutes beschattete ihre Augen, aber er nahm nicht an, dass ihr Blick freundlicher war als knapp vier Jahre zuvor. Auch den beherrschten Zug um ihre Lippen kannte er nur zu gut, ebenso wie die makellose helle Haut, die ihresgleichen suchte.

Sie entzog ihm ihre Hand, sichtlich auf Distanz bedacht, und Farid begrub die letzte Hoffnung auf zerwühlte Laken. Trotz aller Neugier, was ihr Erscheinen in seinem Haus betraf, dachte er nicht daran, es ihr einfach zu machen. Und schon gar nicht würde er dulden, dass sie eine Mauer zwischen ihnen errichtete.

»Lass mich deinen Mantel nehmen, Liebste, und auch den Hut«, bot er an und stellte mit Genugtuung fest, dass ihr die vertraute Anrede missfiel.

»Monsieur Bejaht ...«, begann sie förmlich.

»Farid«, korrigierte er und lächelte unschuldig.

Missmutig sah sie ihn an und knöpfte schließlich ihren Mantel auf. Er nahm ihn entgegen und auch den Hut, nachdem sie die langen Nadeln entfernt hatte, und legte beides achtlos beiseite. Sie trug ein dunkelviolettes Kleid mit züchtigem Ausschnitt, das ihre helle Haut und das rote Haar betonte und ihre grauen Augen zum Leuchten brachte. Für eine betagte Witwe wären Farbe und Schnitt perfekt gewesen, aber an einer Frau Ende zwanzig wirkten sie streng und matronenhaft. Allerdings gestand er ihr zu, dass sie diesen Eindruck durchaus beabsichtigt haben könnte. Unvermittelt war er der Spielchen müde. Sie sollte sagen, warum sie gekommen war, und wieder verschwinden.

»Setzen wir uns.« Ohne ihre Reaktion abzuwarten, ließ er sich auf einen der Sessel fallen. Er zog die Karaffe mit Orangenlikör zu sich und füllte zwei Gläser. Als er damit fertig war, hatte Sophie ihm gegenüber Platz genommen. Er schob ihr ein Glas hin und wartete.

Sie nahm es und drehte es zwischen den Fingern. »Monsieur Bejaht, ich ...«

»Farid«, unterbrach er sie. »Oder du nimmst Hut und Mantel und verschwindest auf Nimmerwiedersehen.«

Sie zuckte zusammen, hielt aber seinem Blick stand. Langsam röteten sich ihre Wangen. Sie holte tief Atem. »Also gut. Farid. Ich bin hier, weil ich Hilfe brauche. Und weil ich nicht wusste, zu wem ich gehen sollte.« Ihre Stimme klang klar und fest.

Die Enttäuschung über die nicht stattfindenden erotischen Ausschweifungen wich einem Gefühl der Bitterkeit. Natürlich. Sie hatte sich in irgendwelche Nesseln gesetzt und sich dann an ihn erinnert, um sich daraus zu befreien. Nach vier gottverdammten Jahren besaß sie die Stirn, so einfach bei ihm aufzutauchen und ... »Woher wusstest du, wo du mich finden kannst?«

»Das Haus der Freude und sein Besitzer sind bei Hofe nicht völlig unbekannt«, erwiderte sie. »Besser gesagt, beim weiblichen Teil des Hofes.«

Aber sie war natürlich nicht neugierig genug gewesen, um ihm einen Besuch abzustatten, ohne sich in einer Zwangslage zu befinden. Er schalt sich einen Narren und konzentrierte sich auf das Nächstliegende. »Was könnte es wohl sein, was ich für dich tun kann, aber all deine einflussreichen, vermögenden Freunde nicht?«

Sie sah ihn unverwandt an. Ihr glattes Gesicht mit den runden Wangen verriet, dass sie keine Not gelitten hatte. Sie wirkte weder abgezehrt noch verhärmt wie vor vier Jahren, als er ihr zum ersten Mal begegnet war. Nur die Schatten unter ihren Augen verrieten, dass sie sich mit Problemen herumschlug.

»Ich kann niemanden um Hilfe bitten, weil niemand meine Vergangenheit kennt. Und weil ich möchte, dass das so bleibt.«

Seine Verstimmung ließ bei diesen Worten nach. »Ich fühle mich geehrt. Das heißt also, du hältst mich für vertrauenswürdig und verschwiegen?«

Ohne mit der Wimper zu zucken, entgegnete sie: »Ich halte dein Vertrauen und deine Verschwiegenheit erwiesenermaßen für käuflich.«

Der Beutel mit den Münzen brannte sich in seinen Oberschenkel. Wut stieg in ihm auf, und er musste seine ganze Beherrschung aufbieten, um sie hinter einer gleichgültigen Miene zu verstecken.

»Und darum bin ich hier. Um deine Hilfe und deine Verschwiegenheit zu kaufen«, sagte sie, während er noch immer mit seinen Emotionen kämpfte. »Die Anzahlung in Höhe eines Schäferstündchens habe ich bereits geleistet. Der Mann, der mich empfing ...« Sie brach ab, als der Geldbeutel vor ihr auf dem Tisch landete.

Der rote Nebel vor Farids Augen verflüchtigte sich, und er schaffte es, mit klarer Stimme zu sprechen. »Sag endlich, worum es geht, denn deine gekaufte Zeit läuft ab.«

Sie verschränkte die Hände auf der Tischplatte. »Was weißt du über meine Vergangenheit?«

Er zuckte mit den Schultern. Im Grunde kannte er nur einige Bruchstücke, aus denen er sich die ganze Geschichte zusammengereimt hatte. »Am besten, du erzählst mir die Einzelheiten. So vermeiden wir Missverständnisse.«

Sie nickte bereitwillig. »Gut. Ich bin das einzige Kind von Christine und Aristide d'Asseaux. Meiner Familie gehören eine Silbermine und Land südlich von Toulouse, die uns seit Generationen ein unbeschwertes Dasein ermöglichen. Mein Leben schien also klar vorgezeichnet, bis ich dieser sicheren Zukunft selbst ein Ende setzte und mit siebzehn mit einem italienischen Maler davonlief.« Sie blickte auf ihre verschlungenen Finger. »Ich ging mit ihm nach Florenz und lebte fast acht Jahre lang als seine Geliebte. In dieser Zeit gebar ich fünf Kinder, von denen zwei am Leben blieben. Fürs Erste zumindest. Mario wurde fünf Jahre alt und Stefano drei. Sie starben an Lungenentzündung, weil kein Geld für den Arzt oder für Medizin da war. Als Franco sie in ein Massengrab werfen ließ, statt für eine ordentliche Beerdigung zu sorgen, verließ ich ihn.« Sie schwieg, und Farid wartete geduldig, bis sie fortfuhr. »Ich ging zurück zu meinen Eltern, doch mein Vater ließ mich wissen, dass er keine Tochter mehr habe. Mein Name war aus der Familienchronik gelöscht worden, und ich durfte nicht bleiben. Ich war ein Niemand. Irgendwann in den folgenden Wochen, in denen ich mich als Tagelöhnerin und Erntehelferin durchschlug, fiel mir mein Patenonkel, der Herzog von Mariasse, ein, und ich ging nach *Belle Étoile*. Den Rest kennst du.«

Ja, den Rest kannte er. Hatte er hautnah miterlebt. Der Herzog, der sich geradezu in den Gedanken verrannt hatte, ein Kind zu zeugen, obwohl er mit Frauen sonst nicht einmal

Händchen hielt, hatte Sophie dazu auserwählt, die Mutter dieses Kindes zu werden. Damit nicht genug, wollte er, dass Sophie dieses Kind in einem Moment der Lust empfing – und da Farid sich gerade auf *Belle Étoile* aufhielt, war er dafür zuständig gewesen, ihr diesen Moment zu verschaffen.

Er hatte in seinem Leben viele bizarre Situation erlebt, aber diese Nächte waren schwer zu übertreffen. Sophie trug ein weißes weites Nachthemd, das er nur so weit hochschieben durfte, wie es nötig war, um sie lecken zu können. Derweil arbeitete der Liebhaber des Herzogs daran, diesen für die Zeugung seines Erbens einsatzbereit zu machen. Im selben Raum. Die ganze Zeit über hatte eine angespannte Stimmung geherrscht, von Erotik keine Spur.

Dennoch hatte ihn Sophie d'Asseaux seither nicht mehr losgelassen, und der Gedanke, sie nackt in den Armen zu halten und ihr wirkliche Erfüllung zu schenken, erhielt durch ihre unverhoffte Anwesenheit neue Nahrung.

»Also hat dich der Herzog tatsächlich in Versailles etabliert, wie es vorgesehen war, sollte sein Plan scheitern«, stellte er ohne größeres Erstaunen fest.

»Natürlich, schließlich ist er ein Ehrenmann«, erwiderte sie mit Bestimmtheit, aber Farid ließ sich nicht dazu provozieren, seine Meinung über den Herzog laut auszusprechen.

»Und dort hat er dir nicht sofort einen passenden Ehemann besorgt?«, fragte er stattdessen mit spöttischem Unterton.

Sie schob ihr Kinn vor. »Er stellte es mir frei, so lange am Hof zu bleiben, wie ich wollte«, erklärte sie nun von oben herab. »Ich bin eine der Hofdamen der Königin, natürlich nur eine von Dutzenden, aber immerhin habe ich Zutritt zu allen Gemächern und zu allen Festen.«

Ihr arrogantes Auftreten verärgerte ihn. Demonstrativ gähnte er. »Du langweilst mich. Und wie ich bereits erwähnte, neigt sich deine gekaufte Zeit dem Ende zu.«

Sie wölbte die Hände um das kleine Glas und studierte den Inhalt. »Ich war mit dem Cômte Jean de Maroilles verlobt. Bis vorige Woche. Dann hat er die Verlobung gelöst.«

Farid gähnte wieder. »Das soll vorkommen.«

»Er wurde erpresst«, fuhr Sophie fort. »Franco hat ihm zwei Bilder von mir präsentiert, auf denen ich nackt zu sehen bin. Gegen entsprechende Bezahlung hätte Jean die Bilder erwerben können, sonst drohte Franco, sie öffentlich auszustellen, sobald wir verheiratet wären.«

Farid schwieg. Die Vergangenheit holte einen immer ein, ganz egal, wie gerne man sie vergessen wollte. Doch sein Mitleid hielt sich in Grenzen. »Nun, Liebste, du hast dich dem Cômte vermutlich als Jungfrau dargeboten, verständlich, aber du musstest doch damit rechnen, dass die Wahrheit herauskommt. Schließlich wusstest du, dass es die Bilder gibt.«

»Ich habe alle Bilder von mir zerstört, ehe ich Franco verließ. Er muss sie versteckt haben. Oder er hat sie einfach neu gemalt.« Sie zuckte mit den Schultern, ehe sie hinzufügte: »Und ich habe Jean gegenüber meine jugendlichen Fehltritte eingestanden, als er um mich angehalten hat. Er wusste also von meinem Vorleben und dass ich nicht unberührt war.«

Das überraschte ihn dann doch. Seiner Erfahrung nach gaben Frauen, die eine Möglichkeit sahen, sich passabel zu verheiraten, nicht zu, etwas anderes als makellos zu sein.

Sie senkte wieder den Blick. »Zumindest weiß er das Wesentliche. Dass ich nicht mehr unberührt bin.«

»Was bedeutet?«, hakte er unbarmherzig nach.

Sie seufzte. »Ich habe ihm nichts von den Kindern erzählt. Schließlich sind sie tot.« Ihre Stimme zitterte leicht. »Aber auf einem der Bilder bin ich unübersehbar schwanger. Und deshalb bezichtigte Jean mich, sein Vertrauen missbraucht zu haben, und löste die Verlobung.«

Farid war nicht erstaunt. Auch die Nachsicht eines Engels – und ein solcher musste der gute Maroilles wohl sein – war irgendwann erschöpft.

»Darum bin ich hergekommen. Ich brauche die Bilder, sonst ist meine Zukunft vorbei, ehe sie begonnen hat. Aber ich habe keine Ahnung, wo ich Franco finden kann. Alle Nachforschungen, die ich diskret anstellte, verliefen im Sand. Doch ich bin sicher, dass er noch hier ist und auf seine Chance wartet.«

Farid runzelte die Stirn. »Ich soll deinen ehemaligen Liebhaber finden und ihm die Bilder stehlen?«

»Du brauchst sie nicht zu stehlen, ich werde sie ihm abkaufen«, sagte Sophie ruhig. »Du musst nur herausfinden, wo Franco Angelli steckt, das ist alles. Du hast ganz andere Möglichkeiten als ich ...«

»Weil ich Erpresser und Betrüger zu meinen engeren Freunden zähle«, unterbrach er sie scharf.

Sie verdrehte die Augen. »Du bist ein Mann, der überall hingehen kann, der niemandem Rechenschaft schuldig ist«, antwortete sie, ohne die Stimme zu erheben. »Du brauchst keine Anstandsdame, und dein Tun wird nicht ständig beobachtet und hinterfragt. Außerdem bringt dich niemand mit mir in Verbindung.« Sie schob ihm den Beutel mit den Münzen zu und blickte ihn an. »Leicht verdientes Geld.«

Farid wusste nicht, ob er lachen oder einfach wortlos die Tür öffnen sollte, um sie hinauszuwerfen. Sie verlangte von ihm, im Dreck zu wühlen, weil sie davon ausging, dass er ohnehin gewohnheitsmäßig in Morast watete. Jetzt, da sie dringend Hilfe brauchte, erinnerte sie sich an ihn.

Und weil seine Loyalität käuflich war.

Ein Muskel zuckte in seiner Wange, als er die Zähne zusammenbiss und beobachtete, wie sie mit dem Bändchen des Geldbeutels spielte. Während die Wut über ihre Anmaßung in ihm immer heftiger brodelte, schien sie kühl und gefasst. Ihr makelloser Porzellanteint verriet keine Gemütsregung, und keine Haarsträhne wagte es, sich aus der perfekten Hochsteckfrisur zu lösen.

Er wusste, dass sie aufstehen und gehen würde, ohne ihre gleichmütige Haltung aufzugeben, sollte er ihr Ansinnen ablehnen. Vielleicht sah sie sich insgeheim in ihrer Meinung über ihn bestätigt, aber sie würde diese Meinung nie laut aussprechen. Sein Blick kehrte zum Geldbeutel zurück. Die Nägel ihrer langen, feingliedrigen Finger waren perfekt manikürt und poliert, aber erstaunlich kurz geschnitten. Sie trug keine Ringe.

Seine Wut ließ nach, als er begriff, was ihn so wütend machte: Sie saß da wie eine Eiskönigin, die einem nichtswürdigen Untertan eine Audienz gewährte, obwohl dessen Ausdünstungen ihre Nase beleidigten. Und dass er sie trotzdem begehrte.

Er lehnte sich zurück und verschränkte die Arme vor der Brust. Er würde es tun. Er würde den elenden Farbkleckser samt den anrüchigen Bildern aufspüren. Aber zu seinem Preis. Und der lag eindeutig jenseits einer Hand voll Silbermünzen.

»Nun, Liebste, ich bin bereit, nach dem Maler zu suchen.«

Ihre Augen leuchteten auf, und sie öffnete den Mund, aber er hob abwehrend die Hand. »Dank mir noch nicht. Mein Preis für diese Art von Diensten ist ein anderer als für das, was ich gewöhnlich tue.« Er grinste sie frech an. »Den Beutel kannst du wieder einstecken. Diese Währung interessiert mich nicht.«

Das Leuchten in ihren Augen verschwand, und sie presste die Lippen aufeinander. Wortlos sah sie ihn an.

Er hielt ihrem Blick stand. »Ich will dich, Liebste, in meinem Bett, so oft und so lange es mir gefällt.«

Ihre Augen weiteten sich ungläubig, dann warf sie den Kopf in den Nacken und ... lachte. Farid wartete schweigend, und seine Wut loderte wieder auf.

Sie beruhigte sich langsam und wischte sich mit dem Handrücken über die Augen. »Sehr amüsant. Und was willst du wirklich?«

Statt einer Antwort sah er sie nur an.

Sie beugte sich vor und zog die Brauen zusammen. »Wenn man den Gerüchten Glauben schenkt, dann sind unzählige Frauen bereit, ein Vermögen auszugeben, um in deinem Bett zu liegen. Warum solltest du daran Interesse haben, ausgerechnet mich zu zwingen, dir zu Willen zu sein? Das macht doch keinen Sinn.«

Er zuckte mit den Schultern. »Nun, sagen wir, meine Eitelkeit leidet unter deiner strikten Ablehnung. Seit unserer denkwürdigen Begegnung auf *Belle Étoile* entzünden sich meine Fantasien an der Vorstellung, dich nackt und wollüstig unter mir zu spüren.«

Ihr Gesicht überzog sich mit einer tiefen Röte, die ihre Haut wirken ließ, als würde sie von innen heraus leuchten. Er konnte sich nicht erinnern, jemals etwas Vergleichbares gesehen zu haben.

»Ich begehre dich, Liebste, in einem Ausmaß, das bedenkliche Formen annimmt, und ich glaube, dass ich mich am einfachsten davon kurieren kann, wenn ich meiner überhitzten Fantasie die Realität gegenüberstelle.« Keines seiner ruhig geäußerten Worte verriet seine Gefühle, die noch immer von weißglühender Wut beherrscht wurden.

Sie schüttelte den Kopf. »Du verlangst nicht ernsthaft, dass ich dir das glaube. Ich bin weder jung noch schön noch sonst außergewöhnlich. Du willst mich demütigen, weil ich damals nicht so reagiert habe, wie du erwartet hast.«

Er schenkte ihr ein träges, selbstzufriedenes Lächeln. »Ach, Liebste, so schlecht ist dein Gedächtnis? Dann muss ich dich wohl daran erinnern, dass du sehr wohl jene Lust empfunden hast, die der Herzog von dir verlangt hat. Dank meiner Zuwendung.«

Die Röte auf ihrem Gesicht vertiefte sich, aber sie hielt seinem Blick stand. »Natürlich habe ich das, schließlich hat dich der Herzog ja genau dafür bezahlt. Ich spreche jedoch von später, von den zwanglosen gesellschaftlichen Begegnungen. Du konntest nicht akzeptieren, dass ich dich und deine Ränke in etwa so ansprechend fand wie eine Made in einem Kuhfladen.«

Die Beleidigung glitt an ihm ab, weil er nichts anderes von ihr erwartet hatte. Allerdings war er versucht, sie daran zu erinnern, dass sie seinen Abschiedskuss erwidert hatte, als hätte es kein Morgen gegeben, aber ehe er etwas antworten konnte, redete sie bereits weiter. »Du willst nichts anderes als Rache, du willst mich demütigen und erniedrigen mit deinen perversen Spielen.«

Da er sich eine Reihe von perversen Szenarien mit Sophie in der Hauptrolle vorstellen konnte, war zumindest dieses Argument nicht von der Hand zu weisen. »Es erstaunt mich, Liebste, wie wenig du von dir hältst, wenn du annimmst, ein Mann könnte dich nicht wegen deiner Selbst begehren. Immerhin war dieser Cômte doch bereit, dich trotz deiner Fehltritte und deines fortgeschrittenen Alters zu ehelichen«, sagte er langsam.

»Ja, das war er«, entgegnete sie trocken. »Nachdem er von

meiner Mitgift erfahren hatte. Du kannst dir also alle weiteren Worte über meine Schönheit und Anmut sparen.«

Er seufzte. »Wie du willst. Kommen wir zum Thema zurück. Wenn du möchtest, dass ich nach dem Maler und den Bildern suche, dann wirst du meine Bedingungen annehmen müssen. Was immer auch meine Beweggründe dafür sein mögen. Wenn nicht – dort ist die Tür.« Er lehnte sich zurück und verschränkte die Arme vor der Brust.

In Sophies Gesicht arbeitete es. Emotionen flackerten über ihre Züge. Schließlich schob sie ihr Kinn vor und holte tief Luft. »Gut«, sagte sie kalt. »Da ich allerdings keine Möglichkeit habe zu überprüfen, wie angestrengt du tatsächlich nach Franco suchst, beschränke ich die Zeit deiner Nachforschungen und damit meine ... Verfügbarkeit auf einen Monat.«

Er zuckte die Schultern. »Soll mir recht sein. Ein Monat ist mehr als genug, um meine Fantasien zu Asche verglühen zu lassen. Und die Bilder zu finden«, setzte er schnell hinzu.

Beide schwiegen sie für eine Weile, bis Sophie sich räusperte. Als sie dann sprach, klang ihre Stimme kratzig wie verfilzte Wolle. »Wann beginnt unsere Vereinbarung?«

Farid betrachtete sie nachdenklich. Wenn es nach ihm ginge, dann würde sie noch in dieser Minute in dem breiten Bett hinter ihm liegen. Da er allerdings zu schätzen wusste, dass sie trotz aller Ablehnung auf sein Angebot reagierte, und zwar in höchst erfreulichem Maße, beschloss er, ihr noch einen kleinen Aufschub zu gewähren.

»Bedauerlicherweise kann ich heute und morgen keine Zeit für ein Rendezvous erübrigen. Am besten, du kommst übermorgen wieder.« Ihre Erleichterung war offensichtlich, aber er machte sie mit einem maliziösen Lächeln zunichte.

»Zum Zeichen deines guten Willens hätte ich allerdings gerne so etwas wie ein Pfand.«

»Ein Pfand?« Verständnislos runzelte sie die Stirn.

Er nickte. »Genau. Damit ich weiß, dass es dir ernst ist mit unserer Vereinbarung.« Ohne den Blick von ihrem Gesicht zu nehmen, sprach er weiter: »Weißt du, all die Wochen und Monate, die seit *Belle Étoile* vergangen sind, beschäftigte mich vor allem eine Frage.« Er machte eine wohlberechnete Pause. »Ich habe deine Lust nicht nur geschmeckt, sondern auch auf den Höhepunkt getrieben und das mehrmals, wenn du dich erinnern möchtest. Ich habe die zarte Haut deiner Schenkel gestreichelt, als ich das Nachthemd Stück für Stück hochschob. Trotzdem …« Er beugte sich vor. »… trotzdem weiß ich nicht, wie du aussiehst.«

Sie starrte ihn an, als hätte sie Mühe, seine Worte zu verstehen. Ihre Wirbelsäule schien sich in einen Eisenstab verwandelt zu haben, so gerade hielt sie sich.

»Ich will dich nackt sehen. Jetzt. Dann kannst du gehen.« Er lehnte sich wieder zurück.

Völlig reglos und mit ausdrucksloser Miene, aber durchdringendem Blick saß sie ihm gegenüber. Dann presste sie ihre Lippen langsam zu einer schmalen Linie zusammen und stand auf.

Mit zögernden, unsicheren Schritten trat sie vom Tisch weg in die Mitte des Raums. Dort drehte sie sich zu ihm um und begann, die Knöpfe ihres Kleides zu öffnen.

Im selben Augenblick beschleunigte sich Farids Herzschlag. Sie besaß Schneid und eine gehörige Portion Selbstbeherrschung, daran erinnerte sich Farid nur zu gut, denn diese Haltung hatte ihm schon bei ihrer Begegnung auf *Belle Étoile* imponiert. Andere Frauen hätten eine große Szene gemacht, mit Tränen und Jammern und Vorwürfen und wären schließlich nackt und malerisch in einer Ohnmacht auf den Teppich gesunken.

Sophies Hände zitterten nicht, allerdings verrieten die eckigen Bewegungen, mit denen sie die Knöpfe öffnete, ihre Anspannung. Das Kleid fiel mit leisem Rascheln zu Boden. Den steifen Unterrock streifte Sophie über die knielange Unterhose nach unten und stieg heraus. Mit gesenktem Kopf versuchte sie dann, die Verschnürung des Korsetts am Rücken zu lösen.

Farid erhob sich und stellte sich hinter sie. Er nahm ihr die Bänder aus den Händen, um sie zu entwirren, und zog sie aus den Ösen. Darunter trug sie ein dünnes Batisthemdchen, das ihr bis auf die Oberschenkel reichte.

Sophie bückte sich, ohne sich zu ihm umzudrehen, und schob die Batistunterhose nach unten. Alle ihre Bewegungen waren unprätentiös und zweckmäßig. Dennoch spürte Farid, wie sich Wärme in seinem Unterleib ausbreitete und seine Rute anschwellen ließ. Die Heftigkeit seines Verlangens überraschte ihn. Himmel, er hatte noch nicht einmal ansatzweise gesehen, was er sehen wollte.

Sie trug weiße Seidenstrümpfe, die unter den Knien von hellblauen Samtbändchen gehalten wurden. Ihre Füße steckten in modischen Schnallenschuhen mit hohen Absätzen, die ihre langen Beine betonten. Die Träger des Hemdchens rutschten über ihre Arme. Farids Blicke folgten dem Stoffstück, das an ihrem Rücken entlangglitt und dabei sanft geschwungene Hüften und ein herzförmiges Hinterteil enthüllte. Ihre Haut war so hell, dass sie schimmerte wie Perlmutt.

Wie von Fäden gezogen trat Farid näher und legte einen Finger auf ihren Nacken, um der Wirbelsäule nach unten zu folgen. Sie zuckte leicht zusammen und straffte die Schultern. Bei den Grübchen neben den letzten Wirbeln hielt er inne. »Dreh dich um.« Seine Stimme klang dunkler als sonst, denn die erwartungsvolle Vorfreude machte ihm das Sprechen schwer.

Sie gehorchte stumm. Für eine Frau war Sophie d'Asseaux ungewöhnlich großgewachsen. Mit den hohen Absätzen befand sie sich auf Augenhöhe mit seinem Mund. Farid konnte sich nicht erinnern, jemals einer so großen Frau gegenübergestanden zu haben. Unwillkürlich trat er einen Schritt zurück, um sie besser betrachten zu können.

Ihr Körper verriet nicht, dass sie mehrere Kinder geboren hatte. Die kleinen Brüste wirkten fest und gut geformt, ihr flacher Bauch trug keine Male und hätte auch einer zehn Jahre jüngeren Frau gehören können. Die kupferroten Löckchen auf ihrem Venushügel glänzten im Licht der Kerzen. Schmale Hüften gingen in lange, glatte Schenkel über.

Er war daran gewöhnt, die Schönheit von Frauen an einzelnen Besonderheiten festzumachen. Ein elegant geschwungener Hals bei der einen, hübsche Brüste bei einer anderen, wohlgeformte Arme bei der nächsten. Absolute Schönheit war selten und vergänglich. Dennoch war Sophies Erscheinung für ihn von einer fleischgewordenen Makellosigkeit, die ihm den Atem raubte. Obwohl er eigentlich Frauen bevorzugte, deren Körper üppige Sinnlichkeit ausstrahlte, schwere Brüste, volle Hüften und pralle Schenkel, in die er seine Finger graben konnte, übte die schlanke, hochgewachsene Sophie eine geradezu magische Anziehung auf ihn aus. Ihr Anblick ließ ihn so hart werden, dass er nahe daran war, den gefassten Plan zu verwerfen und sie noch in dieser Minute in das bereitstehende Himmelbett zu legen. Und sich selbst dazu.

Was für ein Narr der gute Maroilles gewesen sein musste,

diese Frau gehen zu lassen, statt mit ein paar Münzen ihren guten Ruf und sich damit ein Leben mit ihr zu sichern.

Sophie ballte die Hände an ihren herabhängenden Armen zu Fäusten und riss ihn damit aus seinen Gedanken. Er blickte auf. Ihr Gesicht und das Dekolleté waren noch immer von einer hellen Röte überzogen, die ihre Haut zum Leuchten brachte.

Er selbst war so an Nacktheit gewöhnt, vor allem hier, in den Gemächern seines Hauses, dass er kein Unbehagen deswegen empfand. Natürlich galt das für Sophie unter den geltenden Umständen nicht. Dennoch starrte sie ihn mit hocherhobenem Kopf an, statt verschämt den Blick zu senken.

Er strich mit dem Daumen über seine Unterlippe, dann kam ihm ein vollkommen absurder Gedanke, aber er sprach ihn trotzdem aus. »Hat er dich je so gesehen?«

Ihre Augenbrauen hoben sich unmerklich. »Jean? Er hat die Bilder gesehen, danach verspürte er ganz offenbar keine Lust mehr, mich damit zu vergleichen.«

»Was für ein Narr«, sagte Farid mit Überzeugung. Allerdings erklärte das auch, warum der Mann Sophie so einfach gehen ließ. Langsam trat er näher. »Er verspürte keine Lust ... auch nicht zu anderen Unternehmungen?«

»Es gibt Männer, für die Unternehmungen, wie du sie oft und gerne praktizierst, nicht das Wichtigste im Leben sind«, erwiderte sie spitz, und er hätte sie damit davonkommen lassen, weil er wusste, dass er sie in die Enge getrieben hatte. Aber sie redete weiter: »Männer, für die Anstand und Ehre nicht nur leere Worthülsen sind, sondern die ihr Leben danach ausrichten.«

Er stand so knapp vor ihr, dass er den leichten Zitronenduft ihres Haares wahrnahm. »Worte wie diese benutzen

Männer, die keine Lust mehr empfinden oder nie empfunden haben. Sie verstecken sich dahinter und benutzen sie als Schutzschild. Und immer wieder gibt es Frauen, die dumm genug sind, auf das Geplappere von Ehre, Anstand und züchtigem, gottgefälligem Betragen hereinzufallen, und diese bigotten Bastarde für ihre Haltung auch noch bewundern.«

»Natürlich kann einer wie du das nicht verstehen ...«

»Nein, natürlich kann ich das nicht«, unterbrach er sie mit einer wegwerfenden Geste. »Ein gesunder Mann lebt mit seiner Lust und seinen Trieben – beides wurde ihm übrigens vom so gern bemühten Allmächtigen gegeben, warum sollte also ausgerechnet der darauf bestehen, diese Gaben ungenutzt verkümmern zu lassen?«

»Manche sagen, dass der Teufel höchstpersönlich für diese Gaben verantwortlich ist, um uns in Versuchung zu führen«, gab sie prompt zurück.

Er lachte leise. »Der Gedanke lässt mich hoffen, dass das Jenseits doch noch gewisse Freuden für mich bereithält.« Seine Finger berührten ihre Handgelenke und strichen langsam über ihre Arme nach oben. »Aber ganz egal, wem diese Gaben zu verdanken sind, Liebste, nicht nur wir Männer haben sie empfangen. Auch das Betragen von Frauen gehorcht der Lust.« Seine Hände lagen auf ihren Schultern, sein Blick hielt den ihren fest. »Aber das weißt du sicher, Liebste, denn du bist dir deiner Sinnlichkeit bewusst, nicht wahr?«

Seine Finger glitten über ihren Hals und umschlossen ihr Gesicht. Die Hitze ihrer Wangen schien seine Handflächen zu versengen, während er auf ihren Widerspruch wartete oder zumindest darauf, dass sie ihn von sich stieß. Nichts davon passierte.

Er streifte ihren Mund mit seinen Lippen, noch immer darauf gefasst, dass sie sich losriss. Stattdessen flatterten ihre Lider, und er hörte ein kaum wahrnehmbares Seufzen.

Er beugte sich wieder vor, ohne ihren Körper zu berühren, und küsste sie. Diesmal richtig. Sie öffnete den Mund, ohne zu zögern, und erwiderte seinen Kuss mit überraschendem Eifer.

Farid kämpfte gegen das Verlangen an, sie an sich zu ziehen und ihre warme, samtige Haut unter seinen Händen zu spüren. Aber dann würde er sie nicht mehr gehen lassen, und auch wenn Sophie jetzt den Eindruck erweckte, nicht gehen zu wollen, hatte sich Farid Sophies Verführung anders vorgestellt. Er kostete den Kuss noch einen weiteren Augenblick aus und streichelte mit den Daumen die erhitzten Wangen, ehe er den Kopf hob und sich ihre Lippen trennten.

Sophie blickte ihn mit einer Mischung aus Erstaunen, Verwirrung und Hilflosigkeit an. Ein blau schimmernder Schleier hatte sich über ihre hellgraue Iris gelegt. Er verschwand, als Farid die Hände senkte und einen Schritt zurücktrat.

Farid betrachtete die nackte Frau vor sich. Ihre feuchten Lippen waren geschwollen von seinem Kuss, die Spitzen ihrer Brüste hart wie kleine Phalli, und hätte er die Finger in die Spalte zwischen ihre roten Löckchen geschoben, hätte er ihre heiße Nässe gespürt. Sophie war erregt, und zwar nicht weniger als er selbst.

Der Gedanke daran brachte die Mauer seiner Selbstbeherrschung erneut ins Wanken. Mit letzter Kraft rettete er sich in den sicheren Hafen des Spotts, legte die Hand aufs Herz und verbeugte sich. »Meine Erinnerung war also richtig. Du kennst deine Sinnlichkeit, ohne dich ihr zu verweigern. Nicht, dass ich diesen eindrucksvollen Beweis gebraucht hätte.«

Statt einer Erwiderung presste sie die Lippen zusammen und bückte sich nach ihrem Hemdchen. Ebenso wortlos hob er das Korsett auf, legte es ihr um und schnürte es mit sicheren Bewegungen. Bei den anderen Kleidungsstücken brauchte sie seine Hilfe nicht. Er ging zu einem Wandschrank, nahm eine Flasche Cognac heraus und goss sich einen Schluck ein. Er genoss das sanfte Brennen, mit dem der Weinbrand seine Kehle hinunterrann und seine Selbstbeherrschung zurückkehrte. Einige Augenblicke später hatte er sich wieder völlig unter Kontrolle.

Er ging zu Sophie zurück, die sich fertig angekleidet hatte und vor einem Spiegel stand, um ihren Hut zurechtzurücken. »Wartet eine Kutsche auf dich, oder soll ich nach einer schicken lassen?«, erkundigte er sich beiläufig.

»Nicht nötig, ich habe den Kutscher angewiesen, eine Gasse weiter zu warten.« Auch ihre Stimme klang kühl und beherrscht, als befände sie sich in einer völlig alltäglichen Situation.

Er half ihr in den Mantel und öffnete ihr die Tür. Nebeneinander schritten sie die Treppe hinab. Im Foyer lungerte Pascal herum, der eilig verschwinden wollte, sobald er Farid erblickte.

»Pascal, in der Nebengasse wartet eine Kutsche, lass sie vorfahren«, befahl Farid, noch ehe sie das Ende der Treppe erreicht hatten.

Während sie schweigend nebeneinanderstanden, streifte Sophie ihre Handschuhe über und zog den Schleier des Hutes vor ihr Gesicht. Erst nachdem jeder Zoll ihrer Haut verhüllt war, hob sie den Kopf und sagte: »Übermorgen also. Welche Uhrzeit ist dir genehm?«

Er unterdrückte ein Lächeln. »Der frühe Nachmittag, sagen wir drei Uhr.«

Sie nickte. »Gut. Ich werde da sein. Ich pflege meine Abmachungen einzuhalten.«

Die Tür hinter ihnen wurde geöffnet, und Pascal trat mit vor Kälte klappernden Zähnen ein. »Die Kutsche ist da.«

Farid griff nach ihrer behandschuhten Rechten. »Bis übermorgen, Liebste.« Andeutungsweise zog er ihre Finger an seine Lippen.

»Bis übermorgen«, wiederholte sie und wollte ihm ihre Hand entziehen.

Er schenkte ihr sein sinnlichstes Lächeln. »Ich freue mich.«

# 3

Sophie presste den Kopf an die gepolsterte Lehne der Kutsche und schloss die Augen. Sie zitterte am ganzen Körper, was nicht an der Kälte im Wagen lag, und ihre klammen Finger krampften sich ineinander. Sie hatte gewusst, dass es ein Fehler war, Farid Bejaht um Hilfe zu bitten. Aber sie hatte die Tragweite ihres Fehlers eindeutig unterschätzt, ebenso wie die unberechenbare Kaltschnäuzigkeit dieses Mannes.

Er besaß weder Ehre noch Anstand noch Mitgefühl. Wie hatte sie da erwarten können, dass er Verständnis für ihre Lage aufbrachte. Obwohl … sie war nicht wegen Verständnis und Mitgefühl zu ihm gegangen, sondern weil sie sicher gewesen war, seine Hilfe mit einem Beutel Münzen kaufen zu können.

Aber das war ein Irrtum gewesen. Himmel, der Teufel allein wusste, was ihn zu seiner absurden Forderung getrieben hatte. Ein Mann, den Frauen mit Geld überhäuften, damit er mit ihnen ins Bett stieg, machte seine Hilfe davon abhängig, dass sie dasselbe tat. Was für eine abwegige, lächerliche und völlig unfassbare Situation, in die sie da geraten war.

*Seit unserer Begegnung auf* Belle Étoile *entzünden sich meine Fantasien an der Vorstellung, dich nackt und wollüstig unter mir zu spüren.*

Er konnte das nicht wirklich meinen. Nichts an ihr war dazu angetan, die Fantasie der Männer zu beflügeln. Ihre Jugend war dahingeschwunden, von den widerspenstigen roten Haaren ganz zu schweigen. Ihr hochgewachsener, schmaler Körper konnte im Vergleich mit den üppigen Schönheiten am Hof nur verlieren. Immer wieder fühlte sie sich in deren Mitte hölzern und ungelenk, was einer der Gründe war, warum sie es auch nicht geschafft hatte, dort eine wirkliche Freundin zu finden. In keines der Grüppchen, die sich unter den Hofdamen bildeten, wollte sie passen.

Jean de Maroilles hatte über all das großzügig hinweggesehen. Er schätzte ihre ruhige Art und ihre makellosen Umgangsformen, die sie dazu prädestinierten, seinem Haushalt vorzustehen und seinen drei Kindern die Mutter zu ersetzen. Natürlich hatte er die Nachricht von ihrer ansehnlichen Mitgift erfreut aufgenommen – wer hätte das nicht? –, und sie war überzeugt gewesen, in ihm den Mann gefunden zu haben, mit dem sie den Rest ihres Lebens verbringen konnte.

Alles wäre gut geworden, wenn nicht Franco aus seinem Rattenloch gekrochen wäre und ihr Leben zum zweiten Mal zerstört hätte. Die ohnmächtige Wut, die sie empfunden hatte, als Jean ihr berichtete, warum er die Verlobung lösen wollte, hatte sie zu einem unverzeihlichen Wutausbruch getrieben und den Cômte in seiner Entscheidung bestätigt, dass sie nicht geeignet war, an seiner Seite zu stehen. Nach längerem, dumpfem Brüten war sie zu dem Entschluss gelangt, den Teufel mit dem Beelzebub auszutreiben und Farid Bejaht auf Franco Angellis Fährte zu setzen.

Die erste Zeit in Versailles war so aufregend und neu gewesen, dass sie Farid Bejaht tatsächlich völlig aus dem Gedächtnis verloren hatte. An der Seite des Herzogs von Mariasse entfaltete sich vor ihren Augen eine neue Welt, die sie in ihren Bann zog. Erst später, als sie begann, sich mit dem Cômte de Maroilles zu treffen, und er an einem warmen

Sommerabend seine Lippen ungeschickt auf die ihren drückte, war die Erinnerung an den unverschämten, lüsternen Zeremonienmeister des Herzogs von Mariasse wieder zurückgekehrt. Und an ihre Reaktion auf ihn.

Natürlich hätte sie ihn vergessen, wenn sie als Cômtesse de Maroilles nach Burgund gezogen wäre. Ihre Loyalität und ihre Treue hätten ihrem Ehemann gehört, und sie hätte sich nicht in Tagträumen oder Erinnerungen verloren. Aber so weit war es nicht gekommen, weil Jean sie nicht für wert befunden hatte, seinen Namen zu tragen.

Sophie schluckte den bitteren Geschmack, der in ihrer Kehle aufstieg, hinunter. Sie kannte Franco zu gut, um zu glauben, dass er nach dem Scheitern seines Erpressungsversuches einfach aufgeben würde. Er wartete irgendwo auf einen günstigen Moment. Was einmal mehr bewies, dass er ein Idiot war. Oder zumindest nicht gründlich nachgeforscht hatte.

Sophie d'Asseaux' beträchtliche Mitgift war ein offenes Geheimnis am Hof, sie selbst hatte den Betrag lanciert, um ein paar Heiratskandidaten anzulocken. Die wahre Höhe der Summe, die ihr Dank Mariasses Großzügigkeit zur Verfügung stand, ahnte jedoch niemand. Und Sophie hatte auch nicht die Absicht, irgendjemandem davon zu erzählen. Es wäre ein Leichtes für sie gewesen, Francos Forderung zu erfüllen, so unverschämt sie auch sein mochte. Aber dafür hätte er zu ihr kommen müssen und nicht zu Jean. Und jetzt lag ihre einzige Hoffnung darin, dass sie Franco fand, ehe er es schaffte, ihre Existenz ein zweites Mal zu vernichten. Oder besser noch, dass Farid ihn fand.

Die Kutsche hielt vor einem Nebeneingang des Schlosses. Ein Lakai eilte herbei, um die Tür des Wagens zu öffnen und das Treppchen herunterzuklappen. Sophie raffte ihre Röcke zusammen und stieg aus. Sie reichte dem Kutscher zwei Münzen und ging dann ohne Hast ins Innere des Gebäudes. Nur wenige Kerzen erhellten den Flur mit dem Treppenhaus. Sophies Appartement befand sich in der obersten Etage. Es war nur ein winziges Zimmer, das gerade Platz genug für ein Bett, eine Truhe und einen Frisiertisch samt Spiegel bot. Das kleine Fenster war im Winter ein Vorteil, aber im Sommer ließ es die Kammer heiß und stickig werden wie einen Backofen.

Sophie legte den Mantel auf die Truhe und hängte den Hut auf einen Haken an der Tür. Dann streifte sie die Schuhe ab und legte sich aufs Bett. Für gewöhnlich schob sie den Gedanken an die Enge des Raumes beiseite und suchte ihn nur zum Schlafen auf. Den Rest des Tages verbrachte sie in den Vorzimmern der Königin oder in anderen Teilen des gigantischen Schlosses und seiner Gärten.

Aber heute überkam sie das beklemmende Gefühl, dass die Wände immer näher rückten und förmlich die Luft aus ihren Lungen pressten. Sie atmete tief ein, doch das Gefühl verschwand nicht. Sie war zwischen zwei riesige Mahlsteine geraten und wusste nicht, wie sie sich in Sicherheit bringen sollte.

Zwei Tage später brachte die Kutsche Sophie zum Haus der Freude zurück. Obwohl sie jede wache Minute darüber nachgegrübelt hatte, wie sie Farid und seiner Forderung gegenübertreten sollte, war sie zu keinem Ergebnis gekommen. Nun wollte sie noch einmal versuchen, ihn zu überreden, das Geld zu nehmen, denn alles in ihr sträubte sich, an den Grund zu glauben, den er ihr für sein unverschämtes Ansinnen genannt hatte. Dass es ihm nur darum ging, seine Fantasien zu leben. In Wahrheit musste sein Motiv Rache heißen und ihre Demütigung ihm Genugtuung bereiten.

Diese Erklärung konnte sie nachvollziehen, denn männlicher Stolz war ein sehr empfindsames Pflänzchen, das schnell geknickt und schwer wieder aufzurichten war. Das hatte sie mehrfach aus erster Hand erfahren müssen. Aber dieses Wissen nutzte ihr im Augenblick gar nichts, weil sie keine Ahnung hatte, wie sie es zu ihrem Vorteil einsetzen konnte.

Ihr Herz schlug bis zum Hals, als sie den Glockenzug neben der Tür betätigte. Der Mann, der ihr bei ihrem letzten Besuch aus der Kutsche geholfen hatte, öffnete und schenkte ihr ein strahlendes Lächeln.

»Mademoiselle, welche Freude, Euch wieder hier begrüßen zu dürfen.« Er verzichtete diskret darauf, ihren Namen zu nennen, obwohl er ihn vermutlich kannte.

Sophie sah den blond gelockten Adonis kühl an. »Farid erwartet mich.«

»Natürlich tut er das«, gab der Mann unbeeindruckt zurück. »Darf ich Euch Mantel und Hut abnehmen?«

Sie ließ sich von ihm beim Ablegen der Garderobe helfen. Als sie sich umblickte, sah sie Farid am Treppengeländer lehnen, und die vage Hoffnung, ihn doch zur Annahme des Geldes überreden zu können, starb im selben Moment. Unbewusst straffte sie sich und trat auf ihn zu.

»Liebste, wie schön, dich wiederzusehen.« Diesmal trug er ein weites weißes Hemd und eine karmesinrote Hose. Er beugte sich vor, küsste sie auf beide Wangen und bot ihr den Arm.

Sophie legte ihre Hand darauf. Sie fühlte sich wie gelähmt, unfähig zu sprechen, zu denken oder einen Schritt zu machen. Scheinbar ohne ihr Zutun setzten sich ihre Beine in Bewegung und stiegen die Treppe nach oben.

Das Zimmer, in das er sie führte, schien dasselbe zu sein wie zwei Tage zuvor. Die Vorhänge waren zugezogen, das Feuer im Kamin knisterte, und auf dem Tisch standen verschiedene Karaffen mit Gläsern sowie appetitlich angerichtete Platten mit bunten Petit fours.

Obwohl sie den ganzen Tag über nichts als eine Brioche mit heißer Schokolade zu sich genommen hatte, krampfte sich Sophies Magen bei diesem Anblick zusammen. Angst und Hilflosigkeit erfüllten sie, und verzweifelt sah sie sich nach einer Fluchtmöglichkeit um. Sie konnte das nicht, sie konnte nicht mit ihm ins Bett steigen, nicht einmal dann, wenn es die einzige Möglichkeit bot, Franco zu vernichten.

Ihr Blick fiel auf Farid, der ihr gegenüberstand und sie schweigend ansah. Während sie noch nach Worten suchte, um ihn davon zu überzeugen, dass sie an dem Handel kein Interesse mehr hatte und dass er sie gehen lassen musste, streckte er die Hand aus und berührte ihre Wange.

»Ich war nicht sicher, ob du wirklich kommen würdest.« Seine Fingerspitzen strichen über ihre Haut. Eine sanfte, kaum wahrnehmbare Berührung, dennoch spürte Sophie sie bis in die Zehenspitzen. Sie wollte zurückweichen und konnte doch keinen Schritt tun.

Sein Daumen strich über ihre Unterlippe, und unwillkürlich starrte sie auf seinen Mund. Einen Mund, der für sie schon immer der Inbegriff verführerischer Sinnlichkeit gewesen war und der ihr auch jetzt weiche Knie verursachte. Kühn die aufgeworfene Oberlippe, verschwenderisch die volle Unterlippe, zusammen ein fleischgewordenes Versprechen aufregender, unwiderstehlicher Zärtlichkeiten. Sie wusste, wie sich dieser Mund auf ihrem anfühlte, die Erinnerung hatte sich unvergesslich in sie eingebrannt, und sie hielt unwillkürlich den Atem an, als sich Farid zu ihr beugte.

Aber statt sie zu küssen, blies er eine Haarsträhne von ihrer Schläfe. »Wir haben Zeit, viel Zeit, Liebste, und jede Minute davon wird ein Erlebnis.« Seine Stimme umhüllte ihren Verstand wie schwerer dunkler Honig und machte Sophie gleichzeitig eines klar: Sie hatte keine Angst vor ihm, sie hatte Angst vor sich selbst. Vor ihrer Schwäche und ihrem Verlangen, das sie immer zu den falschen Männern trieb. Den Verführern, den Tagedieben, den Halunken, die weder Gewissen noch Rückgrat besaßen und alles nahmen, was sie bekommen konnten. Um es im Handumdrehen wieder fallen zu lassen. Warum konnte nicht ein anständiger Mann wie Jean de Maroilles ihr Blut in Lava verwandeln und sie schwach vor Verlangen machen? Warum musste es ein Nichtsnutz wie Franco Angelli oder Farid Bejaht sein?

Seine warmen festen Lippen berührten ihren Mund, und ihre rebellischen Gedanken stoben auseinander wie Wolken im Wind. Er neckte sie und nährte dabei gleichzeitig ihr Verlangen, bis sie sich sehnsüchtig an ihn presste. Seine Zunge spielte mit ihrer, fordernd und einladend zugleich. Sophie genoss den Rausch, in den er sie so unfassbar schnell gestürzt hatte. Ihre Hände lagen flach auf seiner Brust, ihre Augen waren geschlossen, und jeder Nerv in ihr vibrierte erwartungsvoll. Sie wollte mehr, mehr, mehr …

Als er den Kuss beendete, öffnete sie enttäuscht die Augen, aber beim Anblick seines feuchten Mundes schoss sofort eine neue Welle der Erregung durch ihren Körper.

Er lächelte, augenscheinlich sehr zufrieden damit, wie sich die Dinge entwickelten. Oder mit sich. Was im Grunde keinen Unterschied machte.

»Dann lass uns anfangen, Liebste«, sagte er mit einer Stimme wie mitternachtsfarbener Samt. »Ein Kleidungsstück für mich, eines für dich.«

Ehe sie etwas erwidern konnte, stand er hinter ihr und begann an den Verschlüssen ihres Kleides zu hantieren. Natürlich kannte er sich damit aus und hatte es innerhalb weniger Augenblicke geöffnet. Als er es ihr langsam von den Schultern schob, nutzte er die Gelegenheit, ihre Arme zu streicheln und ihren Nacken mit einem heißen, feuchten Kuss zu verwöhnen.

Das Kleid fiel raschelnd zu Boden, und Farid stand wieder vor ihr. Seine Augen funkelten auffordernd, und auf seinem Mund lag der Anflug eines Lächelns.

Erst als er ihre Hand nahm und an die Knopfleiste seines Hemds legte, begriff Sophie, was er wollte. Fahrig und ohne nachzudenken begann sie, die Knöpfe zu öffnen. Der blütenweiße Batist enthüllte die karamellfarbene Haut seiner unbehaarten Brust. Sie schob das Hemd weiter auseinander und streifte es von seinen Schultern, bis es geräuschlos zu Boden fiel. Die Versuchung, ihn zu berühren, wurde übermächtig. Dennoch gelang es ihr, die Hände ruhig zu halten und den Blick auf einen Punkt im Nirgendwo gerichtet zu lassen, während er unter ihren Brüsten die Verschlüsse des Unterrocks aufhakte. Der wohlbekannte Duft nach Patchouli, der ihn umgab, und die Hitze, die von seiner nackten Haut ausströmte, stellten ihre Standhaftigkeit weiter auf die Probe.

Nachdem der Unterrock am Boden lag, machte Sophie sich daran, die Bänder von Farids Hose zu lösen und diese nach unten zu streifen, wobei sie in die Knie gehen musste. Erst als ihr sein voll erigierter Schwanz entgegensprang, bemerkte sie, dass Farid keine Unterwäsche trug. Und auch sonst nichts weiter, keine Strümpfe, keine Schuhe.

Ungläubig starrte sie auf die nackten Zehen, die gerade die Hose beiseiteschoben. So viel zu »ein Kleidungsstück von mir, ein Kleidungsstück von dir«. Ihr Blick wanderte an seinen Beinen nach oben und blieb an seiner imposanten Rute hängen. Der dicke Schaft reckte sich stolz nach oben, unter der seidig glänzenden Haut zeichneten sich die Adern und die mächtige Eichel deutlich ab.

Langsam richtete sich Sophie wieder auf. Ihre Wangen glühten, und sie schaffte es nicht, Farid ins Gesicht zu sehen – so gerne sie auch die Gleichgültige gespielt hätte.

Vollkommen ungerührt von ihrer offensichtlichen Befangenheit trat er hinter sie, um die Schnüre des Korsetts zu lockern, sagte aber nach den ersten Versuchen: »Gehen wir hinüber, dort ist das Licht besser.«

Ohne auf ihre Antwort zu warten, ging er zu der Kommode, auf der zwei Kerzenleuchter vor einem Spiegel standen. Sophie sah ihm dabei verstohlen zu. Auch sie hatte ihn noch nie völlig nackt gesehen, die Regeln auf *Belle Étoile* hatten das verboten.

In Francos Atelier waren unbekleidete Modelle an der Tagesordnung gewesen, Männer wie Frauen, von denen niemand unter ausgeprägtem Schamgefühl gelitten hatte. Vorzugsweise hatte Franco seine Modelle als griechische Götter gemalt, damit die Käufer der Bilder ihre Vorlieben hinter einem Interesse an antiken Kulturen tarnen konnten. Farids schlanke, dunkle Gestalt hätte ihn ohne Zweifel zur Vorlage für Ares, den Gott des Krieges, oder für Hades, den Herrscher der Unterwelt, gemacht. Er bewegte sich unbekümmert und mit einer geschmeidigen Eleganz, um die ihn Sophie insgeheim beneidete.

Vor der Kommode drehte er sich um und stemmte abwartend die Hände in die Hüften. Ertappt folgte sie ihm, nur um nach einem Schritt prompt über die herumliegenden Kleidungsstücke zu stolpern. Er fing sie auf und hielt sie fest.

Sein Körper an ihrem fühlte sich so atemberaubend an,

dass sie von einer Welle der Enttäuschung erfasst wurde, als er sie – viel zu schnell – wieder losließ. Im Spiegel beobachtete sie, wie er die Schnüre des Korsetts löste. Sein Atem strich über ihre nackte Schulter, und die Härchen in ihrem Nacken richteten sich auf. Sie wandte den Kopf und entdeckte einen weiteren Spiegel, der ihr die Szene aus einem anderen Winkel präsentierte. Die Bilder, wie er nackt und erregt hinter ihr stand und sie langsam von den letzten Kleidungsstücken befreite, verfehlten ihre Wirkung nicht. Die erotischen Schwingungen wurden stärker und stärker. Immer wieder strichen seine Finger in einer beiläufigen Liebkosung über ihre nackte Haut und brachten sie dazu, immer mehr davon zu wollen.

Als ihre Unterwäsche schließlich auf dem Teppich lag, begann er, die Nadeln aus ihrem Haar zu ziehen, bis es wie rote Seide über ihren Rücken floss. Er drehte sie so, dass sie direkt vor dem Spiegel stand und zog sie an sich. Seine harte Erektion presste sich an ihre Hinterbacken, und gebannt verfolgte sie im Spiegel, wie er die Hände um ihre Brüste legte. Der Kontrast zwischen seiner dunklen Haut und ihrer hellen erregte sie noch zusätzlich. Seine Daumen umkreisten die rosigen Aureolen ihrer Brustwarzen so lange, bis sie zu kleinen Knospen erblühten. Er spielte mit ihnen, drehte sie und zupfte daran, bis Sophie die Zähne in die Lippen grub, um nicht vor Lust zu stöhnen. Unbewusst presste sie den Rücken an seine Brust und streckte ihren Körper seinen Liebkosungen entgegen.

Seine rechte Hand wanderte zu ihrem Venushügel und suchte in ihren heißen, feuchten Falten nach der anderen Knospe, die auf seine Zärtlichkeiten wartete. Als er sie berührte, bäumte sich Sophie ungestüm auf und umklammerte seinen Arm. Halb von Sinnen vor Verlangen stieß sie die Hüften vor, um ihn besser zu spüren.

Er entzog sich ihr und hob sie hoch, um sie die wenigen Schritte zum Bett zu tragen. Die kühle Seide ließ Sophie erzittern, und sie sah Farid aus halb geschlossenen Augen an. Er kniete neben ihr und liebkoste sie mit Blicken. Noch nie hatte ein Mann sie mit solch unverhülltem Begehren betrachtet.

Er legte den Kopf auf ihren Schenkel und streckte sich zwischen ihren Beinen aus. Seine Hand glitt aufreizend langsam über ihr Knie nach oben, der Ring an seinem Daumen glänzte im Licht der Kerzen.

Sie sah, wie er mit den Fingern spielerisch die roten Löckchen durchkämmte, als hätte er alle Zeit der Welt. Ihre Hände krampften sich in die seidenen Laken. »Du weißt, dass ich dich will.« Die Worte kratzten in ihrer Kehle und mussten doch heraus.

Er hob leicht den Kopf. »Ich wäre sehr enttäuscht, wenn meine sorgfältige Inszenierung nicht dazu führen sollte, dass du mich willst.«

Sophie brauchte ein paar Augenblicke, dann begriff sie. Nichts von dem, was bisher passiert war, hatte sich zufällig entwickelt. Das Ungleichgewicht beim gegenseitigen Ausziehen, das vor den beiden Spiegeln geendet hatte. Jede noch so kleine Zärtlichkeit, die er ihr geschenkt hatte, jedes Lächeln, jede Berührung, alles war Teil einer ausgeklügelten Inszenierung. Ehe sie sich für ihre Naivität schelten konnte, runzelte er die Stirn. »Was ist so schlimm daran, Liebste?«

Sie holte tief Luft und stieß sie wieder aus. »Was schlimm daran ist? Himmel, ich mag dich nicht einmal.«

Er strich ungerührt über die zarte Haut an der Innenseite ihres Schenkels. »Du musst mich nicht mögen, um das zu mögen, was ich mit dir tue.«

Sophie ließ entnervt den Kopf in die Kissen fallen und starrte an die Decke des Himmelbettes. Erst jetzt bemerkte sie den Spiegel, der dort angebracht war, und das Bild ließ sie alle weiteren Worte vergessen. Der warme Glanz der smaragdfarbenen Seide, auf dem sich zwei Körper räkelten. Schwarzes Haar, das sich mit roten Löckchen auf ihrem Venushügel mischte, einen Augenblick bevor sie seine Zunge über das sehnsüchtig geschwollene Fleisch ihrer Spalte gleiten spürte. Sie wand sich und spreizte die Beine weiter und sah diese Bewegung im Spiegel, genauso wie Farids Hände, die sich unter ihre Hüften schoben. Sie sah weiter zu, wie sich sein Kopf in einem gemächlichen Rhythmus bewegte. Ja, er hatte recht. Sie musste ihn nicht mögen, solange sie mochte, was er mit ihr anstellte. Und das mochte sie, ganz ohne Zweifel.

Dennoch sperrte sich etwas in ihr, diese Tatsache zu akzeptieren. »Nein. Das alles ist demütigend und …«

»Ja, es ist unglaublich demütigend, in einem Bett mit seidenen Laken zu liegen und sich mit leidenschaftlichen Liebkosungen verwöhnen zu lassen, immer in der Gefahr, plötzlich einen Höhepunkt zu erleben.« Er hatte den Kopf gehoben und sah sie mit einem undeutbaren Ausdruck an. »Und den bösen Teufel, der dafür sorgt, dass du dich vor Lust windest, wie Ungeziefer zu behandeln, fügt der Demütigung noch eine besondere Note hinzu, nicht wahr, Liebste?«

Aus seinen Worten tropfte ätzender Spott, aber ehe sie etwas erwidern konnte, änderte sich sein Gesichtsausdruck, und ein sinnliches Lächeln umspielte seine Lippen. »Sag mir, was du willst, Liebste. Es gibt nichts, was ich dir nicht geben kann, nichts, das ich nicht kenne, und nichts, was ich nicht tun würde.«

Sophie blickte in seine dunklen Augen, in denen sündige Verheißung funkelte. Vage schoss ihr durch den Kopf, dass sie vermutlich nicht einmal einen Bruchteil dessen beim Namen nennen konnte, was er kannte und mit ihr anstellen konnte.

# 4

Farid wartete. Widersprüchliche Gedanken spiegelten sich auf Sophies Gesicht. Er streichelte die zarte Haut ihres Schenkels und fragte sich, was ihn dazu getrieben hatte, dermaßen mit seinen Künsten zu prahlen. Für gewöhnlich tat er das nicht, vor allem nicht so plump, sondern ließ Taten statt Worte sprechen. Aber dass Sophie ihr endloses, störrisches Schweigen nur gebrochen hatte, um ihn zu beschuldigen, dass er ihr praktisch seinen Willen aufzwang und sie nichts als ein hilfloses Opfer war, stieß ihm bitter auf. Er hatte sie nicht gezwungen, auf diesen absurden Handel einzugehen, sie war freiwillig gekommen und hatte auf seine kleinen Spielchen alles andere als ablehnend reagiert. Er konnte ihre Lust riechen und schmecken, und dennoch betonte sie ohne Unterlass, wie gedemütigt sie sich fühlte.

Sophie räusperte sich und riss ihn aus seinen Gedanken. Sie befeuchtete die Lippen mit der Zungenspitze, blind für die Reaktion, die diese winzige Bewegung bei ihm auslösen musste. »Auf *Belle Étoile* habe ich dich einmal beobachtet«, begann sie und weckte damit sein Interesse. »Es war nach einer der Orgien, und die Gäste waren bereits zu Bett gegangen. Ich konnte nicht schlafen und beschloss, einmal ums Haus zu laufen. Auf der Treppe bemerkte ich Licht aus einem der Zimmer und trat näher.« Sie brach ab und biss sich auf die Lippen.

Er lächelte sie ermutigend an. »Liebste, ich weiß, dass du mich damals immer wieder beobachtet hast, deine Skrupel sind also völlig unnötig. Nun, ich bin sehr gespannt, was du gesehen hast.«

Das war er wirklich. Im Geist ging er alle Möglichkeiten durch, was er nach einer Orgie wohl getan haben könnte, doch es gab so viele davon, dass er seine Aufmerksamkeit lieber wieder auf Sophie richtete.

»Du warst mit einer Frau zusammen.« Sie presste die Augen zusammen, als könne sie sich nur mit Mühe erinnern. Oder als ertrüge sie es nicht, ihn dabei anzusehen, wenn sie weitersprach. »Du hast auf einem Sofa gelegen, und sie saß auf dir. Ihr langes blondes Haar verhüllte sie, aber nicht ganz. Sie war üppig, volle Brüste und pralle Schenkel. Und sie bewegte sich langsam auf und ab.«

Farid sagte nichts, aber die Szene, die sie beschrieb, konnte sich ohne Weiteres so zugetragen haben.

Sophie öffnete die Augen. »Dabei habt ihr euch unterhalten. Ich habe nicht verstanden, worum es ging, aber der Tonfall und das häufige Lachen waren wohl eindeutig.« Sie schwieg und sah ihn an, als müsste er wissen, was sie meinte.

Er hob die Brauen. »Und weiter?«

Sie holte tief Atem. »Diese Szene war heiter, unbeschwert, als wäre das alles ein grandioser Spaß. So leicht wie eine Feder, so sorglos wie ein Spaziergang an einem warmen Frühlingstag.« Ihre Finger gruben sich in die Seide, und ihre Stimme klang belegt, als sie fortfuhr: »Das will ich, genau das. Ich will auf so unbeschwerte, fröhliche Weise mit einem Mann zusammen sein. Ich will dabei lachen und scherzen, ich will mich völlig frei und ungebunden fühlen, während wir Liebe machen.«

Farids Finger hatten aufgehört, sich zu bewegen. Seine Hand lag ruhig auf Sophies Schenkel. Zwar konnte er sich an die konkrete Szene noch immer nicht erinnern, aber er hatte eine Erklärung dafür. Zu privaten erotischen Gelagen nahm er oft ein oder zwei Dirnen mit, um die Stimmung schneller zu lockern. Eine professionelle Liebesdienerin trug durch ihr direktes Verhalten sehr zur Enthemmung der weiblichen Gäste bei. Dann, wenn alles vorbei war und er mit den Dirnen den Abend noch einmal durchging, kam es schon vor, dass sich unbefriedigt gebliebene Bedürfnisse meldeten. Meist war es ein schneller, bedeutungsloser Akt, der nichts mit der theatralischen Vorstellung für die Gäste zu tun hatte. Man nahm sich, was man brauchte, unmaskiert und ungekünstelt.

Das hatte Sophie beobachtet. Allerdings beruhte der Eindruck von Leichtigkeit und Unbeschwertheit vor allem auf der Bedeutungslosigkeit des Ganzen. Es war nicht mehr, als wenn man seinen Durst mit einem Glas Wasser stillte. Von Liebe machen, wie Sophie es genannt hatte, konnte dabei nicht die Rede sein. Aber wie sollte er ihr das erklären?

»Für mich war es nie so«, fügte Sophie hinzu, weil sein Schweigen sie offensichtlich zu einer Erklärung trieb. »Es war nie leicht und unbeschwert.«

»Warum?«, fragte er, obwohl er nicht sicher war, dass er die Antwort wirklich hören wollte. Die persönlichen Angelegenheiten der Frauen, mit denen er schlief, interessierten ihn nicht. Für gewöhnlich pflegte er Aufmerksamkeit zu heucheln, wenn ihre Klagen über das Leben im Allgemeinen und das schwer zu ertragende eigene Schicksal begannen. Aber sonderbarerweise wusste er, noch ehe Sophie zu reden begann, dass es in diesem Fall anders war.

»Als ich das erste Mal mit Franco schlief, wusste ich, dass danach kein Weg mehr zurückführte. Mir war die Tragweite dessen bewusst, was ich aufgab. Mit ihm wegzugehen, war nur der nächste logische Schritt. Und die ganze erste Zeit über hatte ich Angst, dass meine Eltern nach mir suchen und mich zurückholen würden.« Sie verzog den Mund. »Ich wusste ja nicht, dass mich mein Vater verstieß, als er die Wahrheit erfahren hatte. Nachdem Franco und ich in Florenz angekommen waren, begannen die wenigen wirklich glücklichen Wochen mit ihm. Sie dauerten gerade so lange, bis ich schwanger wurde.« Ihre Stimme klang ausdruckslos. »Es brauchte seine Zeit, bis ich begriff, dass Franco keine Kinder wollte. Keine Ehe. Keine Verantwortung. Eine sehr, sehr lange Zeit, und als ich es begriff, war es zu spät.« Sie schwieg und holte dann tief Atem. »Die Einzelheiten tun nichts zur Sache, und auch wenn es Zeiten gab, in denen ich das Zusammensein mit Franco genoss, so vermisste ich immer die unbeschwerte Leichtigkeit, von der ich gesprochen habe. Und beim Zusammensein mit dem Herzog konnte davon natürlich auch keine Rede sein. Jetzt, da ich frei und ungebunden und niemandem Rechenschaft schuldig bin, will ich endlich wissen, wie sich das anfühlt.«

Farid hoffte, dass seine Miene nichts von seinen Gedanken verriet. Es gab vermutlich keine Sexualpraktik, von der er nicht zumindest gehört hatte. Aber das, was Sophie verlangte, war schlicht unerfüllbar, denn es lag nicht in seiner Macht, sondern an ihr. Sie gehörte nicht zu den Frauen, die das Leben leichtnahmen. Sie wartete darauf, dass Probleme am Horizont auftauchten, und offenbar wussten die Probleme dies zu schätzen.

»Du wirst es doch tun?«, vergewisserte sich Sophie. »Du hast es doch bestimmt schon oft getan.«

Er saß in der Falle. Warum hatte er sich auch zu dieser Prahlerei hinreißen lassen? Sie anzulügen, wäre zwar einfach, doch es widersprach seinen Grundsätzen. Was das Bett anging, log er niemals und würde jetzt nicht damit beginnen.

Ihr die Wahrheit zu sagen, eine Wahrheit, die sie weder hören wollte noch akzeptieren würde, barg das Risiko, dass sie aufsprang und auf Nimmerwiedersehen verschwand.

Was er weder zulassen konnte noch zulassen würde. Er wollte sie besitzen, er wollte sie so lange und so fest stoßen, bis sie seinen Namen schrie. Alles andere interessierte ihn nicht. Und so knapp vor dem Ziel aufzugeben kam nicht in Frage.

»Es ist nicht unmöglich«, sagte er schließlich. »Nur heute, jetzt, ist es sehr unwahrscheinlich.«

Enttäuschung zeichnete sich auf ihrem Gesicht ab, also beeilte er sich, fortzufahren: »Ich werde dafür sorgen, dass du jede Minute genießt, dass du von Höhepunkt zu Höhepunkt fliegst und vor Lust alles andere vergisst. Vielleicht fühlst du dich währenddessen leicht und unbeschwert, vielleicht geschieht das aber auch erst beim nächsten oder übernächsten Mal.«

Er schenkte ihr sein verführerischstes Lächeln, während er nach oben rutschte und sich über sie beugte. Etwaige Einwände erstickte er mit seinem Mund. Doch der aus kühler Berechnung geborene Kuss erinnerte ihn wieder daran, warum er sie unbedingt in seinem Bett hatte haben wollen. Sie zu küssen war prickelnd wie Champagner und süß wie Honig, ihre Zunge zu spüren war erotischer als so manche gemeinsame Nacht mit irgendeiner Frau. Sophies Lippen bewegten sich unter seinen, warm und lebendig, ein sinnliches Versprechen für kommende Wonnen. Er stützte sich auf den Ellbogen ab und vertiefte den Kuss, verlor sich darin, ehe er sich mit seinem üblichen Schutzschild der Distanz wappnen konnte. Ihr langer schlanker Körper wand sich unter ihm, und ihre Finger fuhren rastlos über seine Schultern. Sie presste sich enger an ihn und rieb ihre Scham an seiner geschwollenen Rute. Ihre

Schenkel öffneten sich bereitwillig, und fast hätte er die einfachsten Grundsätze seiner Zunft vergessen, als er wie von selbst in ihre feuchte Spalte glitt.

Keuchend unterbrach er den Kuss und stemmte sich hoch. Ihr Gesicht glühte vor Erregung, ihre Augen schimmerten dunkel. Widerwillig befreite er sich aus ihren Armen und tastete unter dem Bett nach dem Etui, das er dort bereitgelegt hatte. Versiert klappte er es mit einer Hand auf und nahm einen der getrockneten Schafsdärme heraus. Ebenso geschickt streifte er ihn über und befestigte ihn, damit er nicht abrutschen konnte.

Sophie hatte sich halb aufgerichtet und beobachtet ihn. »Was machst du da?«, fragte sie mit gerunzelter Stirn.

»Dafür sorgen, dass du kein Kind bekommst.«

»Man kann verhindern, dass dabei ein Kind entsteht?« Sie starrte ihn an, als habe er gerade einen zweiten Kopf bekommen.

»Ja.« Er rollte sich wieder über sie und küsste sie, ehe sie weiterfragen konnte. Vielleicht würde er es ihr erklären, irgendwann, aber bestimmt nicht jetzt. Als er den Kopf hob, konnte er ihr Gehirn förmlich arbeiten hören. Sie dachte an den Klecksermeister, und das gefiel ihm überhaupt nicht. Er würde nicht zu dritt in einem Bett liegen, in das nur zwei gehörten.

»Wage es nicht, an ihn zu denken, während ich in dir bin«, knurrte er durch die Zähne.

Der Ausdruck auf ihrem Gesicht änderte sich erneut, und die Verwandlung war so abrupt, dass er kurz den Atem anhielt, denn plötzlich räkelte sich eine kokette Verführerin vor ihm. »Dann sieh zu, dass ich nicht an ihn denke«, gab sie mit kehliger Stimme zurück, als hätte sie ihr Leben lang nichts anderes getan, als Männer um den Verstand zu bringen.

Er spürte ein beinahe schmerzhaftes Ziehen in seinem Unterleib. Nur seiner Erfahrung war es zu danken, dass er sein Verlangen beherrschen konnte. Er wölbte die Hand um ihre rechte Brust. »Euer Wunsch ist mir Befehl, Madame.« Sein Daumen reizte die harte Spitze, bis Sophie einen unartikulierten Laut ausstieß. Seine Eitelkeit reagierte darauf schneller, als ihm lieb war. Er ließ die Hand tiefer wandern, schob ihre Schenkel auseinander und strich mit einer federleichten Liebkosung über ihr nasses, heißes Fleisch, ehe er sich in Position brachte. Er senkte den Kopf, blickte auf ihre Brüste mit den steil aufgerichteten Knospen. Doch er wollte ihr Gesicht sehen, wenn er in sie eindrang. Ihre Blicke begegneten sich, und er versank in ihren weit geöffneten, blauschimmernden Augen, wie er in ihrem Körper versank.

Er hatte schon vor langer Zeit aufgehört zu zählen, wie viele Frauen er gehabt hatte, und im Grunde versuchte er, jeder Frau das Gefühl zu geben, dass etwas ganz Besonderes zwischen ihnen geschah. Aber zum ersten Mal seit er denken konnte, schoss ihm der Gedanke durch den Kopf, dass es diesmal tatsächlich etwas Besonderes *war.*

Er versuchte, diesen lächerlichen, absurden Gedanken zu ignorieren, indem er sich mit einem harten Stoß ganz in Sophie versenkte. Sie stöhnte auf, und damit besann er sich auf seine Aufgabe – er wollte ihr Lust verschaffen, wie sie es noch nie erlebt hatte. Darauf konzentrierte er sich und schlüpfte in die Rolle, die er wie keine andere beherrschte.

Sein Körper glitt über den ihren, seine Lippen liebkosten ihre seidige Haut, und seine Hände streichelten sie an Stellen, die ihr ein wohliges Stöhnen entlockten. Der Gegensatz zwischen der Frau, die sich hinter hochgeschlossenen, altbackenen Kleidern versteckte, und der leidenschaftlichen Sirene in seinen Armen hätte nicht größer sein können. Sophie ergab sich seinen Zärtlichkeiten, passte sich seinem Rhythmus an und schlang schließlich ihre langen Beine um seine Hüften. Der fordernde Druck peitschte sein eigenes Verlangen in neue Höhen, und er unterdrückte ein Aufstöhnen. Nach ihrer Begegnung auf *Belle Étoile* hatte er gewusst, dass sie leicht erregbar war, aber diese hemmungslose Begierde überstieg alle seine Erwartungen. Sie grub ihre Finger in sein Haar, um seinen Mund an ihren zu bringen. Er gehorchte und leckte mit der Zunge über ihre hungrig geöffneten Lippen, wieder und wieder, tauchte ein, knabberte und saugte, während er den Rhythmus, mit dem er in sie stieß, beibehielt. Die Kontraktionen ihres ersten Höhepunkts zogen ihn noch tiefer in sie hinein, und ihr heiserer Schrei vibrierte in seinem Körper nach.

Er machte unerbittlich weiter. Schweiß rann über seinen Rücken und tropfte von seinen Schläfen, als er nach ihren Handgelenken griff und ihr die Arme über den Kopf bog, um sie dort festzuhalten. Ihre Brüste wölbten sich ihm entgegen. Seine Lippen schlossen sich um die harte Spitze der linken Brust, und er saugte daran, wechselte zur rechten und kehrte wieder zur linken zurück, besessen von dem einzigen Gedanken, ihr Lust zu bereiten. Sophies lang gezogenes Stöhnen begleitete ihn, trieb ihn an, sie zu einem weiteren Höhepunkt zu bringen.

Als es so weit war, presste er sie fester in die Matratze und hielt sie mit seinem Gewicht gefangen, während er langsamer weiterpumpte. Ihre Beine fielen aufs Bett, und ihr Körper wurde weich und nachgiebig. Farid stützte sich auf die Unterarme und wartete geduldig, bis sich Sophies Lider öffneten. Der verschleierte Blick klärte sich, und ein träges Lächeln erschien auf ihren Lippen. »Das war wirklich gut.« Ihre Stimme klang rau, als strenge sie das Sprechen an. »Du warst gut.«

Er hob die Brauen, überrascht, dass sie es so einfach aussprach. »Danke«, erwiderte er ruhig. »Du auch.«

Sie wickelte eine schwarze Haarsträhne um ihren Finger. »Wirklich? Warum bist du dann noch immer unbefriedigt?«, fragte sie neugierig.

»Weil nur dein Wohlergehen zählt.« Er fuhr mit dem Zeigefinger die Konturen ihrer Lippen nach, und sie tippte verspielt mit der Zungenspitze danach. »Dieser Nachmittag gehört Eurer Lust, Madame, und ich bin nichts als ein williger Sklave.« Ein Satz, den er oft gebraucht hatte.

Sie lachte. »Oh ja, ein williger Sklave, genauso habe ich dich immer gesehen.«

»Mein ganzes Sein ist Euch und Eurer Lust gewidmet. Mein Sinnen und Streben gilt einzig, Euch Befriedigung zu verschaffen, Madame. Ich gebe Euch, was immer Ihr wollt.« Worte, glatt und dunkel wie schwarze Seide, Worte, die ihre Wirkung noch nie verfehlt hatten.

Ihr Gesicht wurde ernst, und sie sah ihn unverwandt an, während er fortfuhr, sich mit langen, gemächlichen Stößen in ihr zu bewegen. Sie war so nass und heiß, dass er trotz des Schafdarms das Gefühlt hatte, sich zu versengen.

»Wie lange hältst du das durch?«

»So lange es nötig ist, Liebste. Auf die Gefahr hin, mich zu wiederholen, es geht nicht um mich und mein Vergnügen. Es geht um dich und nur um dich.«

»Und wie stellst du es an durchzuhalten, so lange es nötig ist?«, fragte sie beharrlich weiter.

»Konzentration. Willenskraft. Technik«, gab er knapp zurück.

Sie wand sich unter ihm, um ihn noch tiefer in sich zu spüren, und schloss mit einem zufriedenen Seufzen die Augen. »Das ist wirklich gut, ganz unglaublich gut.«

»Es ist alles, was ich kann.« Der Satz entschlüpfte ihm, ohne dass er wusste, wie es dazu kommen konnte. Er wusste nicht einmal, dass er einen Gedanken wie diesen überhaupt im Kopf gehabt hatte.

Sie öffnete die Augen und runzelte die Stirn, erwiderte aber nichts. Ihr Zeigefinger folgte seiner Augenbraue, fuhr seinen Wangenknochen entlang bis zu seinen Lippen. »Du bist schön«, sagte sie dann. »Dein Mund ist faszinierend, ich habe mich nachts oft schlaflos herumgewälzt, weil ich immer daran denken musste, was du damit anstellen kannst.«

Da er nie auf den Gedanken gekommen war, dass sie überhaupt an ihn denken könnte, noch dazu in schlaflosen Nächten, fehlten ihm für einen Moment die Worte.

Sophie redete bereits weiter. »Dein Name und dein Haus sind bei den Hofdamen eines der beliebtesten Klatschthemen. Sie sagen, du bist jeden Sol wert. Selbst wenn ich es nicht hören wollte, warst du allgegenwärtig.«

Jetzt gelang es ihm doch, ein selbstbewusstes Grinsen aufzusetzen. »Und das reichte nicht aus, um dich neugierig zu machen, Liebste? Um den einen oder anderen Sol zu investieren?«

Sie sah ihn nachdenklich an, und die Antwort, die sie ihm gab, war ganz bestimmt nicht jene, die ihr wirklich auf den Lippen lag. »Nun, ich hielt die Gerüchte für maßlos übertrieben, und ich war zu sehr mit anderen Dingen beschäftigt, um mich näher damit zu befassen.«

»Dann bin ich froh, dass die Umstände dich letztendlich doch hierher geführt haben, damit du dich von der Maßlosigkeit selbst überzeugen kannst.« Er verdrehte ihre Worte absichtlich, doch sie hob nur die Schultern.

»Es wäre lächerlich für einen Mann wie dich, nur durchschnittlich zu sein, also werde ich mich mit Komplimenten über deine körperlichen Vorzüge zurückhalten. Ich glaube, davon hast du bereits genug gehört, um taub zu werden.«

Er verlagerte sein Gewicht und erhöhte das Tempo seiner Stöße. »Es gibt Dinge, von denen bekommt ein Mann nie genug.«

Sie legte die Arme um seinen Hals und seufzte leise. »Das ist so gut, hör nicht auf, hör einfach nicht auf ...«

Er gehorchte, nahm sie wieder mit auf die Reise und sah zu, wie sie von der Lust fortgespült wurde, die er ihr bereitete. Worte waren nicht nötig, er machte weiter, bis die Dämmerung den Raum in Zwielicht tauchte und gönnte Sophie nur kurze Pausen, in denen er ihr ein Glas mit schwerem rotem Wein reichte. Die Tropfen, die sie beim Trinken absichtlich oder nicht auf ihre Brüste fallen ließ, leckte er begierig ab. Und schon waren sie in einer weiteren leidenschaftlichen Umarmung gefangen.

Schließlich stand er auf, zündete die restlichen Kerzenleuchter an und zog die Vorhänge zu. Dann trat er hinter den Wandschirm und goss Wasser in die bereitstehende Porzellanschüssel. Da er im Gegensatz zu anderen Männern den Schafsdarm nur einmal verwendete, verzichtete er darauf, ihn zu waschen und zum Trocknen in ein Tuch zu wickeln. Er säuberte seine Schenkel und seine Genitalien und füllte eine zweite Schüssel mit Wasser.

Sophie hatte sich auf dem Bett zusammengerollt und blickte auf, als er sich neben sie setzte und die Schüssel zu seinen Füßen auf den Boden stellte. Er befeuchtete den mitgebrachten Lappen mit Wasser und Seife. »Dreh dich auf den Rücken.«

Sie gehorchte, und er begann, die klebrigen Spuren ihrer Ekstase zu entfernen.

»Das ... das ... ist ...«

»Demütigend?«, schlug er lächelnd vor.

Die Spitze traf, denn Sophie senkte die Augen und schwieg. Während er mit seiner Tätigkeit fortfuhr, konnte er den Blick nicht von den flammend roten Locken auf ihrem Venushügel wenden, durch die ihre weiße Haut schimmerte. Die herrschende Mode verlangte, dass sich Frauen der Oberschicht aller Körperhaare entledigten. Sie wollten wie junge Mädchen aussehen, so lächerlich dieser Versuch gelegentlich auch war.

Er fuhr durch die feinen Härchen, die sich an seine Finger schmiegten. »Lass dich nicht dazu überreden, dein Fellchen zu scheren, Liebste.«

Mit diesen Worten zog er die Hand zurück und wollte aufstehen. Für Sophie war es Zeit zu gehen, und er musste sich mit Pascal um eine Gesellschaft kümmern, die im Haus der Freude feiern wollte.

Sophie räkelte sich gähnend auf der smaragdgrünen Seide, jeder Zoll ihres Körpers strahlte wohlige Befriedigung aus. Während sie ihn unter halb geschlossenen Lidern ansah, formten ihre Lippen zwei Worte. »Warum nicht?«

Er warf den Lappen achtlos beiseite und spreizte ihre Schenkel mit einem schnellen Griff. Wie getrieben beugte er sich über ihre Spalte, teilte sie mit dem Daumen und leckte mit der Zunge über die zarten Falten. Eigentlich hatte er sie nur necken und ihr eine anschauliche Antwort auf ihre Frage geben wollen, aber jetzt konnte er nicht aufhören, bis er spürte, wie sie an seinem Mund zuckte. Widerstrebend ließ er sie schließlich los und strich ein letztes Mal über die feuchten Löckchen. »Weil es Männer gibt, die nach einem Blick auf dein feuriges Vlies bereit wären, Hab und Gut zu opfern, um dich zu besitzen.«

# 5

Sophie unterdrückte ein Gähnen, während sie mit einigen anderen Hofdamen vor dem Schlafgemach der Königin wartete. Farid hatte sie höflich, aber bestimmt noch am frühen Abend aus dem Haus komplimentiert, obwohl sie sich am liebsten in dem warmen Bett zusammengerollt und bis zum Morgen geschlafen hätte.

Nun verlagerte sie ihr Gewicht von einem Fuß auf den anderen. In ihrem Körper schmerzten Muskeln, von deren Existenz sie nicht das Geringste geahnt hatte. Außerdem fühlte sie sich wund, was nach den stundenlangen, ausufernden Liebesspielen kein Wunder war. Die Leichtigkeit, mit der Farid Bejaht sämtliche Gerüchte über sich mehr als bestätigt hatte, konnte durchaus als eindrucksvoll bezeichnet werden. Und sie musste zugeben, dass ihre Annahme, er wolle sie demütigen, falsch gewesen war. Aber trotzdem fiel es ihr schwer zu glauben, dass er nichts im Schilde führte und nichts anderes im Sinn hatte, als ihr Lust zu bereiten.

Ein Schauer lief über ihre Haut, und die Spitzen ihrer Brüste wurden hart bei der bloßen Erinnerung an ihre Zusammenkunft. Ihr Körper sehnte sich nach seinen schamlosen, kundigen, wundervollen Zärtlichkeiten, und sie wusste nicht, wie sie die Zeit bis zu ihrem nächsten Treffen am folgenden Nachmittag herumbringen sollte.

Die Tür des königlichen Gemachs öffnete sich. Umringt von mehreren Hofdamen trat Königin Marie-Thérèse in den

Vorraum. Ihre Züge wirkten wie üblich verkniffen, ein Spitzenschal lag über dem dunklen Haar, und ihre massige Figur steckte in einem steifen, hochgeschlossenen Brokatkleid. Wie jeden Morgen machte sie sich auf den Weg zur Kapelle, und ihr Hofstaat folgte ihr. Die Königin umgab sich nahezu ausschließlich mit Frauen aus ihrer Heimat Spanien. Trotz der langen Jahre in Frankreich sprach sie schlecht französisch und zeigte auch keinerlei Neigung, diesen Umstand zu ändern. Dem Leben in Versailles konnte sie nichts abgewinnen. Gelegentlich erschien sie bei Festen an der Seite des Königs. Da allerdings Madame de Montespan mit unglaublicher Impertinenz ihre Stellung als dessen offizielle Mätresse zur Schau stellte, währten diese Auftritte niemals lange.

Marie-Thérèse verbrachte ihre Zeit mit Beten und dem häufigen Genuss heißer Schokolade. Letztere machte ihren Körper fett und ließ ihre Zähne zu schwarzbraunen Ruinen schrumpfen. Zu ihrer Erbauung hielt sich die Königin eine Schar Zwerge, die ständig um sie herumhüpften. Sophie war es nie gelungen, in den inneren Kreis ihrer Hofdamen vorzudringen, und sie hatte auch kein Verlangen danach. Der Herzog von Mariasse hatte ihr zu dieser Position verholfen, die nichts weiter als ein Mittel zum Zweck war, um in Versailles bleiben zu können und einigermaßen mit Respekt behandelt zu werden.

Je länger sie am Hof weilte, desto belastender empfand sie das ständige tatenlose Herumsitzen. Die Aussicht auf eine Heirat mit dem Cômte de Maroilles hatte sie abgelenkt, aber jetzt wog die Langeweile doppelt schwer. Ihr Platz war nicht hier. Das wusste sie schon seit Langem, aber allmählich wurde ihr klar, dass sie ihr Leben selbst in die Hand nehmen musste, um ihr Schicksal zu ändern. Wenn die Sache mit Franco geklärt war, würde sie mehrere Entscheidungen treffen müssen.

Sophie schaffte es, die Morgenandacht hinter sich zu bringen, ohne einzuschlafen. Beim Verlassen der Kapelle gesellte sich Marion de Brisserac zu ihr. Die junge, verwitwete Baronin war eine der wenigen französischen Hofdamen im Gefolge der Königin, und trotz des Altersunterschieds von sieben Jahren und Sophies abweisender Art hatte sie sich mit ihr angefreundet. Dank der finanziellen Vorsorge, die der verstorbene Baron zu Lebzeiten für sie getroffen hatte, konnte Marion ihr Leben in vollen Zügen genießen, und das tat sie auch. Manchmal beneidete Sophie sie um die Unbekümmertheit, mit der sie alles anpackte.

»Ich wollte dich gestern Nachmittag zu einer Schlittenpartie holen, aber du warst nirgends zu finden«, begann Marion ohne Umschweife und schob sich eine vorwitzige dunkle Locke hinters Ohr.

Sophie zupfte an ihren Manschetten herum. Sie hatte nicht damit gerechnet, dass ihre Abwesenheit so schnell auffallen würde oder dass sie überhaupt jemandem auffallen würde. Deshalb hatte sie sich keine Ausrede überlegt, um zu vertuschen, wo sie tatsächlich gewesen war. Die Wahrheit zu sagen kam jedenfalls nicht infrage.

»Ich war bei meiner Schneiderin«, erwiderte sie einsilbig. »Sie hat eine Reihe neuer Stoffe hereinbekommen, die sie mir unbedingt zeigen wollte.«

»Schade, dass du mir nicht Bescheid gesagt hast, ich brauche unbedingt ein paar neue Kleider. Wir hätten gemeinsam fahren können.« In Marions Worten war aufrichtiges Bedauern zu hören, was bewies, dass sie nicht an Sophies Worten zweifelte.

Reuig senkte Sophie den Blick. »Es tut mir leid, ich habe nicht daran gedacht«, murmelte sie.

»Egal.« Marion machte eine wegwerfende Handbewegung. »Ich habe eine Einladung des Marquis du Severret zu einem Ball in seinem Haus am nächsten Freitag erhalten. Kommst du mit?«

Sophie suchte nach einer Ausrede, aber Marion legte ihr die Hand auf den Arm. »Severret ist ein großartiger Gastgeber, ich war zweimal bei seinen Gesellschaften. Er scheut keine Mühen und bietet seinen Gästen zur Unterhaltung Künstler, Gaukler und Musiker, wie du es noch nicht erlebt hast, glaub mir. Außerdem ist sein Schlösschen gut geheizt und nicht so kalt und zugig wie dieses Monstrum hier.«

Sie blickte Sophie auffordernd an. »Das wird bestimmt Spaß machen, du musst einfach mitkommen.«

»Also gut.« Sophie kapitulierte. Sie hatte hier keine Verpflichtungen, denen sie nachkommen musste, und der Gedanke, ein paar Tage in einer geheizten Umgebung verbringen zu können, war durchaus verführerisch. Auch wenn sie sich nicht erinnern konnte, dem Marquis schon einmal begegnet zu sein. »Ich begleite dich.«

Marion umarmte sie überschwänglich. »Sehr schön. Etwas Abwechslung wird dir guttun nach der Sache mit Maroilles«, erklärte sie ohne Umschweife, wie es ihre Art war.

Sophie lächelte gezwungen. »Du hast ganz recht.«

»Natürlich habe ich recht. Und jetzt habe ich Hunger.« Sie kicherte und rieb sich die Hände. »In meinem Appartement steht ein kleines Frühstück bereit. Sicher zu viel für mich allein. Warme Brioches, Butter und Himbeermarmelade. Und natürlich eine große Kanne Kaffee.«

»Du weißt, wie du mich bei Laune hältst.« Sophie betrachtete die quirlige kleine Person an ihrer Seite und wünschte sich einmal mehr, ein bisschen wie sie sein zu können.

Marions Appartement war besser geheizt und moderner eingerichtet als das von Sophie, was daran lag, dass der verstorbene Baron in der Gunst des Königs gestanden hatte. Das versprochene Frühstück ließ nichts zu wünschen übrig, und Sophie kuschelte sich in einen bequemen Lehnsessel, während sie die Rosinen aus ihrer Brioche pickte. Der Baron de Brisserac blickte von einem Ölgemälde wohlwollend auf die beiden Frauen herunter, und Marion hob ihm spielerisch die zierliche Kaffeetasse entgegen.

»Mein Gemahl, ich danke dir. Du hast mich nicht nur zu Lebzeiten, sondern auch danach zu schätzen gewusst.«

Sophie studierte das Gemälde. »Ein Wunder, dass er alles dir hinterlassen hat und nicht irgendwelchen männlichen Verwandten.«

Marion hob die Schultern. »Er hielt von Verwandtschaft und Blutsbanden nicht viel. Er wollte nicht einmal Kinder, zumindest nicht vor seinem fünfzigsten Geburtstag. Vielleicht wäre er anders gewesen, hätte er gewusst, dass er seinen achtundvierzigsten nicht erleben würde. Doch er dachte immer, er hätte noch alle Zeit der Welt.«

Das erinnerte Sophie an Farids Worte und dass er dafür sorgen würde, dass sie kein Kind empfing. Sie räusperte sich. »Hat dein Mann … hat er irgendetwas getan, um zu verhindern, dass du schwanger wirst?«, fragte sie stockend.

»Natürlich.« Marion beäugte Sophie neugierig. Sophie hatte ihr keine Einzelheiten aus ihrem Leben erzählt, nur dass sie eine langjährige Affäre mit einem Mann gehabt hatte. »Das übliche eben.«

Sophie blickte in ihre Kaffeetasse und schwieg.

»Du weißt doch, was ich meine?«, hakte Marion nach.

»Dass er sich zurückzieht, ehe er sich ergießt?«, murmelte Sophie undeutlich.

»Nein, das war ihm zu unsicher. Er betete mich an, und er wollte meinen zarten Körper auf keinen Fall mit einem Kind belasten, solange ich noch so jung war – das sagte er zumindest. Vermutlich wollte er mich auch nicht teilen oder monatelang enthaltsam leben. Also zog er eine Art Futteral über, ehe er in mich eindrang.«

»Ein Futteral?« Sophie hatte Mühe, das Wort auszusprechen.

Marion nickte. »Ja, er verwendete welche aus Schafsdärmen, wenn ich mich recht entsinne. Es gibt sie aber auch aus Leinen, Samt oder Leder. Später habe ich mir dann Goldkappen besorgt, damit waren die Futterale überflüssig. Ich mochte sie ohnehin nicht.«

Sophie versuchte, aus dem eben Gehörten klug zu werden, scheiterte aber kläglich damit. Ihr hilfloser Blick entging Marion nicht. »Du hast keine Ahnung, wovon ich spreche, nicht wahr?«, fragte sie sanft.

Langsam schüttelte Sophie den Kopf. Sie hatte sich immer für aufgeschlossen und auch nicht ganz dumm gehalten, aber auf den Gedanken, dass man eine Schwangerschaft verhindern konnte, war sie nicht gekommen. Eine Welle neuerlicher Wut überflutete sie, als ihr einfiel, dass Franco bestimmt davon gewusst hatte und ihr trotzdem die alleinige Schuld gegeben hatte, dass sie ein Kind nach dem anderen empfing.

Sie sah Marion an und gab sich einen Ruck. »Nein, ich habe tatsächlich nichts von diesen Dingen gewusst«, antwortete sie gepresst. »Sag mir, worum es dabei geht.«

Wenn Marion überrascht war, dann zeigte sie es nicht. »Nun, ich nehme an, die Sache mit dem Futteral ist dir klar. Was die Goldkappen betrifft, also, das können wir Frauen anwenden. Auch ohne, dass Männer davon wissen – und das ist vielleicht nicht ganz unwichtig, oder?« Sie lächelte, drückte Sophies kalte Finger und ging zu einer Kommode, aus der sie drei schwarze Samtbeutel nahm. »Ich habe zwei aus Gold und eine aus Silber.« Mit diesen Worten öffnete sie den ersten Beutel und legte den Inhalt auf das Tischchen vor Sophie, die neugierig danach griff. Der Gegenstand ähnelte einem großen Fingerhut mit kunstvollen Ziselierungen an den Seiten.

»Diese mag ich am liebsten, sie sitzt am besten«, kommentierte Marion mit einem Blick zu Sophie, während sie die anderen beiden auf den Tisch legte.

Sophie runzelte die Stirn. Sie konnte sich beim besten Willen nicht vorstellen, wie man damit eine Empfängnis verhindern sollte. »Was tut man damit?«

Marion polierte den silbernen Fingerhut mit dem Samtbeutel. »Ich sehe schon, ich muss wohl ganz von vorn anfangen. Du weißt, dass du ein Organ in deinem Leib hast, in dem ein Kind geschützt und geborgen heranwächst, bis es groß genug ist, um geboren zu werden?«

Sophie nickte. Während ihrer Schwangerschaften hatte ihr das die Hebamme fast mit den gleichen Worten erklärt.

»Gut. Dieses Organ sieht aus wie eine Birne, das schmale Ende zeigt nach unten und besitzt eine kleine Öffnung, durch die der Samen eines Mannes ins Innere gelangt und sich dann verwurzelt. Wenn das passiert, bist du guter Hoffnung.« Sie hielt Sophie die Kappe hin und drehte sie zwischen den Fingern. »Nun, hast du eine Idee, was man damit tun könnte, um eine Schwangerschaft zu verhindern?«

Sophie starrte auf das glänzende Metallstück. »Das ... die Öffnung damit ... verschließen?«, fragte sie stockend, weil sie es trotzdem nicht glauben konnte.

»Genau, du stülpst diese Kappe über das untere Ende der Birne, damit ist der Eingang verschlossen und der Samen des Mannes kann sich nicht festsetzen.« Sie zwinkerte Sophie zu. »Einfach, aber sehr wirkungsvoll.«

Noch immer ungläubig betrachtete Sophie den Gegenstand in ihrer Hand. Der Gedanke, dass sie selbst entscheiden konnte, ob sie ein Kind haben wollte oder nicht, war so unfassbar, so atemberaubend, dass ihr die Worte fehlten.

»Du kannst die Kappe unmittelbar vor dem Zusammensein mit einem Mann einsetzen und am nächsten Tag entfernen oder gleich nach deiner monatlichen Blutung anbringen und sie bis zur nächsten dort lassen. So habe ich es gemacht, als Charles noch am Leben war. Jetzt verwende ich sie nur dann, wenn ich vorhabe, mich zu amüsieren.«

»Verursacht sie keine Schmerzen?«, fragte Sophie beklommen, die sich Marions Erklärung immer noch nicht im Detail vorstellen konnte.

»Nein, du spürst sie nicht, wenn du alles richtig gemacht hast.« Marion nahm ihr die Kappe aus der Hand. »Wenn du willst, kannst du die silberne haben, um sie ausprobieren. Allerdings solltest du dir eine nach Maß anfertigen lassen, wenn du sie regelmäßig verwenden willst. Das ist wie mit Schuhen, nicht alle Füße sind gleich groß.« Sie kicherte.

Die Flut von Informationen, die über Sophie zusammenschlug, verwirrte sie. Und die Wut auf Franco brodelte noch immer in ihr. Er hatte sie in mehr als einer Hinsicht betrogen, aber dieser Betrug wog schwerer als alle anderen.

»Mir ist gar nicht aufgefallen, dass es jemanden gibt, mit dem du dich triffst«, sagte Marion leichthin und steckte die Kappen wieder in die Samtbeutel zurück. »Kenne ich ihn?«

Die Worte rissen Sophie unsanft aus ihren Gedanken. Vor allem, da es durchaus möglich war, dass Marion Farid kannte, und das nicht nur vom Hörensagen. »Ich treffe mich mit niemandem«, log sie, ohne mit der Wimper zu zucken. »Aber wenn du mir die Kappe gibst, würde ich mich gerne für zukünftige ... Abenteuer rüsten.« Sie brachte ein Lächeln zustande.

»Natürlich. Sie gehört dir.« Marion schob den Samtbeutel über den Tisch.

»Danke.« Sophie ließ ihn in der Tasche ihres Rocks verschwinden. »Und wo kann ich mir so eine Kappe anfertigen lassen?«

»Ich brachte meine aus der Normandie mit, wo Charles seine Besitzungen hatte und wir die meiste Zeit des Jahres lebten. Doch es gibt in Versailles oder Paris sicher auch jemanden, der sie für dich machen kann, allerdings kenne ich keine Namen. Aber ich kann mich umhören«, bot Marion bereitwillig an.

»Lass nur, zuerst muss ich herausfinden, ob ich damit umgehen kann.«

# 6

Sie konnte es nicht, wie sie sich noch am selben Abend nach mehr als einer Stunde erfolglosen Herumhantierens eingestehen musste. Zornig warf sie die silberne Kappe in die Waschschüssel und streckte sich auf dem Bett aus. Da gab es also etwas, mit denen Frauen selbst bestimmen konnten, ob sie ein Kind bekamen, und sie schaffte es nicht, das Ding richtig anzuwenden. Wie ärgerlich!

Glücklicherweise fragte Marion am nächsten Tag nicht nach, und da die Königin beschlossen hatte, nach der Morgenandacht ein Bad zu nehmen, waren alle damit beschäftigt, die nötigen Vorbereitungen zu treffen. Das königliche Bad zog sich bis zum Mittag hin, und obwohl Sophie nichts weiter zu tun hatte, als das dritte Handtuch für das Trocknen des königlichen Haars bereitzuhalten, war sie froh, als sich der Tross von den Bädern wieder in Marie-Thérèses Gemächer zurückzog. Das Ankleiden und Frisieren gehörte zu den Aufgaben der Hofdamen des inneren Kreises, was bedeutete, dass Sophie für den Rest des Tages entlassen war.

Sie eilte in ihr Appartement und überlegte, was sie für ihren Besuch im Haus der Freude anziehen sollte. Während sie die zahlreichen Kleider hin- und herdrehte, fiel ihr plötzlich ein, wie lange es her war, dass sie sich Gedanken über ihre Garderobe gemacht hatte. Wie lange es her war, dass sie gut aussehen wollte. Wie lange es her war, dass sie für einen Mann gut aussehen wollte.

Diese Überlegungen gefielen ihr nicht. Auch wenn Farid sie nicht demütigen wollte, so hatten er und seine Erpressung keinen zweiten Gedanken verdient. Kein Schurke seines Kalibers verdiente einen zweiten Gedanken. Außerdem war es völlig unwichtig, was sie trug, weil ihre Kleider im Handumdrehen auf dem Teppich liegen würden.

Sie wünschte, sie hätte das Kribbeln ignorieren können, das diese Vorstellung in ihr hervorrief. Genauso wie die Vorfreude, die sie die letzten beiden Tage empfunden hatte. Aber da sie es nicht konnte und auch müde wurde, es zu leugnen, blieb als einziger Ausweg, sich dieser Wahrheit zu stellen.

Seide, Satin, Brokat und Samt glitten durch ihre Finger, ohne dass sich Sophie für eines der Kleider entscheiden konnte. Nichts wollte zu ihrer Stimmung passen, und nichts würde Farid ihrer Ansicht nach zu mehr als einem Heben der schwarzen Augenbraue bewegen.

Sie stopfte die Kleider zurück in die Truhe und hockte sich missmutig darauf. Ihr Blick fiel auf den Zobelumhang, den sie sich gerade erst für die kalten Wintermonate hatte anfertigen lassen, und ihre Laune hellte sich schlagartig auf.

Wenig später stand sie vor dem Haus der Freude und betätigte den Klingelzug. Den Mann, der ihr mit einer Verbeugung öffnete, kannte sie nicht. Sie trat ins Foyer und nahm ihren Hut ab.

»Ich möchte zu Farid, er erwartet mich.« Schritte hinter ihr veranlassten sie dazu, sich umzudrehen. Farid stand auf der obersten Treppenstufe und sah zu ihr herunter. Ihr Herzschlag verdoppelte sich.

Der Mann ihr gegenüber hielt den Hut in der Hand und

blickte sie abwartend an. »Darf ich Euch den Mantel abnehmen?«

Sie ignorierte ihn und ging zur Treppe. Ihr Mund fühlte sich trocken an, und ihre Lippen waren rau wie Bimsstein. Unter Farids prüfendem Blick fühlte sie sich elend, und die Idee, die im Appartement von Versailles so brillant angemutet hatte, erschien ihr nun einfach nur lächerlich. Aber daran konnte sie jetzt nichts mehr ändern.

Sie stieg auf die erste Treppenstufe und sah Farid unverwandt an. Langsam öffnete sie den Umhang, zog ihn so weit auseinander, bis sie die Arme ganz ausgebreitet hatte. »Soll ich ihm den Mantel geben?« Ihre Stimme klang heiser, war aber laut genug, um an Farids Ohren zu dringen.

Er sagte nichts, und auch seine Körperhaltung blieb unverändert. Seine Blicke wanderten über ihren nackten Körper, der von dem dunklen Zobel eingerahmt wurde. Sie trug nichts außer knöchelhohen Stiefelchen und pompösen Ohrgehängen, die ihr bis auf die Schultern reichten.

Während sie die Treppe hinaufstieg, verfluchte sie ihren Einfall. Ein enggeschnürtes Korsett hätte ihn vielleicht eine Braue heben lassen, aber ihre unverhüllte Nacktheit blieb offenbar völlig wirkungslos. Vermutlich sah er täglich Dutzende nackter Frauen. Als sie neben ihm stand, schloss sie den Umhang und verschränkte die Arme vor der Brust. Sie fühlte sich wie eine komplette Närrin. Obwohl sie sich am liebsten umgedreht hätte und aus dem Haus gestürmt wäre, blieb sie mit hocherhobenem Kopf stehen.

Farid machte eine Handbewegung zu dem Mann im Foyer, die diesem signalisierte, dass er sich zurückziehen konnte. »Ich wollte dich heute durch das Haus führen, Liebste«, sagte er dann zu ihr, als wäre nichts geschehen. »Allerdings möchte ich dich nicht langweilen, wenn du dich also lieber gleich in unser Gemach zurückziehen willst – ich kann dir versichern, es ist gut geheizt.«

Seine Augen glitzerten bei den letzten Worten, und sie war sicher, dass er sie gerade im Stillen auslachte. »Ich würde das Haus gerne sehen. Schließlich habe ich nicht oft die Gelegenheit, ein Bordell zu besichtigen«, entgegnete sie von oben herab.

Er neigte den Kopf. »Dann lass uns beginnen.«

Sie gingen den Flur entlang, und Farid öffnete eine Tür nach der anderen. Die Räume waren nach verschiedenen Themen eingerichtet. So gab es ein orientalisches Gemach, einen römischen Tempel sowie einen großen gefliesten Raum mit einem in den Boden eingelassenen Becken, das mit seltsamen Zeichen verziert war. »Ägyptisch«, erklärte Farid, noch ehe sie fragen konnte. »Auf Wunsch wird das Bassin auch mit Milch gefüllt.«

In einem anderen Zimmer stand ein riesiges Himmelbett, dessen Vorhänge von einer gewaltigen Krone zusammengehalten wurden. Die Wände und die Bettlaken waren mit der Lilie der Bourbonen bestickt.

Sophie schnappte nach Luft. »Das soll doch wohl nicht ...«

»Aber natürlich, Liebste. Was glaubst du, wie viele sich als Madame de Montespan fühlen wollen.« Farid grinste. »Oder als seine Majestät persönlich.«

Zweifelnd schüttelte Sophie den Kopf. »Aber das sind doch nur Illusionen ...«

»Natürlich sind es Illusionen. Hier werden Träume verkauft. Für ein paar Stunden darf jede Besucherin und jeder Besucher ihren oder seinen Traum ausleben. Ein Haremsmädchen sein, das der Sultan mit seiner Gunst beehrt. Von einem Piraten entführt werden oder eine von zahlreichen Kriegern begehrte Cleopatra sein.« Er beugte sich zur ihr.

»Das ist mein Metier, Liebste, ich verkaufe lustvolle, leidenschaftliche Illusionen.«

Sophie zog die Brauen zusammen. »Ich wäre niemals auf die Idee gekommen ...« Sie brach ab. Szenarien wie diesen konnte ihr Verstand nichts abgewinnen.

»Kaum einer würde einen Sol dafür ausgeben, um das zu bekommen, was er täglich hat.« Farids Stimme klang noch immer amüsiert. »Aber natürlich gibt es hier auch anderes.«

Er schritt die Treppe am Ende des Flures hinab. Ein Blick in die Zimmer dort ließ einen Schauer über Sophies Rücken huschen. Ketten aller Art, Peitschen und Folterwerkzeuge, deren Sinn und Zweck sie sich nicht vorstellen wollte. Sie hatte davon gehört, heimlich und flüsternd, aber bis zu diesem Moment hatte sie nicht geahnt, wie präsent diese Dinge waren.

»Lust durch Schmerz«, sagte Farid neben ihr. »Eine nicht geringe Anzahl meiner Gäste kann Lust nur gleichzeitig mit Schmerz empfinden. Die Varianten sind mannigfaltig.« Er nahm eine neunschwänzige Peitsche und reichte sie Sophie. Erst bei näherem Betrachten sah sie, dass die einzelnen Stränge aus Samtstreifen bestanden.

Er schlenderte zu einer Liege, von der Ledergurte baumelten. »Jemandem hilflos ausgeliefert zu sein, erregt ebenfalls viele meiner Gäste. Sich völlig hinzugeben, aufzugeben, ohne zu wissen, was passieren wird.« Er griff nach einem schwarzen Stoffstück, hob es hoch und rieb es zwischen den Fingern. »Ohne zu sehen, was passiert.«

Seine Worte woben eine Art Kokon um Sophie und setzten ihre Fantasie in Gang. Blind und wehrlos der Lust ausgeliefert zu sein, die er ihr bereiten würde. Sie versuchte, sich vorzustellen, wie es sein würde, mit gespreizten Beinen an die

Liege gekettet zu warten. Die Augen verbunden, nichts als Dunkelheit um sie herum.

Gefangen in diesen Bildern merkte sie nicht, dass er an ihre Seite getreten war und die Hand unter ihren Umhang schob. »Willst du es einmal ausprobieren?«

Er rieb mit der flachen Hand die Stelle über ihrem Nabel, beschrieb kleine Kreise, bis er mit dem Daumen über die Unterseite ihrer Brust strich. Es war eine durch und durch sinnliche Liebkosung, die ihre Knie weich werden ließ. Mit halb geschlossenen Augen blickte sie auf die Liege mit den Gurten. »Zuerst sollte ich mich vielleicht als Cleopatra versuchen«, murmelte sie undeutlich und drehte den Kopf, um zu sehen, ob er verärgert war.

Er hörte nicht auf, sie zu streicheln. »Dafür haben wir im Augenblick weder genügend Milch im Haus noch genügend Krieger. Bis auf Laurent sind alle auf einer privaten Feier.«

Sie konnte ein Kichern nicht unterdrücken bei der Vorstellung, in warmer Milch zu liegen und rund um sie herum standen kostümierte Männer. Spärlich kostümierte Männer.

»Schade.« Sie drehte sich in seinen Armen; der Mantel klaffte auf und gab ihr die Möglichkeit, sich nackt an ihn zu schmiegen. »Was schlägst du dann vor?«

Er zog die Nadeln aus ihrem Haar. »Du machst es mir nicht gerade leicht. Vor ein paar Tagen wärst du die perfekte Eisprinzessin gewesen, die jeden Sterblichen in die Schranken weist, aber heute ...« Er fuhr mit gespreizten Fingern durch ihre kupferfarbenen Locken.

Sie wartete mit angehaltenem Atem. Er presste seine harte Erektion in ihrer ganzen Länge an ihre nackte Haut. Da wusste sie, dass er sie begehrte, was auch immer er sagen würde.

»... heute sollte ich dich nehmen ...« Seine Stimme wurde heiser. »... und dich übers Knie legen für deine Leichtsinnigkeit. Was hast du dir dabei gedacht, mit nichts als einem Umhang in eine Kutsche zu steigen und hierherzufahren?«

Sie sah ihn unschuldig an, obwohl jeder Nerv in ihr vibrierte. »Ich dachte, dass mich der Zobel so lange wärmt, bis du das tun kannst.«

Er stieß einen Fluch durch die Zähne, packte ihr Haar und riss ihren Kopf zurück. Noch ehe sie den Schmerz spüren konnte, küsste er sie wild und auf geradezu obszöne Art. Dann glitt seine Hand zwischen ihre Schenkel und rieb über ihr heißes, nasses Fleisch. Sie konnte nicht stöhnen, weil er sich gierig von ihrem Mund bediente. Sie konnte sich nicht bewegen, weil er sie mit der anderen Hand an sich presste. Sie konnte nur ihre Finger in seine Oberarme bohren, um nicht das Gleichgewicht zu verlieren, während sie durch ihren Höhepunkt tauchte.

Dankbar registrierte sie, dass er ihren Mund freigab, und sie holte keuchend Luft. »Ich ... werde es nicht wieder tun, ich dachte, vielleicht gefällt es dir, vielleicht ... aber ich hätte ... daran denken sollen, dass ... dass ... du ... dass Frauen ... täglich ... hier ... nackt ...« Sie brach ab. »Es tut mir leid.«

Schweigen antwortete ihr. Sie löste ihre steifen Finger und trat einen wackeligen Schritt zurück, während sie den Umhang eng um sich zog. Sie hörte, wie er tief einatmete.

»Du glaubst, es gefällt mir nicht?« In seiner Stimme vibrierten Zorn, Ungläubigkeit, Leidenschaft und noch etliche andere Emotionen.

Sie nickte und starrte weiterhin zu Boden.

Er packte sie an den Schultern. »Sieh mich an!« Als sie nicht gleich gehorchte, schüttelte er sie. Widerstrebend hob sie die Augen. Sie wusste nicht, was er in ihrem Gesicht las, aber es brachte ihn dazu, seinen Griff zu lockern, ohne sie jedoch loszulassen.

»Was ist geschehen, dass du so wenig Vertrauen in dich hast?«, fragte er unerwartet sanft. »Was hat er dir getan oder was hat er nicht getan, dass du keine Ahnung von deiner Schönheit, deiner Kraft, deiner Magie hast?«

Sie blinzelte verwirrt. Kraft? Magie? Schönheit?

Wovon zum Teufel sprach er?

Da sie keine Antwort wusste, schwieg sie.

Farid betrachtete sie eine Weile mit gerunzelter Stirn. Dann, ohne ein Wort, hob er sie auf seine Arme. Überrascht hielt sie sich an seinen Schultern fest. Die Leichtigkeit, mit der er sie durch den Flur und die Treppe hinauftrug, erstaunte sie, denn schließlich war sie eine hochgewachsene Frau und keine zarte Elfe.

Er trat die erstbeste Tür mit dem Fuß auf. Unwillkürlich klammerte sich Sophie fester an ihn. Die Wände des Zimmers waren mit mythologischen Szenen bemalt, Säulentempel und Blumenwiesen vervollständigten die Kulisse. Das Bett war mit dünnen weißen Schleiern dekoriert.

»Das antike Griechenland?«, wagte Sophie zu fragen.

»Der Olymp«, antwortete er knapp und legte sie aufs Bett. Sofort kniete er sich über sie, öffnete den Umhang und breitete ihn aus, sodass sie auf dem glänzenden dunklen Zobel lag. Eine Weile lang betrachtete er sie schweigend. Dann hob er den Kopf. »Du bist eine unglaubliche Frau, Sophie d'Asseaux. Seit ich dich das erste Mal gesehen habe, kann ich nicht aufhören, über dich nachzudenken. Immer wenn ich glaubte, dass ich dich kenne, dass ich jeden deiner Schritte voraussagen könnte, hast du mich eines Besseren belehrt und mir eine völlig neue Seite an dir gezeigt. Nie ist es mir gelungen, dich zu fassen. Es war die Wahrheit, als ich dir gesagt habe, dass die Realität so manche Träume kuriert. Aber es sieht nicht so aus, als würde diese alte Weisheit in Bezug auf dich funktionieren. Je mehr ich von dir und über dich erfahre, desto mehr begehre ich dich. Gegen deine Wirklichkeit sind meine Fantasien farblos und tot. Das, was du heute getan hast, verlangt Mut. Mehr Mut, als die meisten besitzen. Und lass mich dir eins versichern: Es gefällt mir. So sehr, dass ich dich am liebsten noch auf der Treppe genommen hätte. Deine seidige weiße Haut umhüllt von weichen schwarzen Zobel nahm mir den Atem, ein derart erotisches Bild habe ich selten gesehen. Und du willst allen Ernstes behaupten, dass du dir dessen nicht bewusst warst, als du dich in deinem Appartement im Spiegel betrachtet hast?«

Seine dunkle Stimme strich über sie wie eine Liebkosung. Langsam schüttelte sie den Kopf. »Ich dachte, es wäre eine Abwechslung, wenn du eine Frau einmal nicht ausziehen musst. Mehr nicht.«

»Mehr nicht.« Er schaute sie mit einem seltsamen Blick an, dann knöpfte er sein Hemd auf. »Ich sehe schon, ich muss dir wohl beweisen, wie sehr mir diese Abwechslung gefällt.«

Er entledigte sich auch der Hose, streifte einen Schafsdarm über und streckte sich neben Sophie aus. Seine Hand glitt über ihren Körper in sanften, fließenden Bewegungen, als hätte er alle Zeit der Welt. Er zog sie an sich, und sie genoss das Gefühl seiner Haut an ihrer. Sie schlang ein Bein um seine Hüften, um noch enger bei ihm zu sein.

Seine Lippen liebkosten ihren Mund, sanft und spielerisch, während er ebenso sanft in sie glitt. Sie lagen beide auf der Seite, es gab keinen Druck, nur leichte Bewegungen, mit denen sich ihre Körper immer wieder und immer tiefer vereinigten. Die Mühelosigkeit, mit der ihre Erregung ins Unerträgliche wuchs, ließ Sophie aufstöhnen. Sie wollte, dass es ewig so weiterging, das sanfte Wiegen ihrer gemeinsamen Bewegung, ihr Blut, das voll neuer Kraft durch ihre Adern strömte, es sollte einfach immer so weitergehen … »Hör auf«, keuchte sie dennoch, kurz vor dem Höhepunkt. »Hör auf, dich zu bewegen.«

Er gehorchte, blieb in ihr, hart und heiß, so lange, bis der Herzschlag nicht mehr in ihren Ohren dröhnte und sie die in seine Schultern verkrampften Finger lockerte. Seine Lippen wanderten über ihr Gesicht, liebkosten die zarte Haut ihres Halses und verweilten in der Grube unter ihrer Kehle, die er mit der Zungenspitze erforscht hatte.

Seine Haut unter ihren rastlosen Händen war schweißnass, und jeder seiner Muskeln angespannt wie eine zum Schuss bereite Bogensehne. Langsam nahm er den Rhythmus wieder auf, ergriff abermals Besitz von ihrem Mund und fachte ihre Lust aufs Neue an. Er trieb sie weiter als beim ersten Mal, und sie hatte nicht den Atem, ihn zu stoppen. Doch auch ohne ein Wort verharrte er genau im richtigen Augenblick unbeweglich in ihr, zögerte ihr Vergnügen noch einmal hinaus.

Erbarmungslos wiederholte er dieses Spiel zwei weitere Male, und Sophie wand sich trunken vor Lust auf den seidenen Laken. Ihre Körper schien zu klein zu sein für das Verlangen, das durch ihn pulsierte. Sie hatte nicht gewusst, dass es möglich war, derartige Lust zu ertragen. Als er ihr endlich den erlösenden Höhepunkt gewährte, schien sich ihr Körper in reines strahlendes Licht zu verwandeln und mit dem Universum zu verschmelzen.

Nur widerwillig kehrte sie in die Wirklichkeit zurück. Farid lag neben ihr und wickelte eine rote Haarsträhne um seinen Finger. Sie konnte ihn nur stumm ansehen, weil ihr jedes Wort unzureichend erschien, um das Erlebte zu beschreiben.

Seine Miene ließ darauf schließen, dass er sehr mit sich zufrieden war, und Sophie konnte ihm das nicht verdenken. Sie versuchte zu lächeln, und er strich über ihre Unterlippe. »Fühlst du dich gut?«, fragte er überflüssigerweise.

Sie nickte. »Wenn ich mich besser fühlen würde, würde ich vermutlich schweben.« Ihre Stimme klang rau, und ihre Kehle schmerzte, obwohl sie nicht wusste, warum

Er rollte sich vom Bett, ging zu einem golden lackierten Schränkchen und kam mit einer Flasche Wein zurück und öffnete sie. Sophie richtete sich auf, und die Einrichtung des Raumes schien zu schwanken. Sie ließ sich wieder aufs Bett sinken und hob abwehrend die Hand. »Keinen Wein. Ich habe heute noch nichts gegessen.«

Farid hielt mitten in der Bewegung inne. »Es ist fast Abend, warum hast du noch nichts gegessen?«

»Es ging turbulent zu im Schloss, und mir blieb keine Zeit dafür.«

Er stellte die Flasche beiseite, in der noch der Korkenzieher steckte, und kam zum Bett zurück. »In unserem Zimmer habe ich einige Pastetchen und eingelegte Früchte bereitstellen lassen. Gehen wir hinüber.«

*In unserem Zimmer* – die beiläufig geäußerten Worte hallten in Sophies Ohren wider. Sie versuchte erneut, sich aufzusetzen, das Ergebnis blieb dasselbe. Farid kam zu ihr, wickelte sie in den Umhang und nahm sie auf die Arme. Sie schloss die Augen und hielt sich fest, bis er sie wieder absetzte.

Vorsichtig hob sie die Lider und sah ein Tischchen mit den versprochenen Pasteten vor sich. Farid füllte ein Glas mit Wasser und reichte es ihr. Noch während sie trank, meldete sich ihr Magen, und sie griff mit der freien Hand nach einem Gebäckstück. Es schmeckte himmlisch, und sie schob die Pastete nach dem ersten Bissen ganz in den Mund.

»Köstlich«, brachte sie heraus und nahm das nächste Stück.

Er saß ihr gegenüber, und da er sich nicht die Mühe gemacht hatte, etwas anzuziehen, als sie den *Olymp* verlassen hatten, konnte sie ungeniert seinen nackten Körper betrachten. Sie kuschelte sich in den Pelz und ließ ihre Blicke wandern, während sie an dem zarten Blätterteig knabberte.

Ein helles Geräusch verriet, dass etwas aus ihrem Umhang gefallen war und über das Parkett rollte. Beim Gedanken daran, was es war, stieg heiße Röte in Sophies Wangen. Ihre Hoffnung, dass Farid nichts gehört hatte, wurde zerstört, als er sich bückte und unter ihren Sessel griff.

# 7

Farid drehte den Gegenstand zwischen den Fingern und konnte nicht glauben, was er da in der Hand hielt.

Er sah Sophie mit einem Blick an, der einem spanischen Inquisitor Ehre gemacht hätte. Die Röte in ihren Wangen wich einer grünlichen Blässe. Sie begann zu husten und legte den Rest der Pastete auf den Tisch.

»Eine Freundin hat es mir geborgt«, begann sie und hustete wieder. »Aber ich schaffe nicht, es richtig einzusetzen. Deshalb wollte ich dich fragen, ob du ... vielleicht ...« Der stockende Fluss ihrer Worte versiegte zur Gänze.

»Ob ich was?«, fragte er unnachgiebig.

»Ob du weißt, was ich falsch mache«, murmelte sie undeutlich.

Er fasste es noch immer nicht. Vor ein paar Tagen hatte sie ganz offensichtlich keine Ahnung gehabt, dass man eine Schwangerschaft überhaupt verhindern konnte, und jetzt bat sie ihn, ihr den Gebrauch einer Portiokappe zu erklären. Diese Frau ließ sich einfach nicht durchschauen, und er fragte sich, was ihr wohl als Nächstes einfallen würde.

Durch den langsam auseinanderfallenden Zobel lugte eine rosige Brustwarze auf sahnig weißer Haut hervor. Er richtete den Blick auf Sophies Gesicht, das nun wieder glühte.

Mit der Kappe in der Hand kniete er sich vor sie hin und öffnete den Umhang noch etwas weiter. Als er ihre Knie umfasste, um sie ein Stück nach vorn zu ziehen, verspannte sie sich. Mit einem Seufzer ließ er los. »Liebes, wie soll ich deiner Meinung nach feststellen, wo das Problem liegt, wenn du dich wie eine Auster verschließt? Abgesehen davon, dass ich bereits jeden Teil deines Körpers berührt, geschmeckt oder zumindest gesehen habe.«

Sie gab wortlos nach und ließ zu, dass er ihre Beine spreizte. Er schob drei Finger in ihre Scheide und tastete sich vor. Dann nahm er die Kappe und versuchte, sie auf ihrem Muttermund anzubringen. Nach vier vergeblichen Versuchen stand er auf. »Sie ist zu klein. Ich nehme an, deine Freundin hat noch keine Kinder geboren?«

Sie nickte und zog den Umhang eng um sich. Farid ersparte sich einen Kommentar, ging zur Waschschüssel, spülte die Silberkappe ab und gab sie Sophie zurück.

»Weißt du, wo ich eine passende bekommen könnte?« Ihre Stimme hatte sich in ein für sie untypisches Piepsen verwandelt.

Er setzte sich wieder ihr gegenüber und nahm ebenfalls eine Pastete, die er langsam und sorgfältig kaute, um Sophie ein wenig auf die Folter zu spannen. Schließlich goss er sich ein Glas Wein ein, das er ebenfalls sehr bedächtig leerte.

»Natürlich weiß ich das. Ich hole dich morgen ab, und wir fahren gemeinsam zu jemandem, der dir helfen wird.« Er wartete, ob sie irgendwelche Verpflichtungen vorschieben würde, aber sie nickte hastig. »Gut. Morgen Nachmittag um zwei Uhr. Da kann ich mich sicher unbemerkt davonstehlen.«

Er wollte sie schon fragen, was sie vorhatte, wenn sie die Kappe richtig anwenden konnte, aber da die Antwort auf der Hand lag, verzichtete er darauf.

Sophie griff nach dem Glas, das er für sie gefüllt hatte. »Hast du etwas über Franco herausgefunden?«

Offensichtlich wollte sie das Thema wechseln, wonach ihm aber nicht der Sinn stand. »Nein, aber du wirst es als Erste erfahren, wenn es etwas zu berichten gibt, Liebste, das kannst du mir glauben«, setzte er in einem Tonfall hinzu, der ihr jede weitere Frage verbot.

Sie nickte und aß schweigend eine weitere Pastete. Als sie fertig war, blickte sie zum Bett. Er sah es, doch ihm war die Lust vergangen, und da sie keine Kundin war, die ihn herumkommandieren konnte, gab es auch keine Notwendigkeit, ihr etwas vorzuspielen.

»Ich bin gleich wieder da.« Er ging zur Tür und dann in sein Ankleidezimmer, wo er in Hemd und Hose schlüpfte und ein Paar Stiefel heraussuchte.

Als er zu Sophie zurückkehrte, runzelte sie die Stirn.

»Komm«, sagte er und streckte ihr die Hand hin. »Ich bringe dich nach Hause. Der Gedanke, dich ohne Kleidung und ohne Schutz auf den Weg zu schicken, bereitet mir Kopfschmerzen.«

Ihr Gesichtsausdruck ließ nicht erkennen, was sie dachte, aber er hätte gewettet, dass ihr dieser kaum verhohlene Hinauswurf nicht gefiel. Doch das bekümmerte ihn nicht weiter, da er es nicht darauf anlegte, ihr zu gefallen. Und er ließ niemals eine Frau die ganze Nacht in den Gemächern verbringen, schließlich war das Haus der Freude ein Bordell und kein Hotel.

Mit hocherhobenem Kopf und eng um sich gewickeltem Umhang kam sie auf ihn zu, nahm aber nicht seine Hand. »Meine Schuhe sind noch im anderen Zimmer.«

»Dann lass uns hinübergehen, Liebste.« Er öffnete ihr die Tür, und sie rauschte an ihm vorbei.

Sobald Sophie in ihre Stiefeletten geschlüpft war, machten sie sich auf den Weg ins Foyer. Als Farid seinen Mantel aus dem Garderoberaum holte, tauchte Laurent neben ihm auf.

»Ich begleite meinen Gast nach Hause«, sagte Farid. »Du kannst das Zimmer des Olymp in Ordnung bringen und aus dem Smaragdgemach das benutzte Geschirr entfernen.«

Laurent nickte. Über Aufgaben wie diese gab es keine Diskussionen, da sie jeder im Haus der Freude zu verrichten hatte. »Soll ich nach einer Kutsche Ausschau halten?«

»Ja, das sollte um diese Uhrzeit nicht allzu schwierig sein.«

Farid ging zurück zu Sophie, die ihr Haar aufgesteckt hatte und jetzt den Hut samt Schleier darauf drapierte. Sie drehte sich zu ihm um, jeder Zoll eine Dame. Niemand wäre darauf gekommen, dass sie unter dem weiten Zobelumhang nackt war. Oder dass sie sich bei ihren Höhepunkten heiser schrie.

Während der Fahrt wollte kein Gespräch aufkommen. Sophie saß ihm gegenüber und trug die kühle Miene zur Schau, die er aus vergangenen Tagen noch allzu gut kannte. Normalerweise hätte ihn ihre Haltung – nach allem, was gewesen war – erheitert, aber im Augenblick ging ihm jeglicher Sinn für Humor ab, ohne dass er hätte sagen können, warum er so gereizt war.

Die Kutsche hielt vor einem Seiteneingang des Schlosses, und ein Lakai öffnete den Wagenschlag. Farid folgte Sophie, um sich von ihr zu verabschieden. Unwillkürlich blickte er an der Fassade des dunklen Monstrums entlang. Und aus einem Gefühl heraus entschied er, Sophie bis zu ihrer Zimmertür zu begleiten.

Er griff nach ihrem Ellbogen und führte sie zum Tor, ehe sie protestieren konnte. »Ich begleite dich zu deinem Zimmer, Liebste, nur um ganz sicherzugehen, dass du gut aufgehoben bist.«

Sie versuchte, sich aus seinem Griff zu winden. »Nein, das

ist wirklich nicht nötig. Niemand würde es wagen, mich hier zu belästigen.«

Er ignorierte ihren Protest und ging mit ihr zur Treppe. »Hier entlang? In welche Etage?«

Sie maß ihn mit einem kühlen Blick, seufzte und gab ihren Widerstand auf. »Nach ganz oben.«

Wieder herrschte Schweigen, während sie die schlecht beleuchtete Treppe hinaufstiegen. Die Stufen knarrten unter ihren Füßen, und in manchen Ecken wirbelten Staubflöckchen durch die flackernden Schatten. Oben angekommen, ging Sophie vor Farid den Flur entlang. Auf den Holzdielen lag kein Teppich, deshalb hallten ihre Schritte wie dumpfe Trommelschläge von den kahlen Wänden wider.

Unbewusst zog Farid die Schultern hoch. Er hatte sich das Schloss von Versailles doch etwas anders vorgestellt. Sophie nahm eine Kerze aus dem Wandhalter und blieb vor einer Tür stehen. »Ich bin da. Danke für deine Begleitung«, fügte sie betont höflich hinzu. »Ich werde morgen um zwei unten warten.« Sie hielt ihm auffordernd die Hand entgegen, doch er ignorierte die Verabschiedung und nahm ihr die Kerze aus der anderen Hand.

»Mach auf.«

Sein Gesichtsausdruck ließ keinen Widerspruch zu. Gehorsam steckte Sophie den Schlüssel ins Schloss. Ihre Finger zitterten nur ganz leicht, aber Farid merkte es trotzdem und fragte sich, was ihn in diesem Raum wohl erwarten würde.

Sophie stieß die Tür auf und entzündete die Kerze auf der Kommode, ehe sie eintrat. Unwillkürlich hielt er den Atem an, als er ihr folgte. Sie zündete zwei weitere Kerzen an, und damit war die Dachkammer, denn um eine solche handelte es sich, vollständig ausgeleuchtet.

Farid fehlten die Worte. Er war in Armut aufgewachsen, in windschiefen Zigeunerwagen und geflickten Zelten, aber er hatte nicht damit gerechnet, in der wohl berühmtesten Residenz der Gegenwart einen derart armseligen Raum vorzufinden. Außer dem Bett, einer Frisierkommode samt Sessel und einigen roh bearbeiteten Truhen gab es nur einen hohen, schmalen Spiegel ohne Rahmen, neben dem ein Waschtisch stand. Kleider quollen aus den Truhen und lagen überall im Raum verstreut. Ein Kamin oder ein simpler Ofen fehlten, was die Kälte erklärte. Kein Wunder, dass Sophie ihn nicht hierher hatte führen wollen.

Er sah sie an, fassungslos und betroffen zugleich, konnte seine Bestürzung aber noch immer nicht in Worte fassen.

»Hier schlafe ich nur und ziehe mich um. Die meiste Zeit verbringe ich in anderen Teilen des Schlosses.« Ihre Stimme klang fest, aber dennoch war es ihr ganz offensichtlich peinlich, dass er sah, wie sie hauste.

Er nahm sich zusammen. »Aber das kann doch unmöglich das Appartement des Herzogs von Mariasse sein«, sagte er dann. »Du bist seine Protégée, du solltest dort wohnen.«

»Der Herzog verfügt bei seinen Aufenthalten über eine Vierzimmersuite. Solange er in Versailles war, wohnte ich natürlich bei ihm, aber als er abreiste, bat ich um ein eigenes Zimmer. Er hat genug für mich getan. Vor den Augen der Welt wollte ich etwas Distanz zwischen uns bringen.«

In Farids Augen konnte dieser Bastard nicht genug für Sophie tun, aber er schluckte den Kommentar hinunter. Es war eine Sache, die nur mit ihrem Stolz zu erklären war, und er wollte es ihr durch seine Worte nicht noch schwerer machen.

Sie trat nahe an ihn heran. »Es ist in Ordnung.« Erst als sie ihm die Hand auf den Arm legte, merkte er, dass sein Körper starr vor Wut war. Langsam atmete er aus.

»Wenn du es sagst.« Er machte sich los und verbeugte sich nachlässig. »Dann bis morgen. Ich warte um zwei unten vor dem Tor in einer Kutsche.«

Noch während er die Treppen hinunterstieg, begann es, in seinem Kopf zu arbeiten. Natürlich war ihm bewusst gewesen, dass Sophie sich am Hof aufhielt, um sich durch eine Heirat eine neue Perspektive für ihr weiteres Leben zu eröffnen. Er hatte aber nicht gedacht, dass sie unter derart katastrophalen Umständen hausen musste. Noch dazu, ohne sich darüber zu beklagen oder die Zustände auch nur zu erwähnen. Reiner Zufall, dass er es erfahren hatte. Durch die Auflösung der Verlobung mit dem Cômte de Maroilles musste sie sich nun von Neuem auf die Suche nach einem Ehemann machen. Und da die Angelegenheit wohl nicht zu verbergen gewesen war, gab es vermutlich genügend Höflinge, die ihr deswegen mit Spott und Hohn begegneten. Was es ihr bestimmt nicht einfacher machte.

Der Schuldige an der ganzen Misere war zweifellos dieser Franco Angelli. Dafür, dass er Sophie zu einem Dasein in dieser armseligen Kammer verdammte, verdiente er eine heftige Abreibung.

Farid seufzte und verfluchte sein Gewissen. Sein Plan war gewesen, sich mit Sophie einen schönen Monat zu machen und nicht einen Finger zu krümmen, um den Klecksermeister zu finden. Aber sein Gewissen, von dem Farid geglaubt hatte, dass es seit Langem aufgehört hatte zu existieren, brachte sich nun nachdrücklich in Erinnerung. Er konnte sich nicht länger hinter einer erfolglosen Suche verstecken, von der nur er selbst wusste, dass sie nie stattgefunden hatte. Nicht, wenn er Sophie dabei in die Augen sehen musste und sich vorstellte, wie sie sich in diesem jämmerlichen Raum fröstelnd in ihre Decke wickelte. Möglicherweise hatte sie sein Bett nur deshalb sehnsüchtig angeschaut, weil es kuschelig warm war, und nicht, weil er darin lag.

Egal. Wenn er in seinem Bett jemals wieder ruhig schlafen wollte, musste er sich auf die Suche nach diesem Angelli machen. So viel stand fest.

Er brütete noch während der Kutschenfahrt vor sich hin, ohne mehr als einen vagen Plan zu entwickeln, wo er mit seiner Suche beginnen sollte. Gedankenversunken betrat er das Foyer seines Hauses und blieb dann wie angewurzelt stehen.

Laurent sprach mit einer dunkelhaarigen Frau. Beide sahen ihm jetzt erwartungsvoll entgegen, und Laurent hob die Schultern in einer Geste, die zu verstehen gab, dass er sein Bestes versucht hatte, aber gescheitert war.

Farid gab sich einen Ruck und ging auf die Frau zu. Formvollendet beugte er sich über ihre Hand. »Antoinette, wie schön, Euch zu sehen.«

Sie neigte leicht den Kopf und ließ ihre Hand in seiner. »Ich dachte schon, dass Ihr Euch vor mir versteckt, Farid, da mir der Kleine hier weismachen wollte, Ihr seid nicht im Haus. Also habt Ihr unsere Verabredung tatsächlich vergessen?«

Ja, das hatte er. Aber das konnte er gegenüber Antoinette de la Forge natürlich nicht zugeben. Er kannte sie seit über zehn Jahren. Sie hatte seine Dienste früher in Emmalines Etablissement in Anspruch genommen und war eine der ersten Kundinnen im Haus der Freude gewesen. Mit den Empfehlungen gegenüber ihren Freundinnen hatte sie nicht unwesentlich zu seiner Bekanntheit beigetragen.

»Ich hatte eine unaufschiebbare Angelegenheit zu regeln,

Liebste, daher bin ich etwas spät. Hat Euch Laurent noch keine Erfrischung angeboten?«

Sie lächelte vielsagend. »Ich bin nicht wegen der Erfrischungen gekommen, Farid, aber das wisst Ihr ja. Also lasst uns keine weitere Zeit verschwenden.«

Er nickte, warf Laurent einen Blick zu, der den jungen Mann zusammenzucken ließ, und bot Antoinette seinen Arm. Gemeinsam stiegen sie die Treppe hinauf.

»Besondere Wünsche, Liebste?«, fragte er wider besseres Wissen.

»Das Übliche, Farid«, lautete die Antwort. »Und ich hätte gerne das Smaragdzimmer.«

Unwillkürlich spannte sich jeder Muskel in seinem Körper an, und ehe er es verhindern oder darüber nachdenken konnte, sagte er: »Das Zimmer ist nicht geheizt, ich schlage das Rubinzimmer vor. Die Farbe schmeichelt Euch ganz ungemein.« Er hielt eine Tür auf.

»Nun gut, wie Ihr meint.« Sie ging an ihm vorbei, und er folgte ihr. Nachdem er das glimmende Feuer im Kamin angefacht, die restlichen Kerzen im Raum entzündet und die schweren Samtvorhänge zugezogen hatte, wandte er sich wieder Antoinette zu.

Sie hatte sich in einen Lehnsessel gesetzt, die Röcke nach oben geschoben und die Beine über die Armlehnen gehängt. Der Beutel mit seinem Lohn lag auf dem Tisch.

Er atmete einmal tief durch, um sich zu sammeln. Obwohl er wusste, was ihn erwartete, fiel es ihm schwer, ihr zu geben, weswegen sie zu ihm gekommen war. Aber die Wünsche der Kundin waren ihm Befehl. Unvermittelt griff er in ihr Haar und zog Antoinette mit einem schnellen Ruck hoch. »Was fällt dir ein, dich wie eine schamlose Dirne vor mir zu entblößen? Ist es das, was dir deine Liebhaber beibringen? Hast du den letzten Rest von Anstand verloren, während du dich von ihnen hast vögeln lassen?«

Mit weit aufgerissenen Augen starrte sie ihn an. »Nein, Farid, Liebster, ich dachte, es gefällt dir!«

Er holte aus und schlug ihr mit der flachen Hand ins Gesicht. Gerade so stark, dass es schmerzte, aber keine bleibenden Spuren hinterließ. Das war nur ein Aspekt, der ihn von vielen gelangweilten Adeligen unterschied, die sich an härteren Spielen versuchten – Spuren gab es bei Farid nur dann, wenn es gewünscht wurde. Und es wurde nur sehr selten gewünscht.

Tränen rannen über Antoinettes Wangen, aber ihre Augen glänzten hungrig.

»Was soll mir daran gefallen? Dass du mich wochenlang ohne eine Nachricht lässt? Dass du einfach hier auftauchst und mich vor meinen Angestellten bloßstellst? Dass du mich beleidigst, in dem du dich wie eine wohlfeile Dirne gebärdest?« Seine Stimme klang scharf und drohend.

»Es tut mir leid«, wimmerte Antoinette und schrie auf, als er noch einmal an ihren Haaren riss.

»Rührend. Aber nicht annähernd genug.« Er ließ sie los und trat einen Schritt zurück. Mit verschränkten Armen sah er sie verächtlich an. »Wo ist dein Platz?«

Antoinette fuhr sich mit dem Handrücken über die Augen. Ihre Unterlippe zitterte. Unter seinem mitleidlosen Blick senkte sie die Lider und ging langsam auf die Knie.

»Schon besser.« Er schwieg so lange, bis sie unruhig wurde. »Und jetzt versuch's noch einmal.«

»Es tut mir leid«, wiederholte Antoinette mit brechender Stimme.

»Zeig mir, wie sehr.«

Sie rutschte auf den Knien zu ihm und wollte sich am

Bund seiner Hose zu schaffen machen, aber er trat einen Schritt zurück.

»Das hättest du wohl gerne. Aber das ist nur braven Mädchen vorbehalten. Warst du ein braves Mädchen?«

Sie schüttelte den Kopf, und die letzten Haarnadeln fielen auf den Teppich.

»Das erste wahre Wort, seit du mein Haus betreten hast. Zieh dich aus, dann werde ich mir überlegen, ob ich deine Entschuldigung annehme.«

Ungeschickt fingerte sie an den Verschlüssen ihres Kleides, die sich allesamt am Rücken befanden. Farid unterdrückte den Impuls, ihr das Kleid vom Leib zu reißen – nicht aus unbezwingbarer Leidenschaft, sondern um die Sache schneller hinter sich zu bringen. Aber zu seiner Rolle gehörte es, Antoinette ausgiebig zu demütigen, deshalb lehnte er sich an die Kommode und wartete. Bei den Spielchen, die sie spielen wollte, ging es weniger um Schmerz als um Erniedrigung. Und wenn er im Lauf der Zeit auch gelernt hatte, den Zusammenhang zwischen Lust und Schmerz zu verstehen, so fehlte ihm für Demütigungen, wie Antoinette sie bevorzugte, nach wie vor jegliches Verständnis.

Schließlich schob sie ihr Kleid über die Schultern nach unten. Ein aufwendig gearbeitetes, mit Spitzen und Schleifchen verziertes Korsett kam zum Vorschein. Die enge Schnürung presste ihre Brüste nach oben und verlieh ihnen eine täuschende Fülle. Im Stillen zollte Farid den Schneidern im Land Respekt, die auch aus Frauen mit bescheidensten Voraussetzungen eine betörende Sirene machen konnten.

Nachdem Antoinette eine Weile mit gesenktem Kopf auf den Boden geblickt hatte, gab er ihr die Erlaubnis aufzustehen. Er ging um sie herum, berührte die Schnürung des Korsetts, überlegte es sich dann anders und wand stattdessen ihr langes dunkles Haar um seinen Arm. Ohne auf ihren Aufschrei zu achten, zerrte er sie zum Bett. Sie rollte sich herum und rutschte über die Laken. Ihr Blick hing an seinem Gesicht, als sie sich ausstreckte und die Beine spreizte. »Fick mich«, flüsterte sie heiser. »Ich bin so nass und geil, ich halte es nicht länger aus.«

»Tatsächlich?«, antwortete er ungerührt. »Zeig mir, wie geil du bist.«

Gehorsam öffnete sie mit der linken Hand die geschwollenen Lippen ihres Geschlechts und fuhr mit der rechten die feuchte Spalte entlang. Er folgte ihren Bewegungen mit den Augen. Normalerweise hätte er sich spätestens jetzt um eine brauchbare Erektion kümmern müssen, aber hier galten andere Regeln.

»Fick mich«, bettelte sie wieder. »Fick mich doch endlich.«

»Ich fürchte«, sagte er mit samtweicher Stimme, »du erregst mich nicht genug. Ich bin Besseres gewohnt.«

Sie hielt inne. »Du lügst«, stammelte sie. »Du lügst, ich habe dich immer erregt.«

Er zog seine Hose ein Stück nach unten. »Ich lüge nicht. Und allein für diese unverschämte Behauptung sollte ich dich hinauswerfen.«

Sie starrte auf seine schlaffe Rute. »Nein, das ... das ... lass mich ... ich kann ...« Ungelenk kam sie auf die Knie und kroch über das Bett auf ihn zu.

Er trat nicht zurück. »Fass mich nicht an«, zischte er. »Von einer miesen kleinen Schlampe lasse ich mich nicht anfassen. Ich kann jede Frau haben, ich kann junge, schöne Frauen haben, mit vollen Brüsten. Warum sollte ich mich mit einer dürren alten Vettel abgeben?«

Sie stöhnte. Der Laut lag zwischen Verzweiflung und Lust. Ihre Hand glitt zwischen ihre Schenkel. »Dann mache ich es mir eben selbst. Ich brauche dich nicht. Ich brauche überhaupt keinen Mann.« Sie rieb sich mit eckigen Stößen ihres Beckens an ihrer Hand. Die andere umfasste grob ihre linke Brust und quetschte sie aus dem Mieder, um den harten Nippel zu reizen.

Sie keuchte lauter, rieb schneller und schneller. Ihre geschundene Brustwarze hatte einen dunkelroten Farbton angenommen.

»Nicht so einfach, wenn man es gewohnt ist, einen dicken, harten Schwanz zu spüren.« Er zog die Kommode auf und nahm einen großen, aus Elfenbein geschnitzten Penis heraus.

Antoinettes Blick saugte sich daran fest. »Oh bitte!« Sie wimmerte beinahe. »Bitte fick mich damit.«

Er drehte den Godemiché spielerisch zwischen den Fingern. *»Bitte, Farid, fick mich mit diesem wunderschönen Schwanz …«*, sagte er kühl.

»Bitte, Farid, fick mich mit diesem wunderbaren Schwanz«, wiederholte sie heiser und atemlos.

Er betrachtete die Schnitzereien des dicken Schafts. *»Bitte, Farid, fick mich mit diesem wunderbaren Schwanz, weil …«*

»… weil ich es mir selbst nicht besorgen kann, weil ich einen dicken, harten Schwanz brauche, der immer wieder in mich stößt, bis ich komme.« Speichel rann aus ihrem Mundwinkel und tropfte auf ihren Schenkel.

»Zeig ihm, wie sehr du ihn willst. Verwöhne ihn.« Er hielt ihr den Elfenbeinpenis entgegen, die Eichel berührte ihre Lippen und verschwand in ihrem Mund. Sie saugte hingebungsvoll mit geschlossenen Augen an dem leblosen, toten Gegenstand, als könnte sie ihn noch härter, noch größer machen, und Farid spürte, dass ihn dieser Anblick nicht kalt ließ, so sehr ihn die Situation selbst auch abstieß.

Nachdem sie den Godemiché eine Weile gelutscht hatte, ließ sie ihn aus ihrem Mund gleiten und umkreiste die Spitze mit der Zunge, knabberte am Wulst und folgte der Einkerbung der Eichel. Als sie die Augen öffnete, lag in ihrem Blick eine Mischung aus koketter Aufforderung und stillem Flehen.

Farid gab nach. »Auf den Rücken«, befahl er. »Spreiz die Beine, so weit du kannst.«

Er kniete sich zwischen ihre Schenkel und stieß den dicken Elfenbeinpenis ohne Vorwarnung in ihre klaffende, dunkelrot glänzende Spalte. Sie bäumte sich mit einem Aufschrei auf und klammerte die Finger um das Holzgestänge des Bettes hinter ihrem Kopf. Es dauerte keine fünf Stöße, und Antoinettes Körper erzitterte unter ihrem ersten Höhepunkt.

Er wartete, bis sie sich beruhigt hatte, ohne den Godemiché zu bewegen. Als sie die Finger vom Bettgestänge löste, zog er den Elfenbeinpenis aus ihrer Vagina und stand auf.

»Nein, Farid, komm zurück, das reicht mir nicht, ich brauche immer drei Höhepunkte. Das weißt du doch!«, jammerte sie.

Farid wusste es, hatte aber nicht die Absicht, ihrem Befehl – denn nichts anderes war es – nachzukommen. Nur hin und wieder erfüllte er ihr den Wunsch nach stundenlanger Ekstase, aber allein das Wissen, dass er sie mühelos befriedigen konnte, wenn es darauf ankam, trieb sie immer wieder zu ihm zurück.

»Ich habe in einer halben Stunde eine Kundin und muss mich vorbereiten.« Mit diesen Worten trat er zu der Waschschüssel und rieb den Elfenbeinpenis mit einem feuchten Lappen ab. »Aber ich schicke dir gerne einen meiner Mitarbeiter. Du sprichst doch ohnehin immer davon, etwas Neues auszuprobieren.«

Farid wusste, dass sich Antoinette niemals an jemand anderen wenden würde als an ihn. Er verstaute den Godemiché wieder in der Kommode und blieb vor dem Bett stehen. »Ich danke für Euren Besuch, Madame de la Forge, und hoffe, Euch bald wieder hier begrüßen zu dürfen.«

Er verbeugte sich nachlässig, drehte sich um und verließ das Zimmer, ohne auf Antoinettes wenig damenhafte Flüche zu reagieren.

# 8

Sophie nestelte an ihren Handschuhen herum, während sie den Weg entlangblickte, den Farids Kutsche nehmen sollte. Unter dem strahlendblauen Himmel klirrte die Luft vor Kälte, und das Weiß der dünnen Schneedecke blendete die Augen. Trotzdem hatte sie darauf verzichtet, im Foyer zu warten, um den Lakaien keinen Grund zum Klatsch zu geben.

Ein zweispänniger Wagen erschien, und Sophie atmete erleichtert auf. Farid hielt nicht nur Wort, sondern war auch noch pünktlich.

Als die Kutsche neben ihr zum Stehen kam, wurde die Wagentür von innen geöffnet und das Treppchen von einem schweren Stiefel nach unten getreten.

»Liebste, du siehst völlig erfroren aus, deine Nasenspitze leuchtet wie eine Mohnblüte.« Farid streckte ihr die Hand entgegen, um ihr beim Einsteigen zu helfen.

Sie griff nach seiner Hand und nahm ihm gegenüber Platz. »Wenn du weiter Komplimente dieser Art machst, wird deine Beliebtheit schon bald der Vergangenheit angehören«, antwortete sie, ohne jedoch wirklich verstimmt zu sein.

Er lachte. »Meine Beliebtheit gründet sich nicht unbedingt auf meinem Talent zu schmeicheln.«

»Damit hast du vermutlich recht.« Sie legte die Hände sittsam ineinander. »Wohin fahren wir überhaupt? Ist es weit?«

»Nein, eine gute halbe Stunde schätze ich. Juliette Naumier

lebt außerhalb von Versailles, es handelt sich um kein richtiges Dorf, sondern nur um ein paar verstreute Häuser.«

Das klang nicht gerade vertrauenerweckend. »Und was macht Mademoiselle Naumier genau?«

»Madame Naumier. Ihr Mann ist Arzt. Sie kümmert sich um alle Belange, die mit Frauenleiden und Geburt zusammenhängen.«

»Eine Hebamme also?«

»Im weitesten Sinne.«

Sophie runzelte die Stirn. »Woher kennst du sie?«

»Sie kümmert sich um die Mädchen in Emmalines Etablissement. Ich wuchs dort auf, deshalb kenne ich sie schon fast mein ganzes Leben lang.«

Sophie hatte gehört, dass er früher bei Emmaline Dessante gearbeitet hatte, aber seine Worte klangen, als wäre es mehr als das gewesen. »Du bist in Madame Dessantes Etablissement aufgewachsen?«, wiederholte sie zweifelnd. Wie konnte man in einem Bordell aufwachsen?

»Ja, sie hat mich in der Gosse aufgelesen und zu sich genommen. Zuerst war ich Page im Foyer und später ...« Er zuckte die Schultern.

Sophie unterdrückte ein Schaudern angesichts der beiläufigen Worten über eine alles andere als normale Kindheit. »Jedenfalls kam Juliette einmal die Woche und sah nach den Mädchen. Natürlich begriff ich erst später, in welcher Weise sie sich kümmerte.« Als er Sophies verständnislosem Blick begegnete, hob er die Brauen. »Unerwünschte Schwangerschaften, Krankheiten, Unpässlichkeiten aller Art. Und natürlich versuchte sie immer wieder, den Mädchen beizubringen, wie man sich schützte – vor Empfängnis, vor Verletzungen, vor Schmerzen, die aus den speziellen Wünschen mancher Gäste resultierten.«

Sophie schwieg. Sie hatte sich nie Gedanken darüber gemacht, wie eine Hure eigentlich lebte. Frauen, die ihren Körper für Geld verkauften, standen am äußersten Rand der Gesellschaft. Niemanden, den sie kannte, wäre es in den Sinn gekommen, sich Gedanken über ihr Wohlergehen, ihre Gefühle und Ängste zu machen. Eine Dirne war wie ein Ding, das man gebrauchte, kein Mensch. So hatte Sophie es zumindest bisher gesehen.

»Im Haus der Freude habe ich nicht viele Mädchen, sie gehen meist zu Emmaline, wenn es Probleme gibt, deshalb ist es eine Zeit her, dass ich Juliette getroffen habe. Ich bin gespannt, wie es ihr geht.«

Sophie ließ diese Erklärung unkommentiert und blickte aus dem Fenster auf die vorübergleitende Winterlandschaft. Nach einer geraumen Weile verließ die Kutsche die Straße nach Paris und bog schwankend in einen vereisten Seitenweg ein. Glücklicherweise hatte das Rütteln und Schlingern ein Ende, als der Wagen vor einem niedrigen Steinhaus hielt. Sophie löste die verkrampften Finger aus dem Haltegriff, während Farid die Wagentür aufstieß.

Das ohrenbetäubende Kläffen eines Hundes ertönte. Als Sophie die Kutsche verließ, sah sie einen kaum kniehohen Köter mit gesträubtem Nackenhaar, der fortfuhr, sie aus sicherer Entfernung wie irre anzubellen. Unbewusst klammerte sie sich an Farids Ärmel.

»Wirst du wohl still sein, Toutou!«, rief eine Frau, die die Holztür des Hauses einen Spaltbreit geöffnet hatte. Der Köter dachte nicht daran zu gehorchen, und die Frau verdrehte die Augen. »Kommt nur weiter, Madame, Monsieur, er wird sich schon beruhigen. Und wenn nicht, habe ich demnächst einen neuen Bettvorleger.« Sie hielt die Tür auf und bedeutete ihnen, einzutreten.

Im Inneren war es warm, und zahlreiche Kerzen sorgten für Licht. Farid nahm seinen Hut ab und drehte sich zu der Frau um, die die Tür hinter ihnen geschlossen hatte.

Mit einem Aufschrei umarmte sie ihn stürmisch. »Farid Bejaht, das nenne ich eine Überraschung.«

Die Frau mochte Anfang fünfzig sein und war gebaut wie ein Schrank. Einzelne graue Strähnen durchzogen ihr dunkles, auf dem Hinterkopf zusammengedrehtes Haar. Über ihren breiten Schultern lag ein heller Wollüberwurf, darunter trug sie ein dunkelblaues Kleid.

Farid erwiderte die Umarmung herzlich. »Juliette, darf ich dir meine Bekannte Sophie vorstellen? Sie braucht deinen Rat.«

Juliette machte einen Schritt von Farid weg und musterte Sophie aus stechend blauen Augen. »Ist sie eines von Emmalines Mädchen? Oder eines von deinen?«

»Weder noch«, sagte Sophie schneidend, ehe Farid etwas entgegnen konnte. »Ich bin keine Hure.«

Unbeeindruckt legte Juliette den Kopf schief und zog die Mundwinkel nach unten. »Frauen, die meinen Rat suchen, kommen nicht zu mir, um über Dessertrezepte zu sprechen, sondern um ein Kind loszuwerden oder ein Mittel gegen die italienische Krankheit zu erhalten. Du kannst mir glauben, dass ebenso viele Hochwohlgeborene zu mir kommen wie Huren.« Ein spöttischer Ausdruck glitt über ihr Gesicht. »Wie man gerade wieder einmal sieht.«

Sophie straffte die Schultern und setzte zu einer Erwiderung an, aber Juliette maß sie mit einem kühlen Blick. »Erspar mir deine Empörung, und sag, was du willst.«

Farid legte ihr beschwichtigend die Hand auf den Arm. »Welche Laus ist dir denn über die Leber gelaufen, Juliette? So kenne ich dich ja gar nicht.«

»Bisher hast du mir auch keine eingebildeten, hochnäsigen Prinzessinnen ins Haus gebracht, mein Lieber. Wie kannst du dich mit einer wie der abgeben?«, schnaubte sie. »Am liebsten würde ich euch beide vor die Tür setzen.«

»Aber das wirst du nicht tun, Juliette. Ich kenne doch dein großes Herz«, entgegnete Farid trocken und hielt ihr auf der flachen Hand ein paar Münzen entgegen.

Die Frau nahm sie nacheinander und schloss die Faust darum. »Mein großes Herz. Richtig.« Sie ließ die Münzen in den Weiten ihres Rocks verschwinden, aber der Blick, den sie immer noch auf Sophie gerichtet hielt, wurde keinen Deut freundlicher. »Dann begeben wir uns in den Thronsaal.« Sie verbeugte sich übertrieben und deutete ins angrenzende Zimmer.

Sophie ging beklommen an ihr vorbei und unterdrückte ein Schaudern. Sie verstand nicht, warum ihr die Frau so feindlich gegenübertrat, und war froh, dass Farid an ihrer Seite war. Erstaunt stellte sie fest, dass der Boden unter ihren Füßen nicht aus Holzbrettern bestand, sondern mit glänzenden braunen Fließen bedeckt war. In einem Winkel des Raumes stand ein schmiedeeiserner Herd, an der Wand hingen weiß gestrichene Regale, in denen sich Gläser und Porzellandosen akkurat aneinanderreihten. Den meisten Platz beanspruchte ein langer Tisch aus rohem Holz. Alles wirkte überraschend ordentlich und sauber.

Während sich Sophie noch umsah, stützte Juliette die Hände auf der Tischkante ab. »Und in welcher Angelegenheit brauchst du meinen Rat?«

Zögernd kramte Sophie die silberne Kappe aus ihrem Mantel und reichte sie der Frau. »Ich habe sie von einer Freundin, aber sie sitzt nicht. Farid sagte, ich könnte bei Euch eine passendes Stück bekommen.«

Juliette drehte sie zwischen den Fingern. »Ja, ich habe ein paar Kappen da. Leg dich auf den Tisch, schieb deine Röcke nach oben, und mach die Beine breit«, befahl sie. »Farid, nimm ihren Mantel, und warte drüben, während ich sie untersuche. Im Schrank steht eine Flasche Cognac, bedien dich«, sagte sie zu ihm

Sophie packte Farids Hand, ehe ihr bewusst wurde, was sie da tat. »Er geht nirgendwo hin. Er bleibt hier. Solange es nötig ist.« Sie würde sich ganz bestimmt nicht allein dieser Furie ausliefern, die so deutlich gezeigt hatte, was sie von ihr hielt.

Ein Hauch von Erstaunen glitt über seine Züge, so flüchtig, dass Sophie dachte, sie hätte es sich nur eingebildet. »Liebste, was ist nur mit deinem Schamgefühl passiert?« In seiner Stimme schwang leise Belustigung mit, aber Sophie sah großzügig darüber hinweg. »Wenn es jemals da war, so hat es vermutlich die Flucht ergriffen, als es dich zum ersten Mal erblickt hat.«

Er lachte und nahm ihr den Mantel ab. Dann legte er ihn über einen Stuhl, zog einen anderen Stuhl neben den Tisch und ließ sich darauf fallen.

Erstaunlicherweise erhob Juliette keinen Einspruch. »Ich muss dir ein paar Fragen stellen, die sehr privater Natur sind. Bist du sicher, dass er dabei sein soll?«, vergewisserte sie sich nur.

»Ja. Ich nehme nicht an, dass irgendetwas aus meinem Privatleben Farid derart verstören kann, dass er taub wird. Oder blind«, erwiderte sie forscher, als ihr zumute war.

Juliette zuckte mit den Schultern. »Mir soll's recht sein.« Sie deutete auf den Tisch, und Sophie setzte sich auf die Kante. »Hast du Kinder geboren?«

»Ja, drei und vier Fehlgeburten.« Sophie verschränkte die Finger in ihrem Schoß.

»Deine Blutungen kommen regelmäßig?«

Sie nickte. »Ja.«

»In welchem Abstand?«

Auch wenn sie nicht verstand, was das mit der Angelegenheit zu tun hatte, antwortete sie gehorsam: »Vierundzwanzig bis sechsundzwanzig Tage.«

»Wie lange dauern sie für gewöhnlich?«

»Um die vier Tage.«

»Waren deine Kinder bei der Geburt schwer?«

Sophie schüttelte den Kopf. »Nein, sie wogen nicht einmal sechs Pfund.«

»Gut.« Juliette ging zu einem der Wandregale und nahm eine Porzellandose, mit der sie zu Sophie zurückkam. »Das hier sind Kappen für Frauen, die mehrfach Kinder geboren haben. Sie sind aus Silber, aber du kannst sie natürlich bei einem Goldschmied aus Gold nacharbeiten lassen. Doch zunächst wollen wir sehen, ob eine davon passt.«

Sophie legte sich auf den Tisch. Während sie ihre Röcke nach oben schob, hörte sie, wie Juliette Wasser in eine Schüssel goss und sich die Hände wusch. Sophies Anspannung wuchs mit ihrer Angst, dass die Frau ihr unsanft die Beine auseinanderdrücken und sie abtasten würde. Unbewusst atmete sie zitternd aus und presste die Lider fest zusammen.

Eine Hand griff nach der ihren und drückte sie beruhigend. Sophie hielt die Augen weiter geschlossen und bemerkte nur am Rande, dass Farid ihr Handgelenk mit dem Daumen streichelte.

»Ich werde jetzt versuchen, die Größe deines Muttermunds zu erfühlen. Entspann dich, es wird nicht wehtun.«

Juliettes Stimme hatte jede Aggression verloren und klang nun ebenso beruhigend wie professionell.

Sophie gehorchte. Die Prozedur war unangenehm, verursachte aber tatsächlich keine Schmerzen. Schließlich nahm die Frau eine der Silberkappen. »Diese wird vermutlich passen.«

Sophie spürte einen dumpfen Druck in ihrem Unterleib und wartete darauf, dass er stärker werden würde, aber Juliette trat bereits einen Schritt zurück. »Sie passt wie angegossen. Als wäre sie für dich gemacht worden.« Ein Lächeln huschte über ihr Gesicht. »Setz dich auf, und sag mir, ob du etwas spürst.«

Sophie richtete sich langsam auf, aber nichts passierte. Auch als sie ein paar Mal um den Tisch herumging, spürte sie nichts. Keinen Druck, kein Ziepen, kein Kratzen, einfach nichts. »Ich kann keinen Unterschied zu vorher feststellen. Seid Ihr sicher, dass Ihr die Kappe angebracht habt?«, fragte sie misstrauisch.

»Ja, das bin ich. Aber vielleicht möchtest du ja, dass sich Farid überzeugt.« Jetzt war der Spott unüberhörbar.

»Nein, schon gut.« Sophie wich Farids Blick aus, indem sie ihm den Rücken zukehrte. »Was passiert jetzt weiter?«

»Du musst üben, sie selbst anzubringen. Manche Frauen tragen sie immer und nehmen sie nur während ihrer Blutungen ab. Persönlich rate ich, sie nur dann einzusetzen, wenn es nötig ist, und sie nicht länger als drei oder vier Tage hintereinander zu tragen. Außerdem empfiehlt es sich, die Kappe sauber zu halten, also sie regelmäßig mit Wasser und Seife zu reinigen. Oder sie zumindest mit Cognac oder Wein abzuspülen, was in manchen Situationen leichter zu bewerkstelligen ist. Und wenn du wieder ein Kind geboren hast, dann musst du die Kappe neu anpassen lassen.«

Sophie nickte und versuchte, sich alles zu merken. Juliette bedeutete ihr, sich wieder auf den Tisch zu legen, damit sie die Kappe entfernen konnte.

»Hier, versuch es selbst.« Sie reichte ihr das Silberstück, aber ehe Sophie es nehmen konnte, griff Farid danach.

»Sie wird üben, Juliette, darauf kannst du dich verlassen, aber nicht hier.« Mit diesen Worten trat er an die Wasserschüssel, tauchte die Kappe hinein und wickelte sie dann in ein Taschentuch.

Sophie, die zu verdutzt war, um zu reagieren, spürte, wie ihre Wangen zu glühen begannen. Während der ganzen peinlichen Prozedur hatte sie Haltung bewahrt, aber ein Satz von Farid schaffte es, sie erröten zu lassen. Sie hegte keinen Zweifel, wie und wo sie üben würde.

Langsam setzte sie sich auf und zog ihr Gewand zurecht. Juliette stand mit vor der Brust verschränkten Armen vor ihr. Fragend blickte Sophie sie an.

»Er kennt sich damit aus, ebenso gut wie ich, du musst dir also keine Sorgen machen«, sagte Juliette, eher spöttisch als beruhigend. »Aber du solltest wissen, dass man damit nicht nur eine Empfängnis verhindern kann, sondern auch das Gegenteil bezwecken, so man das will.« Sophie blickte sie verständnislos an, und Juliette fuhr fort: »Wenn du die Kappe einsetzt, nachdem sich ein Mann in dich ergossen hat, oder wenn du die Kappe mit dem Samen eines Mannes füllst und sie dann anbringst, erhöhst du die Wahrscheinlichkeit, ein Kind zu bekommen. Außerdem kannst du sie verwenden, um zu verhindern, dass du in den ersten Monaten eine Fehlgeburt hast. In diesem Fall musst du sie über einige Wochen tragen, damit sich dein Muttermund nicht öffnet.«

Sophie nickte, unschlüssig, was sie mit diesen Informationen anfangen sollte. Es war eindeutig zu viel auf einmal, was da auf sie einprasselte.

»Aber wenn es so weit ist, dann komm wieder her. Oder such dir eine Hebamme. Die meisten wissen, wie sie dir damit helfen können, dein Kind nicht wieder zu verlieren.« Mit einem abschließenden Nicken bedeutete ihr Juliette, dass sie vom Tisch steigen konnte.

Farid legte Sophie den Mantel um und wandte sich dann an Juliette. »Vielen Dank für deine Hilfe. Was bekommst du für die Kappe?«

Diese Worte rissen Sophie aus ihrer Lethargie. »Ich bezahle dafür«, sagte sie hastig und zog ihren Geldbeutel aus der Manteltasche.

»Was du entbehren kannst, Prinzesschen.« Juliette streckte ihr ungeniert die Hand entgegen, und Sophie legte eilig und ohne Nachzudenken ein paar Münzen hinein. Juliette betrachtete sie, dann verbeugte sie sich theatralisch. »Besten Dank und gute Heimreise.«

Sophie spürte Farids Hand im Rücken und ließ sich zur Tür schieben, während er Juliette einen Abschiedsgruß zurief. Die Frau folgte ihnen und klimperte dabei mit den Münzen in ihrer Schürze. »Grüß mir Emmaline, mein nächster Besuch ist erst in drei Wochen fällig.«

Aus dem Kutschenfenster sah Sophie sie an der Tür stehen, als der Wagen sich mühsam in Bewegung setzte. »Warum war sie nur so unfreundlich?«

Die Frage galt mehr ihr selbst, und erst als Farid antwortete, merkte sie, dass sie laut gedacht hatte.

»Sie mag es nicht, wenn jemand abfällig über Huren spricht. Nicht im Allgemeinen, und da du in meiner Begleitung warst, fühlte sie sich durch deine Bemerkung doppelt provoziert.«

Sophie runzelte die Stirn. »Warum?«

Er sah sie eine Weile an, als wartete er, ob sie selbst die Antwort fand. Was nicht geschah. »Ich bin auch eine Hure.«

Sophies Wangen röteten sich bei seinen Worten, und um ihre Verlegenheit zu überspielen, schnaubte sie unwillig. »Nun ja, sie verdient an den Huren nicht schlecht. Deshalb wohl ...«

»Sie nimmt von Huren selten Geld, sondern meist nur von den Frauen, die es sich leisten können«, unterbrach Farid sie sanft, aber ein frostiger Hauch lag in seiner Stimme.

»Wie edel«, murmelte Sophie und schwieg für den Rest der Fahrt.

Als sie im Haus der Freude angekommen waren, drückte Pascal Farid einen versiegelten Umschlag in die Hand und flüsterte ihm etwas ins Ohr.

»Ich werde sehen, was ich tun kann«, gab Farid zurück, ehe er sich an Sophie wandte und ihr ein vielsagendes Lächeln schenkte. »Später.«

Sie sah ihn an und fragte sich, warum dieses eine Wort genügte, um ihr Blut in Lava zu verwandeln. Warum ein Blick auf seinen Mund sie dazu brachte, sich auf der Stelle die Kleider vom Leib reißen zu wollen, damit seine Lippen ihre Haut liebkosen konnten. Sie riss sich zusammen. »Zuerst üben wir, oder?«, fragte sie mit übertriebener Fröhlichkeit.

Sein Lächeln vertiefte sich. »Natürlich, Liebste. Alles andere kann warten.«

# 9

Noch während Farid das Kaminfeuer im Smaragdzimmer schürte, bis die Flammen hochzüngelten, hörte er, wie Sophie ihre Kleider ablegte. Er tat, als wäre er weiter mit den Holzscheiten beschäftigt, veränderte dabei aber seine Position so, dass er Sophie in einem der Spiegel beobachten konnte.

Sie entkleidete sich ohne Hast, griff dabei immer wieder nach einem der appetitlich zurechtgemachten Kanapees, die er wie immer hatte bereitstellen lassen. Sie wirkte entspannt und gelöst, was ihn in Anbetracht der Geschehnisse der letzten Stunden doch erstaunte. Ebenso wie die Tatsache, dass sie ihn praktisch gezwungen hatte, ihr bei Juliette Beistand zu leisten. Es hatte ihn seltsam berührt, wie sie seine Hand umklammert hatte, als hinge ihr Leben davon ab.

Er richtete sich langsam auf und blieb an den Kamin gelehnt stehen. Sophie war nackt bis auf die neckisch unter dem Knie gebundenen Seidenstrümpfe. Ihre helle Haut schimmerte wie Perlmutt im Licht der Kerzen. Sie drehte sich zu ihm um, als hätte sie seine Blicke gespürt. Einen Moment lang blieb sie unbeweglich stehen, dann lächelte sie und nahm ein weiteres Pastetchen.

Sie kam damit zu ihm, und er genoss den Anblick ihrer sanft schwingenden Hüften, die das kupferfarbene Vlies auf ihrem Venushügel einrahmten. Ungeniert blieb sie ganz nah vor ihm stehen und hielt ihm das Gebäckstück entgegen. »Du siehst hungrig aus.« Der verführerische Tonfall gelang ihr recht gut, und er beschloss, mitzuspielen. Er beugte sich vor und streifte ihre Fingerspitzen mit den Lippen, während er ein winziges Stück abbiss und genussvoll kaute, ehe er es hinunterschluckte. Er wiederholte die Szene noch zwei Mal, beim letzten Mal leckte er nur die Krümel von ihren zitternden Fingern.

Über Sophies Iris lag ein verräterischer blauer Schleier, und ihre Lippen öffneten sich leicht. Er zog sie an sich und strich über ihren nackten Rücken. Sie fühlte sich gut an, so gut, dass er fast die Silberkappe in seiner Tasche vergessen hätte. Seine freie Hand schloss sich darum, und widerstrebend ließ er Sophie los.

Verwirrt sah sie ihn an.

»Zuerst die Pflicht«, sagte er, und seine Stimme klang rauer als sonst. »Dann das Vergnügen.« Er führte sie zum Bett und drückte ihr die Kappe in die Hand. Sie wollte sich hinlegen, aber er hielt sie zurück. »Stell ein Bein auf die Bettkante.«

Sie gehorchte, drehte ihm aber den Rücken zu, während sie herumhantierte und fast das Gleichgewicht verlor. Er stellte sich hinter sie und legte ihr den Arm um die Taille, um sie zu stützen.

»Ich glaube, das Ding sitzt jetzt richtig«, sagte Sophie schließlich leise. Da sie sich an ihn lehnte, spürte er ihre Anspannung doppelt. Es war eine Sache, sich selbst in einem abgeschlossenen Raum zu berühren, aber eine gänzlich andere, diese kühle, technische und doch so intime Angelegenheit vor einem Zuschauer auszuführen.

Er wollte es ihr nicht noch schwerer machen, deshalb schob er seine Finger sanft in ihre Scheide, um den Sitz der Kappe zu prüfen und verzichtete auf jeglichen Kommentar. Erst als er die Hand wieder wegnahm, sagte er ruhig. »Ja, du hast es richtig gemacht. So muss es sein.« Sie entspannte sich ein wenig. Seine nächsten Worte machten ihre Erleichterung allerdings wieder zunichte. »Und jetzt nimm die Kappe wieder ab.« Die Ziselierungen an der Außenseite waren nicht nur Verzierung, sondern dienten auch einem recht profanen Zweck – sie machten die Kappe griffiger. Dennoch gehörte zum Herausnehmen einige Übung, bis man den Kniff heraushatte.

Obwohl er sich darum bemühte, gelassen zu bleiben, viel es ihm immer schwerer, sich zu beherrschen. Er hielt Sophie noch immer an seine Hüfte gelehnt fest, und deshalb merkte sie nicht, dass seine Erektion ein schmerzhaftes Ausmaß angenommen hatte.

Für ihn war es eine völlig neue Erfahrung, seinen Körper nicht unter Kontrolle zu haben. In all den Jahren, in denen er sich und seine Dienste verkaufte, hatte ihm dieser Körper noch nie den Gehorsam verweigert. Farids Kopf bestimmte, ob und wann er eine Erektion bekam. Nicht eine momentane Laune oder ein flüchtiges Begehren.

Aber jetzt blieben sein Widerstand erfolglos und seine Rute hart wie Marmor. Diese Tatsache konnte er nicht ignorieren, so sehr er sich auch dagegen wehrte. Sein Plan, sich von der Besessenheit für diese Frau zu kurieren, indem er sie sich ins Bett holte, war ganz offensichtlich gescheitert. Sophie faszinierte ihn, und je mehr er von ihr erfuhr, desto mehr begehrte er sie.

»Hier.« Die Silberkappe lag auf ihrer Hand. Ohne nachzudenken nahm er sie und setzte sie wieder an den Ort ihrer Bestimmung. Seine Finger liebkosten Sophies feuchte Falten, und ihr Atem beschleunigte sich, als er spielerisch mit den Lippen über ihre Schulter glitt. Sie presste sich fester an ihn und bot ihm ihren Hals für weitere Zärtlichkeiten. Der schnelle Herzschlag unter der zarten Haut ihrer Kehle raubte ihm das letzte bisschen Beherrschung. Er hörte auf zu denken und gab sich der Begierde hin, die in ihm tobte.

Seine Finger packten Sophies Hüften, und er schob sie aufs Bett. Kaum, dass sie sich mit den Händen abgestützt hatte, war er in ihr. Sie schrie auf – nicht vor Schmerz, sondern vor Überraschung. Er wartete noch einen Augenblick, ehe er zu pumpen begann, um ihr Zeit zu geben, sich an ihn zu gewöhnen. Sie stöhnte leise und ließ den Kopf auf die Laken sinken, dabei hoben sich ihm ihre Hüften noch weiter entgegen. Das glänzende Haar ergoss sich über ihre Schultern und breitete sich auf der smaragdgrünen Seide aus. Er genoss den Anblick ihres gewölbten Rückens, der ihr Verlangen besser zum Ausdruck brachte, als Worte es gekonnt hätten. Die prallen Backen erzitterten unter seinen Stößen, und er konnte der Versuchung nicht widerstehen, den Spalt dazwischen mit dem Daumen entlangzustreichen. Ihr Anus war fest verschlossen und gab auch nicht nach, als er sanft dagegen drückte. Der Gedanke, dass sie noch niemand auf diese Weise erregt hatte, faszinierte ihn. Er benetzte seine Finger mit ihrem Saft und begann, den Ring im Rhythmus seiner Stöße zu massieren. Sie wand sich, und ihre Finger gruben sich in die Laken.

»Entspann dich«, befahl er heiser. »Lass mich dir zeigen, wo du überall Lust empfinden kannst.«

Ein unartikuliertes Stöhnen war die Antwort, und im selben Augenblick setzten ihre Kontraktionen ein. Sie saugten ihn noch tiefer in ihren Körper, und er kämpfte gegen seinen eigenen Höhepunkt an, den er nur noch mit größter Mühe zurückhalten konnte. Als ihre Muskeln nachgaben und sein Daumen in ihren Anus glitt, stieß ihn der unerwartete Reiz über die Klippe, und er verströmte sich mit einem Laut, der fast wie ein Wimmern klang. Seine Hüften zuckten ekstatisch weiter, ohne dass er es merkte, denn sein Bewusstsein hatte sich bereits in einem Rausch leuchtender Farben aufgelöst.

Keuchend kam er zur Ruhe und wischte mit dem Unterarm über seine Stirn. Erst jetzt fiel ihm auf, dass er noch immer Hemd und Hose trug, wenngleich Letztere um seine Knie hing.

Sophie lag auf dem Bauch ausgestreckt vor ihm und regte sich nicht. Er stieg vom Bett und streifte seine Kleider ab, dann legte er sich neben sie. Als er mit den Fingerspitzen über ihre Wirbelsäule strich, erschauerte sie, hob aber nicht den Kopf aus dem Wust ihrer Locken.

Farid rollte sich auf den Rücken. Er suchte nach einer Erklärung für das, was geschehen war. Für den Umstand, dass er sich so vollständig vergessen hatte und nicht einmal den Schafsdarm angelegt hatte. Seit mehr als zehn Jahren hatte er nicht mehr darauf verzichtet, wenn er mit einer Frau schlief. Das war zu einem Teil des Rituals geworden, an dem er festhielt, ganz egal, was geschah. Es gab ihm die Gewissheit, ein winziges Stück von sich selbst zurückzuhalten, egal wie hoch der Preis war, den seine Kundin bezahlte. Und was sie dafür verlangte.

Aber Sophie war keine Kundin. Vergebens versuchte er zu begreifen, was sie war. Sie entzog sich allen Kategorien, die ihm einfielen. Fest stand nur, dass sie sein Leben auf den Kopf stellte, ohne sich dabei übermäßig anzustrengen. Er sollte sie wegschicken, sofort, noch in dieser Minute, damit endlich wieder Ruhe einkehrte.

Sophie warf ihr Haar zurück und drehte sich zu ihm. Ihre geröteten Wangen und glänzenden Augen verrieten ihre Befriedigung. Der Gedanke, sie wegzuschicken, verschwand so schnell, wie er gekommen war.

»Das war ein wenig ... nun ... nennen wir es stürmisch.« Sie sah ihn an, und er hielt ihrem Blick stand. »Du bist nun einmal unwiderstehlich, Liebste«, entgegnete er und zog sie an sich. Zu seiner Erleichterung schlang sie ohne zu zögern die Arme um seinen Hals. Er küsste sie, bis sie atemlos den Kopf hob, und ließ dann seine Lippen zu ihrem Ohr wandern.

»Farid«, murmelte sie leise und rüttelte ihn an der Schulter. Unwillig unterbrach er seine Tätigkeit. »Was ist?«

»Vorhin, als du ... als du ...« Sie flüchtete sich in ein Räuspern.

»Als ich deiner Hinterpforte ein wenig Aufmerksamkeit geschenkt habe?« Er versuchte, sie aufs Kinn zu küssen, aber sie drehte den Kopf weg.

»Ja.« Sie runzelte die Stirn. »So nennt man das?«

»Unter anderem. Willst du noch weitere Namen hören?« Diesmal trafen seine Lippen ihren Mundwinkel.

»Ja. Nein.« Sie kicherte. »Später.«

»Gut.«

Sie bog den Hals zur Seite, um ihm auszuweichen. »Hör mir doch zu.«

»Später.«

Sie nahm sein Gesicht in ihre Hände und hielt es fest. »Ich will das nicht. Ich bin eine Frau. Ich will nicht genommen werden wie ein Mann.«

Er sah die widerstreitenden Gefühle in ihren Augen und gab nach. »Du bist eine Frau, und ich habe dich genommen wie eine Frau«, sagte er ruhig.

»Aber du hast versucht ...«

»Ich habe dir eine neue Art der Lust angeboten. Sie anzunehmen liegt bei dir.«

Unbewusst streichelten ihre Fingerspitzen seine Wangenknochen. »Du bist zu groß, das kann nicht funktionieren.«

Seine Lippen zuckten, und er bemühte sich, ernst zu bleiben. »Natürlich«, stimmte er ihr zu, obwohl es genügend Zeugen beiderlei Geschlechts gab, die das Gegenteil bestätigen konnten.

»Es *wird* nicht funktionieren«, beharrte sie.

»Habe ich bisher irgendetwas getan, was dir Schmerzen bereitet hat oder dir auch nur unangenehm gewesen wäre?«

»Die Erfahrung mit Juliette würde ich nicht gerade als angenehm bezeichnen.«

Er verdrehte die Augen. »Habe *ich* etwas getan, was dir unangenehm war?«

Langsam schüttelte sie den Kopf.

»Vertraust du mir?«

»Nein.«

Das kleine Wort traf ihn wie ein Peitschenschlag. »Dann brauche ich auch nichts zu versprechen.« Er wand seinen Kopf aus ihren Händen und stand auf. Verärgert ging er zum Tisch und griff nach der Karaffe. Er wurde aus Sophie einfach nicht schlau. Und noch viel weniger aus seiner Reaktion auf sie. Während er ein bereitstehendes Glas füllte, fiel sein Blick auf Emmalines Schreiben. Nachdenklich drehte er es zwischen den Fingern und ging damit zum Bett zurück.

Sophie hatte die dünne Decke um sich gewickelt und die Knie angezogen. Sie sah ihn an, und er reichte ihr das halb volle Glas, damit er das Siegel brechen konnte.

»Ich weiß nicht, warum ich das tue.«

Sophies Worte brachten ihn dazu, den Brief sinken zu lassen und sie mit einem Stirnrunzeln anzusehen.

»Warum du was tust?«, fragte er verwirrt und setzte sich neben sie.

Sie machte eine umfassende Handbewegung. »Das alles hier.« Sie schwenkte den Wein im Glas. »Ich wollte immer

Kinder, und jetzt trage ich etwas in meinem Körper, was die Erfüllung dieses Wunsches unmöglich macht. Ich wollte einen Mann von Rang und Namen, dem ich eine gute Ehefrau sein kann. Aber ich liege mit einem Mann im Bett, der mich erpresst und demü…« Sie brach ab. »Und genieße jeden Augenblick. Ich entferne mich immer weiter von meinen ursprünglichen Zielen. Auf diese Weise werde ich nie bekommen, was ich will.«

Farid unterdrückte einen unwilligen Kommentar. Er konnte beim besten Willen kein Mitgefühl für diese Klagen aufbringen. »Vielleicht solltest du einfach deine Vorstellungen ändern und aufhören, Hirngespinsten nachzujagen.«

»Hirngespinsten?« Ihre Stimme überschlug sich. »Ich jage Hirngespinsten nach? Ich will nichts anderes, als den meisten Frauen ohne große Anstrengung in den Schoß fällt!«

Er zuckte die Schultern und faltete den Brief auseinander. »Aber dir fällt es nicht in den Schoß, wie du bereits festgestellt hast. Und du machst dich durch deine Verbissenheit verwundbar.«

»Wie meinst du das?«, fragte sie mit hochgezogenen Brauen.

»Du bist ein potenzielles Opfer für alle skrupellosen Zeitgenossen. Mariasse nutzte deine Situation und dein übersteigertes Verlangen nach einem respektablen Platz in der Gesellschaft ebenso aus, wie ich es tue.«

»Franco wird mein Leben zerstören, wenn ich nicht …«

»Nein. Er wird dein Leben nur dann zerstören, wenn du es zulässt. Wenn du dich an einen Mann bindest, der sich bei der kleinsten Schwierigkeit davonmacht. Nicht Franco ist das Problem, sondern die Männer, an deren Seite du die strahlende Ehefrau spielen willst. Solange dir die Fassade wichtiger ist als die Substanz, wirst du immer Angst haben müssen, dass du irgendetwas tust, was dem hochwohlgeborenen Auserwählten nicht in den Kram passt.«

Sophie warf den Kopf in den Nacken und lachte höhnisch. »Ach ja, du meinst also, es gibt einen Mann, dem es gleichgültig wäre, wenn ein Gemälde seiner nackten Frau von allen betrachtet werden könnte.«

»Vielleicht gibt es so einen Mann. Ganz sicher aber gibt es einen Mann, der etwas dagegen unternehmen würde, dass dieses Gemälde an die Öffentlichkeit gelangen könnte. Der sich zu seiner Frau bekennt und nicht feige das Weite sucht.«

Sophie schüttelte den Kopf. »Nicht in meiner Welt.«

»Ja, das fürchte ich auch.« Er hatte von dem Thema genug und wandte sich endgültig Emmalines Brief zu.

»Um eine gute Partie zu machen, ist ein tadelloser Ruf für eine Frau unverzichtbar«, teilte ihm Sophie eigensinnig mit, aber er hörte nicht länger zu. Binsenweisheiten wie diese langweilten ihn über die Maßen.

Es war selten, dass Emmaline ihn um einen Gefallen bat. Deshalb konnte er ihr das Anliegen auch nicht abschlagen. Er ließ den Brief sinken und schloss die Augen. Im Grunde war es keine große Sache und auch nichts, was er mit seinem Gewissen nicht vereinbaren konnte.

»Schlechte Nachrichten?« Sophies Stimme riss ihn aus seinen Gedanken.

»Nein. Ich soll hier eine Jungfrauenversteigerung ausrichten, das ist alles.«

Sophie stützte sich seitlich auf den Ellbogen und schaute ihn neugierig an. »Eine Jungfrauenversteigerung? Davon hab ich noch nie gehört. Was ist das?«

Er faltete den Brief wieder zusammen und legte ihn beiseite. »Es gibt Mädchen, die aus verschiedensten Gründen so dringend Geld brauchen, dass sie dafür ihre Jungfernschaft an den Meistbietenden versteigern. Emmaline Dessantes Etablissement steht seit Jahrzehnten im Ruf, die höchsten Preise zu erzielen, da die reichsten Männer Frankreichs zu den Kunden gehören. Allerdings veranstaltet sie jeden Monat höchstens eine derartige Versteigerung und hat ihrem Schreiben nach bis zum Frühsommer keine Kapazitäten mehr frei. Deshalb soll ich eine Veranstaltung ausrichten, die keinen Aufschub duldet.«

Sophie schüttelte den Kopf. »Widerlich, aus der Verzweiflung eines Menschen auf diese Weise Profit zu schlagen.«

»Emmaline nimmt nichts von dem Geld, das für ein Mädchen geboten wird. Die Versteigerung wird so groß aufgezogen, dass allein durch das ganze Drumherum genügend Gewinn gemacht wird. Deshalb ist es auch wichtig, dass eine Jungfrauenversteigerung nicht zu oft stattfindet und ihr ein Hauch von Exklusivität anhaftet.«

»Trotzdem ...« Sophie brach ab. »Was sind das für Männer, die dafür zahlen, einem Mädchen das einzig Wertvolle zu rauben, was es besitzt?«

Farid zuckte mit den Schultern. »Männer, die bereit sind, für ihre speziellen Vorlieben tief in die Tasche zu greifen. Männer, die in eine arrangierte Ehe gezwungen wurden und sich fragen, ob sie wirklich eine Jungfrau geheiratet haben. Männer, die eine Frau nehmen wollen, die von keinem anderen je berührt wurde. Die Gründe sind ohne Zahl.«

»Du wirst es natürlich tun, nicht wahr?«

»Ja.«

Ihre Stimme klirrte vor Kälte. »Wie könnte ein Mann auch verstehen, was es bedeutet ...«

»Emmaline hat auch meine Jungfräulichkeit versteigert«, unterbrach er sie, ehe sein Verstand die Worte zurückhalten konnte.

Sophies Augen wurden groß, als sie ihn ungläubig anstarrte. »Du lügst«, sagte sie schwach.

Als er schwieg, verwandelte sich ihre Ungläubigkeit zuerst in Entsetzen und dann in Mitleid.

Farid kämpfte darum, ihrem Blick standzuhalten und die Freude, die ihr Mitgefühl in ihm auslöste, zu ignorieren, doch er scheiterte. »Normalerweise ist es nicht möglich, die erste sexuelle Begegnung eines Mannes als solche überzeugend nachzuweisen. Aber mich kannten die Frauen, die Emmalines Etablissement besuchten, über Jahre hinweg. An meinem sechzehnten Geburtstag ersteigerte mich eine von ihnen für eine Nacht, um mir die Unschuld zu nehmen.« Er lächelte. »Es war eine sehr lukrative Angelegenheit.«

Damit hatte er nur einen Bruchteil der Wahrheit verraten, und er würde sich hüten, ihr alles zu erzählen, denn aus einem unerklärlichen Grund wollte er, dass sie ihn weiterhin voller Mitgefühl ansah.

»Wie konnte eine Frau, unter deren Schutz du standest, dich zu so etwas zwingen? Es ist widerwärtig. Es ...« Ihre Stimme bebte, und er zog sie an sich, um ihre Worte mit seinem Mund zu ersticken. Sie ließ ihn gewähren, erwiderte den Kuss aber nur halbherzig.

»So ist mein Leben«, flüsterte er an ihrem Ohr. »Und es ist Vergangenheit.«

Störrisch hob sie den Kopf. »Das kann nie Vergangenheit sein.«

In ihren hellen Augen lag so viel Entrüstung, dass er zwischen Rührung und Belustigung schwankte. »Doch. Denn in der Gegenwart halte ich dich in den Armen, und diese Gegenwart überstrahlt die Vergangenheit bei Weitem.«

# 10

Sophie straffte die Schultern und hielt sich kerzengerade, ohne dass ihr Rücken die Stuhllehne berührte. Ihre Finger spielten mit den Quasten des Fächers, während sie die anderen Gäste im Ballsaal unbeteiligt zu beobachten schien.

Gerade stellten sich die Paare zu einer Courante auf, und die Musiker stimmten eine fröhliche Weise an. Ein Kaleidoskop schillernder Farben und funkelnder Juwelen setzte sich in Bewegung. Früher einmal hatte Sophie dieses Bild bezaubernd gefunden, heute langweilte es sie. Sie ließ ihren Blick wandern. Nicht weit von ihr entfernt umringten einige junge Mädchen den Marquis de Santenderre, den Erben des Herzogs du Fachet, die derzeit beste Partie am Hof. Die dazugehörigen Mütter überwachten die Schritte ihrer Töchter mit Argusaugen. Die Haltung des Marquis, ein dunkelhaariger Mann in den Dreißigern, drückte höfliches Desinteresse aus.

Sophie öffnete ihren Fächer mit einer eleganten Bewegung aus dem Handgelenk und versteckte ihr Lächeln dahinter. Die Mühe der jungen Mädchen, die um die Wette kokettierten, um die Aufmerksamkeit des Marquis zu erlangen, würde heute sicher keine Früchte tragen.

Die Musik war verklungen, und die Formation der Tanzenden löste sich auf, nur um die Einzelnen wieder in kleinen Grüppchen zusammenfinden zu lassen. Auch dort wurden seelenvolle Blicke getauscht und die Lippen einladend geschürzt. Der Heiratsmarkt für die ersten Töchter des Landes war in vollem Gange.

Für ältere Frauen galten andere Regeln. Oder auch nicht. Sophie war es müde, darüber nachzudenken. Farids Worte echoten hartnäckig in ihrem Kopf. Dass ihr die strahlende Fassade wichtiger war als die Substanz. Dass sie sich verwundbar machte durch ihre Verbissenheit. Auch wenn sie es liebend gerne abgestritten hätte, es lag ein Körnchen Wahrheit in dieser Behauptung.

Natürlich hätte sie sich gewünscht, dass Jean de Maroilles die Bilder gekauft und ihr damit seine Zuneigung und Loyalität bewiesen hätte. Ein unmissverständliches Zeichen gesetzt hätte. Aber nachdem ihr noch nie eine gute Fee begegnet war, wusste sie auch, dass solche Wünsche selten wahr wurden.

Und so sehr sie auch darüber nachgrübelte, es wollte ihr keine Lösung für ihr Dilemma einfallen. Natürlich konnte sie Versailles verlassen, aber wohin sollte sie gehen? Die finanziellen Mittel des Herzogs von Mariasse erlaubten es ihr ohne Weiteres, eine eigene Residenz zu kaufen und auch Personal einzustellen. Aber das gab ihrem Leben keinen Sinn. Sie würde sich dort ebenso einsam und verloren fühlen wie hier in ihrer Dachkammer. Sie wollte nicht in den Tag hinein leben, ohne einen wirklichen Grund zu haben, jeden Morgen aufzustehen. Deshalb blieb sie in Versailles, denn immerhin lenkten die oberflächlichen Unterhaltungen sie von ihren Grübeleien über die Zukunft ab. Außerdem gab es damit noch immer die Möglichkeit, einen Ehemann von Stand zu finden. Einen, dessen angenehme Fassade keine morsche Substanz verdeckte.

Schrilles Lachen riss sie aus ihren Gedanken. Eine übertrieben geschminkte Frau betrat am Arm eines Mannes den

Saal. Der Herzog und die Herzogin von Lalande. Ein Paar in den späten Fünfzigern, das für seine Ausschweifungen berüchtigt war. Angeblich hielten sie sich auf ihren Besitzungen Liebessklaven beiderlei Geschlechts, die ihnen zu Willen sein mussten, so oft das Paar danach verlangte. Genaueres wusste jedoch niemand, deshalb war es durchaus möglich, dass diese Behauptungen reine Erfindung waren. Dennoch zog Sophie unwillkürlich die Schultern hoch, als die beiden an ihr vorbeigingen und der Herzog sie mit kalten Augen maß, ehe sich seine dünnen Lippen zu einem anzüglichen Lächeln verzogen. Sie bemühte sich um eine ausdruckslose Miene, konnte aber nicht verhindern, dass sich beim Anblick seines fliehenden Kinns, das ihm unbestreitbare Ähnlichkeit mit einer Ratte verlieh, ein Gefühl von Unbehagen in ihr ausbreitete. Glücklicherweise legte der Herzog keinen Wert darauf, eine Konversation zu beginnen, sondern steuerte mit seiner Gattin auf eine Gruppe Gäste zu, ohne Sophie weiter Beachtung zu schenken.

Erleichtert wandte sie den Blick ab und merkte, dass Pierre de Roubec durch den Saal auf sie zukam. Sie wischte ihre dunklen Gedanken beiseite und lächelte dem Cômte entgegen. Er gehörte zu den wenigen Männern, die ihr ausdauernd und unaufdringlich den Hof machten, seit sie sich in Versailles aufhielt. Allerdings suchte er bestenfalls eine Mätresse, vermutlich aber nur ein unverbindliches Abenteuer. Seine Frau hütete einen Stall voller Kinder auf seinen Besitzungen in der Bretagne, während er sich die meiste Zeit des Jahres in die Schar der Höflinge des Königs einreihte. Trotzdem bot seine Gesellschaft immer eine willkommene Abwechslung. Er plauderte charmant über Gott und die Welt und wusste immer pikante Geschichten zu erzählen.

»Sophie d'Asseaux, wie schön, Euch zu sehen.« Er verbeugte sich und griff nach ihrer Hand, um sie an seine Lippen zu heben.

Sie neigte leicht den Kopf und verdrängte den Gedanken, dass sie sich ebenso kokett verhielt wie die Debütantinnen, über die sie sich gerade erst lustig gemacht hatte. »In der Tat, es muss einige Tage her sein, seit wir uns begegnet sind.«

Er lachte. »Ja, lasst uns unser Wiedersehen feiern. Darf ich Euch meinen Arm für einen Spaziergang anbieten?«

Sophie erhob sich. »Nicht nur Euren Arm, auch Eure Gesellschaft, Pierre. Ich habe noch keinen Tischherrn für das Diner.«

»Aber gerne, Sophie, es ist mir eine Freude.«

Sie schritten gemeinsam durch den Saal ins Foyer, wo es etwas kühler war und weniger stickig, wie Sophie dankbar feststellte. »Nun, was hat sich in den letzten Tagen hinter verschlossenen Türen zugetragen, mein Lieber?«, erkundigte sie sich lächelnd.

Wie zufällig legte er seine Finger über ihre Hand, die auf seinem Arm lag. »Auch auf die Gefahr hin, Euch zu enttäuschen, ich kann keine sensationellen Neuigkeiten liefern, Sophie. Im Augenblick ist es geradezu unfassbar langweilig hier. Das Gerücht über die neuerliche Schwangerschaft von Madame de Montespan kennt ihr sicherlich?«

Sophie nickte. »Ja, die Königin hat deswegen einen Tobsuchtsanfall bekommen.«

»Der König schreibt an einem neuen Ballett, das im Sommer aufgeführt werden soll. Eine Geschichte mit Feen und Zauberern und einem strahlenden Helden.«

»Den er persönlich darstellen wird.« Sophie spielte mit ihrem Fächer. »Wird er nicht langsam zu alt für so etwas?«

»Solange niemand den Mut hat, ihm das zu sagen, wird er niemals zu alt dafür sein.«

»Da gebe ich Euch recht.« Sie winkte einer Bekannten zu, die diese Geste lächelnd erwiderte. »Und sonst? Weit und breit kein kleiner Skandal in Sicht?«

»Nun, es gibt Gerüchte über eine Wette zwischen Elise de Saint-Just und Antoinette de la Forge. Die Verliererin muss nackt durch die Gärten des Schlosses reiten.« Er zwinkerte Sophie bedeutungsvoll zu. »Wie einst Lady Godiva.«

»Tja, dann bleibt nur zu hoffen, dass sich der Winter bis dahin verabschiedet hat.« Sophie schüttelte den Kopf. »Die Langeweile treibt tatsächlich seltsame Blüten. Was haben die beiden denn gewettet?«

Sie waren im Speisesaal angekommen, der von einer langen, mit Kristall, Porzellan und Blumen dekorierten Tafel dominiert wurde. Vereinzelt hatten bereits Gäste Platz genommen, aber der Großteil der Geladenen strömte noch durch die weit geöffneten Flügeltüren in den Raum. Pierre de Roubec rückte einen Stuhl für Sophie zurecht und setzte sich neben sie.

»Wenn man dem Gerücht Glauben schenken will, geht es darum, den Besitzer des Hauses der Freude zum offiziellen Erscheinen bei einem Ball im Schloss zu bewegen.«

Sophie starrte den Cômte dermaßen verblüfft an, dass er hinzusetzte: »Ich nehme an, Ihr habt von Farid Bejaht und seinem … Etablissement gehört?«

Mit äußerster Selbstbeherrschung gelang es Sophie zu nicken. »Das Haus der Freude ist ein Bordell, soweit ich weiß«, sagte sie so beiläufig wie möglich. Da hatte sie es geschafft, Farid während der letzten Stunden erfolgreich aus ihren Gedanken zu verbannen, und jetzt war er plötzlich wieder da.

»Nun, es ist ein sehr spezielles Bordell. Man sagt, dass dort vorwiegend die Wünsche von Frauen erfüllt werden.« Pierre de Roubec räusperte sich. »Verzeiht, wenn ich Euer Zartgefühl verletzt habe, Sophie.«

»Das habt Ihr nicht, mein Lieber. Natürlich habe ich schon vom Haus der Freude gehört und seinem ... sagen wir, berüchtigten Besitzer. Das lässt sich ja gar nicht vermeiden.« Sie lachte ein wenig zu laut. »Aber ich verstehe nicht, was es da zu wetten gibt.«

»Offenbar verhält es sich so, dass Farid Bejaht weder mit Geld noch mit guten Worten zu überreden ist, seine Kundinnen auf dem gesellschaftlichen Parkett zu begleiten. Elise de Saint-Just und Antoinette de la Forge haben es sich dennoch in den Kopf gesetzt, mit ihm als ihrem offiziellen Begleiter hier zu erscheinen.«

»Und wie wollen sie das anstellen?« Der Satz entschlüpfte ihr, ehe sie es verhindern konnte.

Ihr Gesprächspartner zuckte die Schultern. »Es ist alles nur ein Gerücht. Vielleicht hat eine der beiden einen speziellen Hebel, den sie ansetzen kann, um Druck zu machen. Andererseits flüstert man, dass das Haus der Freude kein wirtschaftlicher Erfolg ist. Vielleicht muss der Besitzer Zugeständnisse machen, um sein Etablissement weiterführen zu können. Vermutlich geht es also um Geld. Wie meistens.«

Sophie schwieg. Dass Farid irgendjemandem Zugeständnisse machen sollte, lag außerhalb ihrer Vorstellungskraft. Deshalb sah es ihm auch ähnlich, sich nicht wie ein Schoßhündchen vorführen zu lassen. Bei allem, was er tat, stand er im Mittelpunkt und nicht diejenigen, die ihn bezahlten. Das war ihr schon auf *Belle Étoile* aufgefallen.

Dann wurde ihr mit einem Schlag klar, dass Elise de Saint-Just und Antoinette de la Forge zu Farids Stammkundinnen gehören mussten. Sonst wären die beiden kaum auf eine derartige Wette verfallen. Sophie stockte der Atem, und die Lichter des Raumes verschwammen vor ihren Augen:

Natürlich hatte sie immer gewusst, was er war und was er tat. Allerdings war bis zu diesem Augenblick der Gedanke daran, was er mit anderen Frauen in den Zimmern seines Hauses trieb, völlig abstrakt für sie gewesen. Als existierte das alles in einer anderen Welt, die keinen Bezug zu der ihren hatte. Aber jetzt besaßen diese Frauen Namen und Gesichter, denn jeder in Versailles kannte Elise und Antoinette, die seit Jahrzehnten zu den Fixsternen am Hof gehörten.

Sophie merkte weder, dass ein Diener ihr Glas mit Wein füllte, noch dass sich Pierre mit seiner anderen Tischdame unterhielt. Stattdessen sah sie Antoinette de la Forge, wie sie in Farids Armen lag. Wie sein Mund über ihren Hals strich und tiefer wanderte, immer tiefer ... Seine Finger wühlten in ihrem seidigen schwarzen Haar, seine Hüften glitten geschmeidig zwischen ihre Schenkel. Flüsterte er Antoinette dieselben schamlosen, unwiderstehlichen Worte ins Ohr, die sie selbst wie auf Adlerschwingen in schwindelnde Höhen trugen? Vollbrachte seine Zunge auch bei allen anderen jene unbeschreiblichen, sündigen Kunststücke, die ihren Widerstand in reine Ekstase verwandelten? Brachte er ihren Körper dazu, sich aufzubäumen, um ihn tiefer in sich zu spüren?

Sophie unterdrückte ein Zittern und rieb unbewusst ihre nackten Oberarme. Stöhnte er, wenn Antoinette oder Elise oder irgendeine andere Frau die Beine um ihn schlang? Verlor er die Kontrolle über seine Leidenschaft? Oder behielt er in jeder Situation die Kontrolle?

Am Anfang ihrer Affäre hatte sie seinen heiser gemurmelten Worten »Ich bin nichts als dein williger Sklave« keine große Bedeutung zugemessen und gedacht, dass er sich schon seine Befriedigung holen würde, nachdem er ausreichend für die ihre gesorgt hatte. Schließlich war er ein Mann. Aber da er nur ein einziges Mal in ihrer Gesellschaft einen Höhepunkt erlebt hatte, fragte sie sich, ob ihn der Akt selbst eher kaltließ oder ob es an ihr lag. Ob ihn vielleicht bei anderen Frauen die Leidenschaft überwältigte – weil sie schöner, geschickter, amüsanter waren? Der Gedanke erschien ihr wahrscheinlich, denn aus welchem Grund legte er sonst überhaupt den Schafsdarm an?

Sie wusste zwar nicht, warum sie diese Frage so beschäftigte, aber sie wünschte, den Mut zu haben, eine der beiden Frauen danach zu fragen. Doch genauso gut hätte sie sich wünschen können zu fliegen ...

# 11

Der eisige Wind biss in Farids Wangen, als er durch die Rue Favraux ging. Er hatte die Kutsche in einer Quergasse halten lassen, um zu verbergen, woher er kam und wohin er ging. Das Viertel gehörte nicht zu den besseren Gegenden von Paris, sondern wurde von verwohnten Häusern und Läden mit blinden Scheiben beherrscht. Die *Auberge aux trois anges* sah zumindest von außen sauber und gepflegt aus. Ein Eindruck, der sich im hell erleuchteten Inneren bestätigte.

»Monsieur, womit kann ich dienen?« Ein kleiner stämmiger Mann eilte herbei. »Sucht Ihr eine Unterkunft mit einem weichen Bett und einem guten Frühstück? Dann seid Ihr bei Martin Grenier richtig. Wenn Ihr länger als fünf Tage bleibt, gewähre ich Euch einen ganz besonders günstigen Preis.«

Farid rieb die behandschuhten Finger aneinander. »Schenkt Ihr auch heißen, gewürzten Wein aus?«

»Natürlich. Folgt mir bitte.« Er ging in den nebenliegenden Schankraum, und Farid nahm an einem der Tische Platz. Behagliche Wärme ging von einem offenen Kamin aus, und der Duft nach frischem Brot lag in der Luft.

Martin Grenier kam mit einem Steingutbecher zurück und stellte ihn vor Farid auf den Tisch. Abwartend stemmte er die Hände in die Hüften und sah zu, wie sein Gast danach griff.

Das Gebräu war heiß und stark. »Danke, ganz ausgezeichnet«, sagte Farid heiser und hustete. Zufrieden wandte sich der Wirt ab.

»Wartet!«, rief ihm Farid nach, und als sich der Mann umdrehte, fügte er hinzu: »Setzt Euch zu mir. Allein trinkt es sich schlecht.«

»Um diese Uhrzeit ist noch nicht viel los«, erwiderte der Wirt und ließ sich auf einen Stuhl fallen, nachdem er für sich ebenfalls einen Becher Gewürzwein geholt hatte.

»Ihr vermietet auch Zimmer?«, erkundigte sich Farid im Plauderton.

Martin Grenier nickte. »Ja, ich habe drei Zimmer und eine Suite mit Salon, Schlafzimmer und Dienstbotenkammer. Alle Zimmer sind beheizt und die Betten frisch bezogen«, erklärte er geschäftstüchtig. »Ich vermiete nur für mindestens drei Nächte, und ab fünf Nächten mache ich Euch einen Sonderpreis. Seid Ihr interessiert?«

»Ja, ich suche für meinen nächsten Aufenthalt in Paris ein Quartier. Kann ich die Zimmer sehen?«

Eifrig erhob sich der Wirt. »Gerne, im Augenblick stehen sie alle zu Eurer Verfügung. Ich habe gerade keine Logiergäste. Aber sobald es wärmer wird, kommen wieder mehr Reisende in die Stadt.« Er klimperte mit dem Schlüsselbund und bedeutete Farid, ihm zu folgen. »Wir fangen mit der Suite an. Zuletzt bewohnte sie ein Maler, der sich im Salon sein Atelier einrichtete.« Er seufzte. »Ein sehr angenehmer Mann, gebildet und höflich. Italiener, zahlte immer pünktlich und machte keinen Ärger.« Er seufzte wieder.

»Warum ist er ausgezogen?«, fragte Farid beiläufig und mit harmlosem Blick.

»Offenbar verkauften sich seine Bilder immer besser. Er wollte sich vergrößern, sagte er. Mehr Licht, mehr Platz.« Aufgebracht öffnete der Wirt eine Tür. »Dabei ist das Zimmer doch wahrlich geräumig und sehr hell, was meint Ihr?«

»In der Tat«, stimmte Farid ihm zu und sah sich um. Keinerlei Spuren verrieten, dass Franco Angelli eine Zeit lang hier gelebt hatte. »Ich kann mir gar nicht vorstellen, wo ein Maler bessere Bedingungen finden könnte.«

Besänftig, dass er endlich jemanden gefunden hatte, der seine Meinung teilte, zupfte der Wirt das Tischtuch zurecht. »Genau meine Worte. In der Rue de Pau ist es sicher nicht so hell, davon bin ich überzeugt. Und die Räume werden bestimmt viel kleiner sein.«

Farid blickte aus dem Fenster und wandte sich dann zum Gehen. Er hatte, was er wollte. »Erspart Euch die Mühe, mir die restlichen Zimmer zu zeigen, Monsieur Grenier. Ich bin überzeugt, sie sind in tadellosem Zustand. Bei meinem nächsten Aufenthalt werde ich hier Quartier nehmen.« Er klopfte dem Mann auf die Schulter und verließ das Zimmer. Im Schankraum legte er einige Münzen auf den Tisch und nahm seinen Hut.

Als er wieder bei der Kutsche war, nannte er als Nächstes Ziel die Rue de Pau. Während der Fahrt dankte er im Stillen seinem Schicksal, endlich eine brauchbare Spur des vermaledeiten Pinselschwingers entdeckt zu haben. Jetzt brauchte er sich nur noch zu vergewissern, dass Franco Angelli sich tatsächlich in der genannten Straße niedergelassen hatte. Dann konnte er Sophie die frohe Botschaft überbringen und ihren Zweifeln damit den Wind aus den Segeln nehmen – schließlich hatte er ihren ehemaligen Liebhaber nicht nur gesucht, sondern auch gefunden. Vielleicht bewog sie dieser Umstand sogar, ihre Affäre über den verabredeten Monat hinaus fortzuführen. Er grinste. Schließlich gab es noch eine Menge sündiger, verdorbener Spiele, die er mit ihr spielen wollte.

Zu seiner Überraschung hielt die Kutsche kurz darauf nur wenige Gassen vom Königspalast entfernt. Farid stieg aus und sah sich um. Eine eindeutige Verbesserung, die dem Pinselschwinger da geglückt war. Die Fassaden der Häuser zeugten ebenso von Wohlstand wie die livrierten Diener, die vor den Toren wachten. Er schlenderte das Kopfsteinpflaster entlang und überlegte, wo sich der Klecksermeister wohl eingenistet haben könnte. Es gab keine Läden, keine Geschäfte, stattdessen reihte sich ein imposantes Wohnhaus an das nächste. Erst ganz am Ende der schmalen Straße befand sich ein Hotel namens *Le bœuf sur le toit*.

Farid betrat das Foyer. Auch hier war der Unterschied zur *Auberge aux trois anges* unübersehbar. In einer Unterkunft wie dieser stiegen Adelige und wohlhabende Bürger ab. Er zweifelte daran, den Mann hier zu finden. Aber vielleicht erhielt er weitere wertvolle Hinweise über dessen Verbleib.

Wieder war der Schankraum leer. Ein adrett gekleidetes Mädchen näherte sich ihm mit wiegenden Hüften und erkundigte sich nach seinen Wünschen. Er bestellte wieder einen Humpen Gewürzwein und legte ein paar Münzen bereit. Als das Mädchen zurückkam, schob er ihr die erste hinüber. »Wie heißt du?«

Ein wachsamer Ausdruck trat auf ihr Gesicht. »Jeanette.«

»Ein hübscher Name.« Er lächelte sie an und schob ihr die nächste Münze hin. »Also, Jeanette, ich suche jemanden, und ich hoffe, du kannst mir helfen.«

Sie entspannte sich und griff nach den Münzen. »Ich helfe Euch gerne, Monsieur. Wen sucht Ihr denn?«

»Einen alten Bekannten. Ich habe ihn aus den Augen verloren und weiß nur, dass er hier im Viertel untergekommen sein soll. Sein Name ist Franco Angelli.«

Jeanette nickte und wartete, bis er ihr die nächste Münze hinschob. »Ich kenne ihn, Monsieur. Er ist Maler, nicht wahr?«

»Ja.« Farid war geneigt, seinem Schicksal zum zweiten Mal an diesem Tag innig zu danken. »Weißt du, wo er wohnt?«

Sie sah ihn verdutzt an, und er schob ihr die letzte Münze zu. »Hier natürlich«, sagte sie und ließ die Münzen in ihrer Schürzentasche verschwinden. »Er hat die vier Zimmer unter dem Dach gemietet.«

Farid atmete erleichtert auf. Jeanette interpretierte sein Schweigen falsch. »Ihr könnt jetzt nicht zu ihm. Er hat Besuch. Eine Dame. Er malt ihr Porträt«, setzte sie hastig hinzu, bestrebt, Missverständnisse zu vermeiden und den Gast ins beste Licht zu rücken.

»Dann werde ich warten.« Er war zu neugierig, um ein anderes Mal wiederzukommen. Unauffällig veränderte er seine Position, damit er die Treppe im Auge behalten konnte. Dabei überlegte er, wie er weiter vorgehen sollte. Im Grunde wollte er nicht mehr in Erscheinung treten als unbedingt nötig. Deshalb hätte er schleunigst nach Versailles zurückkehren und Sophie einfach den Ort nennen sollen, an dem sie Franco Angelli finden würde. Dass er es nicht tat, lag an der nagenden Neugier, die seine Vernunft in kleine Stücke raspelte. Er wollte mit eigenen Augen den Mann sehen, der die kühle, vom Verstand beherrschte Sophie dazu gebrachte hatte, ihr Leben von einem Moment auf den anderen ins Chaos zu stürzen.

Die Zeit verstrich, aber schließlich wurde Farids Geduld belohnt. Schritte auf der Treppe und leise Stimmen kündigten an, dass sich jemand auf dem Weg nach unten befand.

Unwillkürlich beugte sich Farid vor, um besser sehen zu können. Am Ende der Treppe erschienen ein Mann und eine Frau, die in einen dunklen Pelzumhang gehüllt war. Ein feiner schwarzer Spitzenschleier bedeckte die obere Hälfte ihres Gesichts, ließ aber den Mund frei, der sich zu einem Lächeln verzog, als sie dem Mann die Hand reichte, die dieser andeutungsweise an die Lippen hob.

Der Mann kehrte ihm den Rücken zu, deshalb konnte Farid sein Gesicht nicht erkennen. Der Mann und seine Begleiterin gingen weiter zum Eingangstor der Herberge, das er galant für sie öffnete.

Farid erhob sich und blieb hinter einem Wandvorsprung stehen, um zu warten, bis der Mann zurückkehrte. Als dieser zurück zur Treppe wollte, trat er ihm in den Weg.

Ihre Blicke trafen sich. Franco Angelli straffte die Schultern und vergrub die Hände in die Tasche seiner geöffneten Jacke. Darunter trug er ein cremefarbenes Hemd, das zahlreiche Farbflecke aufwies. Eine ebenholzfarbene Lockenmähne betonte die Blässe seines bartlosen Gesichts. Seine durchaus ansprechenden Züge sahen verlebt aus und zeigten eine Vorliebe für das eine oder andere Glas Rotwein. Das einzig Bemerkenswerte an ihm waren die bernsteinfarbenen, fast gelben Augen. »Kennen wir uns?«, fragte er mit gefurchter Stirn.

Farid suchte nach einer plausiblen Antwort. Das Klügste wäre gewesen, mit einem Kopfschütteln zu verneinen und die Herberge zu verlassen. Aber Klugheit gehörte in jüngster Zeit nicht zu den Triebfedern seines Handelns.

»Nein«, erwiderte er mit einer angedeuteten Verbeugung. »Ihr wurdet mir empfohlen, Monsieur Angelli. Deshalb bin ich hier.«

Die Worte blieben ohne nennenswerte Wirkung. Offenbar hörte der Maler diesen Satz öfter. Franco Angelli lehnte sich an den Treppenpfosten und hob die Brauen. »Und Ihr seid ...?«

»Mein Name ist Farid Bejaht. Ich besitze ein Bordell in Versailles.« Und ohne zu wissen, woher die plötzliche Eingebung kam, fügte er hinzu: »Ich suche nach Bildern zur Dekoration meiner Räumlichkeiten.«

In den Augen seines Gegenübers blitzte Interesse auf. »Dann lasst uns in mein Atelier gehen und die Angelegenheit dort besprechen.«

Farid folgte ihm in die Räume unter dem Dach. Tatsächlich sorgte das durch zahlreiche Fenster einfallende Licht für viel Helligkeit, außerdem bot die Unterkunft wesentlich mehr Platz als die vorherige. Es roch nach Öl und Farbe, und an den Wänden lehnten fertige, bereits gerahmte Bilder, die zum Teil mit Leinentüchern verhüllt waren. Auf mehreren Staffeleien standen die gerade in Arbeit befindlichen Gemälde. Zu Farids Enttäuschung gab es kein einziges Bildnis einer nackten Frau. Nur Porträts, Stillleben, Hunde, Pferde, Landschaften.

Er merkte, dass ihn der Maler genau beobachtete. Also zwang er sich zu einem enttäuschten Schulterzucken. »Nett, aber nichts davon kann ich gebrauchen. Ich suche nach etwas ... Außergewöhnlichem, nach etwas, bei dem meinen Gästen der Mund offen stehen bleibt vor Staunen.«

Angelli lachte leise. »Ich weiß, was Ihr meint. Und ich bin sicher, dass ich habe, was Ihr wollt.« Er streifte seine Jacke ab und legte sie achtlos auf einen Stuhl. »Aber natürlich sind diese Bilder nicht für jedermann zugänglich.« Mit diesen Worten öffnete er einen kleinen Wandschrank, nahm einen Schlüssel heraus und schloss die Tür zum angrenzenden Raum auf.

In dieser Kammer war es dunkler, da es nur zwei kleine Fenster gab. Auch hier lehnten zahlreiche Bilder unterschiedlicher Größe an den Wänden, alle waren mit Tüchern verhüllt. Die Dielen knarrten unter Franco Angellis Füßen, als er mit einer Öllampe neben Farid stehen blieb. »Bevorzugt Ihr szenische Darstellungen oder rein figürliche Abbildungen?«, fragte er, während er die Lampe in der Mitte des Raumes an einen Holzbalken hängte.

Farid zuckte mit den Schultern. »Darüber habe ich noch nicht nachgedacht.«

»Gut, dann zeige ich Euch ein paar Beispiele.« Er trat an die Bilder heran und entfernte mit großer Geste ein Tuch nach dem anderen.

Farid kam langsam näher. Er verstand von Kunst in etwa so viel wie vom Pferdebeschlagen. Dennoch musste er zugeben, dass ihm gefiel, was er sah. Durch die plastische Darstellung der Figuren gewann der Betrachter den Eindruck, sie könnten jeden Augenblick aus dem Rahmen steigen. Den Hintergrund – meist griechische Tempel und mythische Gestalten – hatte der Maler so detailreich angelegt, dass man sogar die Blüten an den Sträuchern erkennen konnte. Die Nacktheit der Personen wirkte nicht plump, sondern war durch ein gekonntes Spiel mit Licht und Schatten auf anregende Weise reizvoll. Die Proportionen von Brüsten und erigierten Penissen mochten übertrieben sein, aber nicht so sehr, dass sie gänzlich unglaubwürdig oder lächerlich wirkten. Einige Momente lang vergaß Farid völlig, warum er tatsächlich hier war, und überlegte, wie sich die Bilder wohl im Haus der Freude machen würden. Zweifellos wären einige seiner Kundinnen von einem nackten, muskelbepackten Hephaistos oder einem goldgelockten Apoll, der seine geschwollene Eichel einer knienden Priesterin anbot, mehr als nur entzückt.

Franco Angelli wartete mit in den Hosentaschen vergrabenen Händen, bis Farid alle Gemälde betrachtet hatte. »Nun, ist etwas dabei für Euch?«

Die Frage brachte Farid zum Grund seines Besuchs zurück. Er räusperte sich. »Diese Bilder kommen der Sache schon sehr viel näher, aber ich suche nach noch ... außergewöhnlicheren Motiven.«

»Ich male keine erotischen Szenen mit Kindern oder Tieren. Falls Ihr danach sucht, dann geht Ihr besser«, sagte Franco Angelli eisig. »Dort ist die Tür.«

Farid schüttelte energisch den Kopf. »Nein, danach suche ich nicht. In diesem Punkt sind wir ganz einer Meinung.« Er holte noch einmal tief Luft. »Meine Kunden zeigen Interesse daran, nackte Frauen zu sehen, die ... ein Kind erwarten.« Die Worte hallten in seinen Ohren.

Angelli fixierte ihn mit einem misstrauischen Blick. Nach einer schier endlosen Weile bequemte er sich schließlich zu einer Antwort. »Ich kann Euch solche Bilder als Auftragswerke liefern. Gegen eine entsprechende Vorauszahlung natürlich.«

»Und woher nehmt Ihr die Modelle? Oder malt Ihr aus dem Gedächtnis oder nach eigener Vorstellung?« Er versuchte, gleichermaßen anmaßend und skeptisch zu klingen, um den Maler zu provozieren.

»Das lasst ruhig meine Sorge sein«, erwiderte Angelli wegwerfend.

»Habt Ihr schon einmal eine nackte, schwangere Frau gesehen? Woher soll ich wissen ...«

Angelli ging an ihm vorbei zur Dachschräge, unter der eine große, verschlossene Truhe stand. Er kramte einen Schlüssel aus seiner Hosentasche, während Farid unwillkürlich den Atem anhielt. Wenn der Mann jetzt tatsächlich ein Bild von Sophie ans Tageslicht holte, dann waren auch die letzten Zweifel beseitigt. Zweifel, die es im Grunde gar nicht mehr gab.

Der Deckel der Truhe knarrte. Der Maler wühlte in ihr herum, dann hob er mit einigem Ächzen ein ungerahmtes Gemälde hoch und stellte es direkt unter die Öllampe. Wie von unsichtbaren Fäden gezogen trat Farid näher. Das war Sophie d'Asseaux. Ohne Zweifel. Eine um vieles jüngere, glücklichere Sophie, als er sie kannte. Während er das Bild betrachtete, wurde ihm zum ersten Mal klar, dass Franco Angelli – ungeachtet seiner menschlichen Unzulänglichkeiten – ein wirklich exzellenter Künstler war. Dieses Gemälde war keine bloße Abbildung, sondern besaß eine Seele. Das Glück in Sophies Augen, die stille Freude, die Zärtlichkeit, mit der sie ihren prallen Leib streichelte, teilte sich dem Betrachter unmittelbar mit. In all der Zeit, die er Sophie kannte, hatte sie niemals so glücklich gewirkt. Niemals hatte sie ihn so voller Liebe und Vertrauen angesehen wie in diesem Moment.

Aber sie sah ja gar nicht ihn an. Sie sah den Maler an, dem sie nur mit einem dünnen Seidenschal, der sich verspielt von ihren Schultern zu ihren Knöcheln wand, Modell gestanden hatte. Franco Angelli. Der Mann, der sie in eine harte, verbitterte Frau verwandelt hatte.

»Dieses Bild ist unverkäuflich, es soll Euch bloß bestätigen, dass ich sehr wohl in der Lage bin, Euren Auftrag auszuführen.«

Nur mit Mühe riss sich Farid von Sophies verträumten Zügen los, und noch viel mehr Mühe kostete es ihn, nicht auf der Stelle um das Bild zu feilschen.

»Gut, Monsieur Angelli. Ich komme in den nächsten Tagen wieder und gebe Euch dann die genauen Maße des Bildes, das ich benötige, und eine Anzahlung.« Der geschäftsmäßige Ton gelang ihm gut, wie Farid erleichtert feststellte, und auch der Maler schien mit dieser Erklärung zufrieden. Angelli nahm das Gemälde und trug es zur Truhe zurück. Farid folgte ihm, als wolle er unbewusst einen letzten Blick darauf erhaschen. Dabei konnte er zwei andere Bilder in der Truhe erkennen. Beide zeigten nackte Frauen, und beide Frauen kannte Farid. Sie waren seine Kundinnen und gehörten dem Hofstaat des Königs an. Langsam dämmerte ihm, dass Sophie wohl nicht das einzige Erpressungsopfer des Malers war.

# 12

Es dauerte einige Tage, bis Sophie den Mut aufbrachte, wieder zum Haus der Freude zu fahren. Das Wissen um die obskure Wette und die Tatsache, dass sie nun zwei Kundinnen von Farid persönlich kannte, hemmte sie. Pascal empfing sie freundlich und nahm ihr den Mantel ab.

»Farid hat Besuch, bitte nehmt Platz, ich melde Euch«, sagte er dienstbeflissen.

Sophie blieb stehen. Jeder Muskel in ihr verkrampfte sich. »Dann ist es wohl besser, ich komme ein andermal.«

Pascal zwinkerte ihr zu. »Ich sagte Besuch, nicht Kundschaft. Keine Sorge, Mademoiselle d'Asseaux, Farid ist mit den Vorbereitungen der Jungfrauenversteigerung beschäftigt.«

Unbewusst stieß Sophie die angehaltene Luft aus und ließ sich dann erleichtert auf einen der zierlichen Stühle fallen. Sie hätte es nicht ertragen, einem Farid zu begegnen, der gerade seinen Lebensunterhalt verdient hatte. Sie zog eine Grimasse. Und sie wollte nicht darüber nachdenken, warum sich ihr bei diesem Gedanken die Nackenhaare sträubten.

Pascal kam zurück und bedeutete ihr, ihm zu folgen. Sie gingen den Flur entlang und blieben vor der letzten Türe stehen. In diesem Teil des Hauses war Sophie noch nie gewesen. Hinter Pascal, der die hohen Flügeltüren öffnete, betrat sie einen riesigen Saal, in dem zahlreiche Arbeiter damit beschäftigt waren, durch das Anbringen verschiedener Dekorationsstücke eine orientalische Atmosphäre zu schaffen. Sophie brauchte eine Weile, bis sie Farid entdeckt hatte.

Er war in ein Gespräch mit einer hochgewachsenen Frau in einem schwarzen, in der Taille unglaublich eng geschnürten Kleid vertieft. Zögernd trat Sophie näher. An den Fingern der Frau blitzten Juwelen auf, als sie ihre Worte gestenreich unterstrich. Farid erwiderte etwas, dann fiel sein Blick auf Sophie, und sie hatte das Gefühl, von einer Welle reiner Energie überflutet zu werden. Die Intensität, mit der er sie ansah, jagte einen Schauer über ihre Haut. Er schaute sie an, als sähe er sie zum ersten Mal. Oder als suchte er nach etwas, von dem er wusste, dass es da sein musste, obwohl er es nicht finden konnte.

Die Frau hatte gemerkt, dass er ihr nicht länger zuhörte, und drehte sich zu Sophie um. Sie war wesentlich älter, als ihre Silhouette glauben machen wollte, daran änderten auch ihre Schminkkünste nichts, die einen gewissen Hang zu Dramatik verrieten. Die Augen waren schwarz umrandet, die Brauen darüber glichen akkuraten Tuschestrichen, und die Lippen glänzten leuchtend rot. Ihr unnatürlich dunkles Haar hatte sie so straff zurückgebunden, dass die Wangenknochen scharf hervortraten. An den Ohrläppchen glitzerten Diamanten.

Sophie blieb neben den beiden stehen und entschied sich für ein unverbindliches Lächeln, obwohl die Frau sie musterte, als wollte sie die Farbe ihrer Unterwäsche herausfinden.

»Sophie, welche Freude«, sagte Farid und hob ihre Hand an seine Lippen. »Lass mich dir Emmaline Dessante vorstellen.«

Sophie neigte den Kopf. »Farid hat mir bereits von Euch erzählt, deshalb freue ich mich, Euch kennenzulernen, Madame Dessante.«

»Das kann ich von mir nicht behaupten, meine Liebe – dass Farid mir von Euch berichtet hätte, meine ich.« Ihre Stimme klang angenehm voll und dunkel. Sie hob eine Augenbraue in Farids Richtung.

»Verzeih, Emmaline. Das ist Sophie d'Asseaux. Sie ist für eine Zeit lang ...« Er strich mit dem Daumen langsam über seine Unterlippe, und der Silberring fing das Licht ein. »... meine Geschäftspartnerin.«

Emmaline Dessante hob die zweite Braue. »Ich will lieber nicht fragen, worin ihr beide Partner seid.«

Sophie lächelte weiter höflich. Sie hatte sich Madame Dessante weder so elegant noch so direkt in ihrer Wortwahl vorgestellt. Dieser Frau konnte man nichts vormachen, und sie würde auch kein Blatt vor den Mund nehmen, sollte sie jemanden bei dem Versuch ertappen.

Zwei Arbeiter trugen einen zusammengerollten Teppich vorbei, und Sophie trat mit einem Schritt an Farids Seite. »Wann soll die Versteigerung denn stattfinden?«

»Morgen.«

»So bald schon?«

»Ja. Es gibt genug Interessenten. Wir haben bereits fünfundvierzig Reservierungen, mehr als sechzig Gäste können wir hier nicht unterbringen, ohne die intime Atmosphäre aufzugeben.« Farid machte eine ausholende Handbewegung. Sofas, Chaiselongues, Lehnsessel und bunte Seidenkissen vermittelten ein Gefühl von Behaglichkeit. Mitten im Raum stand ein Podium, das mit rotem Samt überzogen war. Darauf würde die Jungfrau wohl den interessierten Bietern präsentiert werden.

Sophie unterdrückte ein Schaudern. Noch immer erschien ihr die ganze Sache barbarisch, auch wenn Farids Erklärungen die Vorteile für beide Seiten aufgezeigt hatten.

»Über die Speisenfolge brauchst du dir keine Gedanken zu machen. Platten mit Hors d'œuvres, gegrillte Kapaune und eine kleine Auswahl an Desserts. Das reicht«, sagte Madame Dessante gerade. »Wein und Cognac sollten jedoch von erster Güte sein. So etwas bleibt den Männern, die nicht zum Zug kommen, in Erinnerung. Ebenso wie du genügend Mädchen hier haben solltest, die die Verlierer trösten können. Schließlich hängt davon dein Gewinn ab.«

Sie wandte sich an Sophie. »Die versteigerte Jungfrau darf das für sie gebotene Geld zur Gänze behalten. Deshalb muss ich mich – und jetzt Farid sich – darum kümmern, die Kosten auf andere Weise zu decken.«

»Ich weiß.« Sophie nickte. »Farid hat mir die Einzelheiten erklärt.«

Ein Ausdruck von Überraschung glitt über Emmalines Gesicht, und sie warf Farid einen schnellen Blick zu, enthielt sich allerdings jeglichen Kommentars.

»Monsieur Bejaht!«, rief einer der Arbeiter von der Flügeltür her. »Ein Lieferant macht Schwierigkeiten, wir brauchen Eure Hilfe.«

Farid blickte bedauernd in die Runde. »Ihr entschuldigt mich. Es wird nicht lange dauern.«

Mit diesen Worten eilte er davon und ließ die beiden Frauen zurück, die sich schweigend musterten. »Wie habt Ihr Farid kennengelernt?«, fragte Emmaline Dessante schließlich. »Ich wage zu behaupten, dass Ihr ihn nicht als Kundin aufgesucht habt.«

»Nein, das habe ich nicht. Ich weilte zur gleichen Zeit wie Farid auf dem Besitz des Herzogs von Mariasse. Später erneuerten wir unsere Bekanntschaft hier in Versailles.« Sophie hoffte, diese unverbindliche Auskunft würde Madame Dessante zufriedenstellen.

»Interessant. Und offenbar wisst Ihr, in welcher Beziehung ich zu Farid stehe?« Die Frage klang beiläufig, aber Sophie war sicher, dass sich dahinter eine Botschaft verbarg.

»Ihr betreibt ein bekanntes Bordell in Versailles und habt Farid als Jungen von der Straße aufgelesen, um ihn zu einem Pagen in Eurem Etablissement zu machen«, erwiderte Sophie ebenso beiläufig. Allerdings zerstörte sie mit ihrem nächsten Satz die Unverbindlichkeit des Gesprächs. »Und Ihr habt seine Jungfräulichkeit an seinem 16. Geburtstag versteigert.«

Emmaline Dessantes Augen verengten sich. »Das habe ich«, antwortete sie mit fester Stimme. »Allerdings erstaunt es mich, dass er Euch davon erzählt hat.«

Sophie versuchte, dem bohrenden Blick standzuhalten, konnte aber nicht verhindern, dass sich ihre Wangen röteten. »Warum sollte er es mir nicht erzählen? Er konnte ja nichts dafür. Er wurde versteigert, wie ein Stück Vieh, weil Ihr Euch davon einen guten Gewinn versprochen habt.«

Die rot geschminkten Lippen verzogen sich, und in Emmalines Blick mischte sich ein amüsiertes Funkeln. »Diese Behauptungen sind nicht von der Hand zu weisen, meine Liebe.«

Dass Madame Dessante angesichts ihrer anmaßenden Bemerkung weder verärgert war noch eine Rechtfertigung vorbrachte, verwirrte Sophie. Sie konnte diese Reaktion nicht einordnen, deshalb wappnete sie sich mit Arroganz und straffte die Schultern. »Ich finde diese Handlungsweise ganz und gar nicht amüsant.«

»Das sehe ich, meine Liebe.« Madame Dessante strich sich eine nicht vorhandene Haarsträhne hinters Ohr. »Es spricht für Eure Empfindsamkeit, dass Ihr so denkt.«

So sehr sich Sophie auch bemühte, sie konnte keinen falschen Ton in diesen Worten entdecken. Abwartend verschränkte sie die Hände vor der Brust.

»Empfindsamkeit gehört nicht zu den Eigenschaften, mit denen Farid für gewöhnlich konfrontiert wird«, sinnierte Madame Dessante weiter. »Die Frauen, mit denen er zu tun hat, interessieren sich selten für etwas anderes als seine legendäre Standfestigkeit oder seine ausgefeilte Technik zwischen den Laken.«

»Immerhin hat er sich für diese Karriere entschieden«, sagte Sophie im Bestreben, sich vor Madame Dessante ein wenig von Farid zu distanzieren. »Er hätte ja auch etwas ganz anderes tun können. Niemand hat ihn dazu gezwungen, sich zu verkaufen.«

Madame Dessante legte die Hand auf ihre Brust. »Ich bin gerührt, dass Ihr mich nicht beschuldigt, ihn auf diesen sündigen Pfad geschickt zu haben. Obwohl es natürlich auf der Hand liegt, dass ihm die Annehmlichkeiten seiner Tätigkeit in meinem Etablissement recht eindrücklich vor Augen geführt wurden.«

»Trotzdem habt Ihr ihn nicht dazu gezwungen, oder?«, fragte Sophie. »Ihr hättet ihm keine Steine in den Weg gelegt, wenn er etwas anderes hätte tun wollen.«

Emmaline Dessante seufzte. »Nein, das hätte ich nicht.«

Die beiden Frauen schwiegen und sahen den Arbeitern zu. Sophie wusste nicht, was sie von dieser Konversation halten sollte. Madame Dessante verhielt sich so anders, als sie erwartet hatte. Sie war davon ausgegangen, einer eingebildeten, oberflächlichen, geldgierigen Kokotte zu begegnen. Stattdessen stand sie einer lebensklugen, scharfzüngigen Grande Dame gegenüber, die offenbar gerne einen Blick hinter die glatte Fassade der Dinge warf.

»Er ist etwas Besonderes.« Emmaline Dessantes dunkle

Augen glänzten wie Onyx, als sie sich wieder Sophie zuwandte. »Seine Ansprüche an eine Frau sind hoch, weil er sich täglich mit einem Morast aus Untreue, Betrug und Opportunismus herumschlägt. Er verlangt bedingungslose Loyalität und vollkommene Aufrichtigkeit, erst dann wird er sich dazu durchringen können, sein Herz zu verschenken.«

Sophie spürte, wie ihr die Kehle eng wurde. »Warum sagt Ihr mir das? Ich habe kein Interesse an seinem Herz. Ich bin seine Geschäftspartnerin, nichts weiter.«

Madame Dessante zuckte die Schultern. »Dann habe ich mich wohl geirrt«, antwortete sie, ohne näher zu erklären, worin dieser Irrtum bestand. »Vergesst meine Worte, sie sind nichts als das Gefasel einer alten Frau.«

Sophie fuhr zusammen, als Farid plötzlich wieder neben ihr stand. »Wollen wir gemeinsam Mittag zu speisen?«, fragte er und blickte zwischen den beiden Frauen hin und her.

»Ich habe noch eine Verabredung, ein anderes Mal gerne.« Emmaline Dessante nickte Sophie zu. »Ich habe mich gefreut, Euch kennenzulernen, Mademoiselle d'Asseaux. Farid, ich erwarte einen detaillierten Bericht von der Versteigerung.«

»Natürlich, du erhältst alle Zahlen und Fakten. Und dann erwarte ich deine detaillierte Beurteilung.« Er hob Emmaline Dessantes Hand an seine Lippen.

»Keine Sorge, die bekommst du. Und ich finde allein hinaus, lasst euch nicht stören.« Mit diesen Worten stolzierte sie durch den Saal zur Flügeltür, während ihr die Blicke aller Anwesenden folgten.

»Sie ist und bleibt eine eindrucksvolle Erscheinung.« Farid legte seinen Arm um Sophies Schulter.

»Dann könntest du einen Wirbelsturm auch als sanfte

Brise bezeichnen«, entgegnete sie und lehnte sich unwillkürlich an ihn. Seine Nähe fühlte sich einfach zu gut an. Und dazu der vertraute Duft nach Patchouli ...

»Wenn du möchtest, können wir drüben essen, aber ich muss jede Minute nutzen, um die Vorbereitungen voranzutreiben. Oder gibt es einen besonderen Grund, der dich hergeführt hat?« Er musterte sie aufmerksam, und Sophie bemühte sich um einen unverbindlichen Gesichtsausdruck. Natürlich gab es keinen Grund, schon gar keinen besonderen. Sie hatte Farid vermisst, ein paar Tage waren genug gewesen, um ihr zu zeigen, dass ihre Besuche bei ihm zu einer lieb gewonnenen Gewohnheit geworden waren. Glücklicherweise fiel ihr schließlich doch ein Grund ein, der ihr Erscheinen rechtfertigen würde.

»Nun, ich wollte mich erkundigen, ob du mit deinen Nachforschungen etwas erreicht hast«, entgegnete sie sachlich.

Zu ihrer Überraschung vertröstete er sie nicht wie üblich, sondern antwortete: »Ich folge einem Hinweis. Wenn ich sicher bin, dass etwas dahintersteckt, lasse ich es dich wissen.« Er nahm den Arm von ihrer Schulter. »Willst du jetzt mit mir essen oder nicht?«

Sie straffte sich, nicht zuletzt wegen seines geschäftsmäßigen Tonfalls. »Ich komme ungelegen, und ich will dich nicht aufhalten. Ein andermal vielleicht.«

Er zuckte die Schultern. »Wie du meinst.«

Seine schnelle Zustimmung verletzte sie. Schließlich hatte sie gehofft, dass er mit ihr herumtändeln und versuchen würde, sie zum Bleiben zu überreden. Nicht nur mit Worten.

Widerstrebend blickte sie zur Tür und suchte nach einer Ausrede, um Zeit zu gewinnen, ohne sich dabei lächerlich zu machen. Sie könnte ihm von der Wette erzählen, aber zum einen war es ein Gerücht aus dritter oder vierter Hand, und zum anderen bezweifelte sie, dass Farid sich überhaupt dafür interessieren würde – auch wenn es wahr wäre.

Sie drehte die Kordel ihres Samtbeutels. Noch besaß sie genug Stolz, um nicht um seine Aufmerksamkeit zu betteln. Sie reichte ihm die Hand. »Adieu.«

Farid zog ihre Finger andeutungsweise an die Lippen. »Wir sehen uns.«

Sie nickte. Ein Gedanke tauchte aus dem Nichts auf, und sie sprach ihn aus, ehe sie der Mut verließ. »Ich wäre gerne bei der Versteigerung dabei. Ist das möglich?«

Seine Augenbrauen hoben sich. »Wirklich? Du möchtest an einer derart unmoralischen und verwerflichen Sache teilnehmen? Gut, dann komm morgen Abend gegen sechs Uhr vorbei. Da bleibt uns dann auch etwas Zeit für das eine oder andere private Wort.«

Und das Lächeln, das den Satz begleitete, zerstreute Sophies unausgesprochene Befürchtung, in Farids Gunst gesunken zu sein.

# 13

Am nächsten Abend, als Sophie zur verabredeten Zeit das hell erleuchtete Haus der Freude betrat, herrschte dort bereits reges Treiben. Sie fand Farid im aufwendig dekorierten Versteigerungssaal. Farid war völlig in Rot und Gold gekleidet und trug keine Schuhe. Wenn er jemals einem orientalischen Potentaten geglichen hatte, dann heute. Als er sie entdeckte und auf sie zukam, traf seine sinnliche Ausstrahlung sie wie ein Schlag. Trotz ihrer verschwenderischen Abendrobe aus dunkelblauem Seidentaft, fühlte sie sich plötzlich wie ein Kind in einer gestohlenen Verkleidung. Alles in diesem Raum glitzerte und glänzte und gab den Anwesenden das Gefühl, sich in den Palast eines Paschas verirrt zu haben. Kerzen in bunten, goldgerahmten Gläsern, ziselierte Tabletts mit Porzellantassen darauf, Platten voller Kanapees und kleine Schüsseln mit kandierten Früchten und Nüssen standen für die Gäste bereit. Diener in weißen Baumwollgewändern kümmerten sich um Kissen, kleine Handwaschbecken und andere Dekorationsstücke.

Farid nahm Sophies Hände und hob sie eine nach der anderen an seine Lippen. Anders als am Tag zuvor deutete er den Kuss diesmal nicht nur an. »Wie schön, dass du gekommen bist. Diese Farbe steht dir fantastisch.«

»Danke, auch du siehst in Rot sehr präsentabel aus«, entgegnete sie.

Er lachte und verbeugte sich theatralisch. »Es freut mich,

dass ich dein Wohlgefallen finde. Komm, ich habe eine Kleinigkeit für uns vorbereiten lassen.«

Sophie nahm seinen Arm und ließ sich in einen kleinen Raum führen, in dem ein gedeckter Tisch stand. Auf einer Anrichte warteten vier Silberhauben darauf, angehoben zu werden.

Während sich Sophie setzte, richtete Farid für beide die Teller an. »Ich hoffe, du bist nicht enttäuscht, aber ich bin zu aufgeregt, um ein mehrgängiges Menü zu bewältigen«, sagte er, als er ihr gegenüber Platz nahm.

Sophie betrachtete die gebratenen Wachteln, die in einem Bett aus jungem Gemüse lagen. »Aber warum? Ist diese Versteigerung wirklich so etwas Besonderes?«

»Nicht nur die Versteigerung, sondern alles, was dazugehört. Emmaline hat mich ihren Stammgästen empfohlen, und ich will dieser Empfehlung gerecht werden.« Er zerteilte seine Wachtel geschickt.

Sophie runzelte die Stirn. Die Worte von Pierre de Roubec fielen ihr ein. »Gehen die Geschäfte schlecht?«

»Es könnte besser sein. Ich bin immer auf der Suche, um meinen Gästen etwas Neues zu bieten. Und langsam gelange ich auch zur Überzeugung, dass Emmaline recht hat.«

»Womit?«

»Dass eine Frau relativ leicht Sex haben kann, ohne dafür zu bezahlen.«

Sophie verschluckte sich und griff hastig nach dem Weinglas. Als sie sich wieder gefasst hatte, begegnete sie Farids Blick. »Ist das so? Ich habe mir noch keine Gedanken darüber gemacht.«

Farid seufzte. »Ja, leider ist es so.«

Sophie beschäftigte sich mit ihrer Wachtel. Vermutlich hatte er recht. Männer machten kein großes Geheimnis daraus, wenn sie ein Bordell aufsuchten, sondern prahlten gelegentlich sogar damit. Farids Name und das Haus der Freude wurden von den Frauen dagegen nur im Flüsterton erwähnt. Doch dann dachte sie an die exquisit und teuer ausgestatteten Räume und verwarf den Gedanken, dass Farid tatsächlich von Existenzängsten geplagt wurde. Dass die Geschäfte besser gehen könnten, war der Begrüßungssatz jedes wohlhabenden Kaufmanns.

Sie beschloss, das Thema zu wechseln. »Was genau wird bei der Versteigerung geschehen?«

»Zu Beginn gibt es etwas Unterhaltung, um die Stimmung zu lockern. Tänzerinnen, Wein und Tabak. Dann wird die junge Frau aufs Podium geführt. Sie ist von mehreren Schleiern verhüllt, die der Auktionator entfernt, während aus dem Publikum die ersten Gebote kommen. Ein Advokat erteilt schließlich den Zuschlag. Der Sieger nimmt das Mädchen mit auf ein Zimmer. Dort bleiben sie die ganze Nacht. Am Morgen verlässt das Mädchen mit dem Geld das Haus.« Er stand auf und stellte die leeren Teller zurück auf die Anrichte. Dann hob er die anderen beiden Silberhauben und reichte Sophie das Dessert – Crème caramel mit eingelegten Früchten.

»Ist das Mädchen schon hier?«, erkundigte sie sich.

»Ja, es wird in einem der Zimmer zurechtgemacht.«

Sophie fragte sich, wie sich das Mädchen wohl fühlte. »Hast du sie gesehen? Mit ihr gesprochen?«

»Nur kurz, sie ist schon nervös genug. Ich habe ihr in ein paar Worten erklärt, was passieren wird. So wie es Emmaline bereits getan hat, als das Mädchen zum ersten Mal zu ihr kam.«

Ein anderer Gedanke schoss Sophie durch den Kopf. »Wozu braucht sie das Geld?«

»Ich habe sie nicht gefragt, schließlich geht es mich auch nichts an.« Er löffelte das Dessert so schnell in sich hinein, dass er unmöglich etwas von dem zarten Aroma genießen konnte. »Ich meine, letztendlich ist es egal, ob sie sich für das Geld schöne Kleider kaufen will oder die baufällige Kate ihrer Eltern herrichten lässt. Es macht keinen Unterschied.« Er ließ den Löffel sinken. »Oder macht es einen für dich?«

Sophie überlegte. Natürlich waren Armut, Krankheit und Tod Motive, die das Versteigern der eigenen Jungfräulichkeit rechtfertigten. Auf einer moralischen Ebene. Aber im Grunde war es Sache des Mädchens, was mit dem Geld geschah. Wenn die Kleine es im Handumdrehen ohne Sinn und Zweck verprassen wollte, dann ging auch das niemanden etwas an.

»Nein«, sagte sie deshalb. »Du hast recht, der Grund für ihr Handeln ist ohne Belang.«

Er schob die leere Glasschüssel beiseite und blickte zum Fenster. Die Laternen vor dem Haus wurden gerade entzündet. »Gut. Dann lass uns wieder hinübergehen. Es sind bestimmt schon einige Gäste da.«

Sophie beendete ihr Dessert und leckte den Löffel ab. Dann stand sie auf und ging zur Tür, wo Farid wartete. Er hatte die Hand bereits auf der Klinke, hielt aber dann inne, um sich zu ihr zu beugen. Seine Lippen streiften über ihre Wange. »Wenn es vorbei ist, werden wir uns ein bisschen Zeit gönnen«, flüsterte er an ihrem Ohr. »Ich wollte schon lange etwas ausprobieren.«

Sophie konnte nicht verhindern, dass seine Worte außer ihrer Neugier auch ihr Verlangen weckten. »Was willst du ausprobieren?«, fragte sie, während er die zarte Haut hinter ihrem Ohr küsste.

Seine Hand legte sich um ihre Brust und drückte sie langsam aus dem tiefen Dekolleté, bis sich die rosige Knospe zeigte. »Manche Frauen kommen zum Höhepunkt, indem ausschließlich ihre Brustwarzen gereizt werden. Und ich bin ziemlich sicher, dass du dazu gehörst.« Gekonnt rieb er mit dem Daumen über die harte Spitze.

Sophie hielt die Luft an und musste sich bemühen, nicht laut zu stöhnen. Sein Lächeln bewies, dass er genau wusste, wie sie sich fühlte. »Wir werden es uns im Bett bequem machen, ich lehne mich in die Kissen am Kopfteil, und du sitzt zwischen meinen Beinen und presst deinen Rücken an meine Brust.« Sein Daumen behielt den hypnotischen Rhythmus bei. »Habe ich erwähnt, dass wir beide nackt sind?«

Sophie grub die Zähne in die Unterlippe. Sein heiser-samtiger Tonfall ließ seine erotische Fantasie noch reizvoller erscheinen. Wenn er nicht aufhörte, würde er auf der Stelle den Beweis bekommen, dass sie zu jenen Frauen gehörte, von denen er gesprochen hatte.

»Meine Hände massieren deine Brüste, und meine Knie drücken deine Schenkel auseinander, damit du dir nicht auf diese Art Befriedigung verschaffen kannst. Deine Finger krallen sich in die Laken. Dein Körper bäumt sich auf, immer wieder, deine Spalte klafft vor Gier auseinander und weint vor Sehnsucht, gefüllt zu werden.« Seine Zunge strich über ihr Kinn. »Und vielleicht erfülle ich ihr diesen Wunsch, aber vorher will ich spüren, wie ein Höhepunkt deinen Körper zu zerreißen droht. Wie du stöhnst und schreist und vergeblich gegen die Ekstase ankämpfst.«

Sophie glaubte, in seinen Worten und Zärtlichkeiten zu ertrinken. Sie keuchte hilflos auf, aber da schob er ihre Brust behutsam in den Ausschnitt zurück, bis sie ausreichend verhüllt war. »Deine Haut ist so zart wie ein Schmetterlingsflügel und so weiß wie feinste Sahne.« Dann küsste er zuerst den rechten Hügel ihrer Brust und dann den linken.

Sophie fühlte sich noch immer in einem sinnlichen Kokon gefangen und hatte Mühe, in die Wirklichkeit zurückzukehren. Als sie kurz darauf durch die Tür, die Farid für sie offen hielt, das Zimmer verließ, konnte sie nur mit Mühe einen Fuß vor den anderen setzen. Erst als die Stimmen der Gäste an ihr Ohr drangen, fiel der Bann von ihr ab.

Sie klappte ihren Fächer auf und fächelte sich Luft zu, während sie ihren Blick über die Anwesenden gleiten ließ. Mehr als ein bekanntes Gesicht fand sich darunter, und zu ihrer Überraschung gehörten einige davon Frauen. Einen Moment lang überlegte sie, ob sie sich für ihr Hiersein genieren musste, aber dann verwarf sie den Gedanken. Schließlich saßen sie hier alle im selben Boot, und deshalb konnte auch keiner verächtlich auf sie herabsehen. Sie nickte in die Runde, als wäre sie auf einer gewöhnlichen Abendgesellschaft.

Farid reichte ihr ein Glas. »Sehr erfreulich, dieser Andrang.«

»Haben tatsächlich alle einen Beutel Goldstücke bei sich für den Fall, dass sie die Auktion gewinnen?« Sophie nippte an ihrem Wein.

»Nein, da mir die Gäste alle persönlich bekannt sind, haben sie Kredit«, erwiderte er. »Soll heißen, das Mädchen bekommt das Geld von mir, und ich halte mich an denjenigen, der die Auktion gewonnen hat. Außerdem werden nicht alle mitbieten, viele kommen nur wegen der Unterhaltung.«

Die Tatsache, dass Farid mit Männern bekannt war, die auch an der Tafel des Königs saßen, erstaunte Sophie. Vor allem deshalb, weil er sich nie damit gebrüstet hatte. Andererseits war es natürlich naheliegend, da er lange in Emmaline Dessantes Etablissement gearbeitet hatte und dieses vornehmlich jene Männer anzog, denen Name und Vermögen bereits in die Wiege gelegt worden waren.

»Such dir einen Platz, ehe ich das Zeichen für den Beginn der Vorstellung gebe«, sagte er leise zu ihr und mischte sich unter die Gäste.

Sophie sah sich um und entschied sich für einen gepolsterten Sessel neben einem Fenster mit einem Vorhang davor. Von hier aus hatte sie einen guten Blick auf das Podium und die Zuschauer.

Farid betätigte einen silbernen Gong, für alle Anwesenden das Signal, im Saal Platz zu nehmen. Das Stimmengewirr wurde leiser und verstummte ganz, als Farid zum zweiten Mal den Gong schlug. Stattdessen ertönten helle Flötenklänge, die den Raum mit einer orientalisch anmutenden Melodie füllten. Vier in hauchdünne Schleiergewänder gehüllte Tänzerinnen wirbelten durch die Reihen der Zuschauer und blieben schließlich neben dem Podium stehen, wo sie die Posen antiker Statuen einnahmen.

Farid trat aus dem Schatten einer Säule. »Verehrte Gäste, ich begrüße Euch im Haus der Freude und bin stolz, Euch heute Abend etwas ganz Besonderes bieten zu können.« Er schlenderte zum Podium. »Und damit meine ich nicht die wahrlich köstlichen Genüsse, die mein Küchenchef vorbereitet hat.« Amüsiertes Gemurmel erhob sich. Er stieg die Stufen des Podiums hinauf. »Sie bilden nur den Rahmen dieser außergewöhnlichen Veranstaltung. Aber genug der Worte, wollen wir beginnen.« Er blickte in die Runde. »In wenigen Minuten werden wir Claire Duval kennenlernen, ein junges Mädchen, das sich entschlossen hat, seinen wertvollsten Besitz feilzubieten.« Wieder erklang eine anmutige Flötenmelodie. Die Flügeltüren im rückwärtigen Teil des Saales öffneten sich. Sechs Männer in kobaltblauen Pluderhosen und mit nacktem, ölglänzendem Oberkörper betraten den Raum. In ihrer Mitte schritt eine kleine, ganz in Weiß gekleidete Gestalt. Zahlreiche dünne Schleier, von denen einer über ihrem Kopf lag und das Gesicht verdeckte, umhüllten sie.

Vor dem Podium hielten die Männer an, und Farid streckte der Frau die Hand entgegen. Sie griff danach und stieg anmutig die Stufen zu ihm empor, während sich ihre Begleiter neben den Tänzerinnen aufstellten.

Es war ein farbenprächtiges Bild, das alle Sinne ansprach, wie Sophie zugeben musste. Sie beugte sich gespannt vor, um nichts zu verpassen.

Farid hob die Hand der Frau an seine Lippen und schob einen der locker fallenden Schleier vorsichtig nach oben, ging um sie herum und ließ das zarte Gewebe schließlich zu Boden fallen. Die Schultern und Arme des Mädchens waren nun nackt.

»Messieurs, die Auktion ist eröffnet.« Erst jetzt fiel Sophie ein schlicht gekleideter Mann auf, der hinter einer hüfthohen Säule stand und einen Holzhammer in der Hand hielt. »Tausend Louis d'or und Ihr seid im Spiel, Messieurs.«

Sophie wartete, aber niemand meldete sich. Trotzdem wies der Auktionator mit dem Hammer zu den Zuschauern. »Vielen Dank für das erste Gebot. Höre ich 1500?«

Farid schritt ein zweites Mal um das reglos stehende Mädchen herum und löste dabei den Hüftschleier, der die Beine bedeckte.

»1500. Ich danke. 2000. 2500.«

Sophie entdeckte die unauffällige Bewegung, die einer der Zuschauer mit der Hand vollführte, ein anderer hob sein

Taschentuch. Das mussten wohl die Zeichen der interessierten Männer sein, mit denen sie ihr Gebot abgaben.

Farid strich mit den Fingern den nackten Arm der Frau hinauf. Der Silberring an seinem Daumen fing das Kerzenlicht ein, als er den Schleier über ihrer Brust öffnete und ihn zu Boden schweben ließ.

Die hohen, festen Brüste des jungen Mädchens wurden den Blicken im Saal dargeboten. Unruhe machte sich im Saal breit, und Sophie spürte, wie die Spannung stieg. Die Gebote gingen weiter in die Höhe. Sophie sah erst zum Podium, dann zu den Zuschauern. Aus vielen Gesichtern war die zur Schau gestellte Langeweile verschwunden und durch unverhohlenes Jagdfieber ersetzt worden. Die Zeichen der Mitbieter erfolgten weniger versteckt, dafür hastiger. Wie der Auktionator den Überblick bewahrte, war Sophie ein Rätsel. Die Gebote hatten 15 000 Louis d'or erreicht, als Farid den Schleier löste, der Claire Duvals Scham bedeckte.

Entgegen der herrschenden Mode war die junge Frau nicht enthaart, und das dunkle Dreieck hob sich deutlich von der hellen Haut ab. Die Gebote kletterten weiter nach oben, und zum ersten Mal bemerkte Sophie, dass der Herzog von Lalande, der es sich mit seiner Ehefrau auf einer Chaiselongue bequem gemacht hatte, zu jenen gehörte, die bei jedem Gebot mitgingen. Die Herzogin starrte zum Podium und leckte sich dabei die Lippen. Sophie wandte sich schaudernd ab.

Der letzte Schleier lag über dem Kopf der jungen Frau, die Farid gerade bis zur Brust reichte. Er trat hinter sie und hob das dünne Stoffstück hoch. Ihr Gesicht verriet gleichermaßen ihre Aufregung wie auch ihre Unschuld. Aus den sanften, runden Konturen ihrer Wangen, ihres Kinns und ihrer vollen Lippen sprach ihre Jugend ebenso wie aus den großen, dunklen Augen.

»20 000. Ich danke.«

Die Augen im Saal hingen an der regungslos verharrenden Gestalt. Die Frau selbst fixierte einen Punkt irgendwo im Nichts und glich einer Marmorstatue. Nur das schnelle Heben und Senken ihrer Brust verriet, dass sie alles andere als gelassen war.

Ohne Vorwarnung zog Farid ihr zwei Nadeln aus dem Haar, und instinktiv hob die junge Frau die Arme, um die Flut der seidigen braunen Locken zu bändigen. Sie glitten durch ihre Finger und vermittelten den Zuschauern den Eindruck, einer intimen morgendlichen Szene beizuwohnen. Die Brüste des Mädchens hoben sich mit der Bewegung der Arme und ließen die perfekte Rundung sehen. Noch ehe die junge Frau das Haar zurückstreichen konnte, hatte Farid von hinten ihre Brüste gefasst und wölbte seine Hände darüber.

Erneut wogte ein Raunen durch den Saal. Der Herzog von Lalande beugte sich vor, seine Augen blitzten und seine geröteten Wangen verrieten seine Erregung. Als der Auktionator »Höre ich 25 000 Louis d'or?«, fragte, nickte er eifrig, gleichzeitig gruben sich ihm die spitzen Fingernägel der Herzogin in den Schenkel. Das Lächeln auf ihrem Gesicht glich einer teuflischen Maske, und Sophie glaubte beinahe den Geifer sehen, der ihr vor Gier von den Lippen tröpfelte.

Angeekelt wandte Sophie den Blick ab. Sie wollte sich nicht vorstellen, was die beiden mit dem jungen Mädchen anstellen würden. Hoffentlich erhielten jemand anders den Zuschlag.

Auf dem Podium drehte Farid die junge Frau um, damit die Zuschauer auch ihr wohlgeformtes Hinterteil und die strammen Schenkel bewundern konnten.

»Bietet jemand 26 000 Louis d'or?« Angespannt wartete

Sophie. Der Gedanke, dass die beiden Lalandes dieses unschuldige Geschöpf für ihre abartigen Spiele missbrauchen könnten, schnürte ihr die Kehle zu.

»26 000 Louis d'or, Messieurs, für diese junge, unberührte Schönheit, das ist doch ein wahrlich geringer Preis.« Er blickte in die Runde. »Ein wahrlich geringer Preis, um diese junge Frau in die Freuden der Liebe einzuführen, und eine Gelegenheit, die sobald nicht wiederkommt.«

Als keine Reaktion erfolgte, seufzte er laut. »Das letzte Gebot steht bei 25 000 Louis d'or. Zum Ersten …« Er umfasste den Hammer fester. »Zum Zweiten …«

»26 000.« Sophie traute ihrer eigenen Stimme nicht, deshalb wiederholte sie die Summe ein zweites Mal und lauter. »26 000.«

Der Auktionator blickte überrascht in ihre Richtung, und er war nicht der Einzige. Sophie spürte, wie ihr ungebetene Röte in die Wangen stieg. »26 000«, wiederholte sie trotzig.

»30 000.« Die Stimme des Herzogs von Lalande hallte im Saal.

In der Stille, die folgte, hätte man ein Haar zu Boden fallen hören können. Sophies Herz hämmerte in der Brust. Wieder fühlte sie die auf sich gerichteten Blicke. Unbewusst wischte sie ihre feuchten Handflächen an den gepolsterten Armstützen ab.

»30 000«, wiederholte der Auktionator und blickte zu Sophie. »30 000 zum Ersten …«

Sophie krampfte die Finger um die Armstützen. Ihre Entscheidung stand fest. Als der Auktionator Luft holte, hob sie den Kopf und sagte: »50 000.«

Ein kollektiver Aufschrei der Zuschauer war die Folge. Sophie sah zu Lalande. Sie würde so weit gehen wie nötig war, um das Mädchen davor zu bewahren, den beiden in die Hände zu fallen.

Der Herzog maß sie mit einem finsteren Blick und presste die Lippen aufeinander. Sophie war überzeugt, dass er sie überbieten würde, doch er stand einfach nur auf, bot seiner Frau den Arm und verließ ohne ein weiteres Wort den Saal. Die geballte Aufmerksamkeit kehrte zu Sophie zurück.

»50 000«, sagte der Auktionator in die Stille hinein. »Zum Ersten ...« Er wartete. »Zum Zweiten ... und zum Dritten.« Der Hammer sauste auf das Pult vor ihm. »Den Zuschlag erhält Madame in Blau. Ich bitte Euch zu mir, um die Formalitäten zu erledigen.«

Sophie erhob sich wie in Trance und ging auf das Pult zu. »Euren Namen bitte. Seid Ihr Monsieur Bejaht bekannt, oder ist ein Bürge vonnöten?« Der Auktionator musterte sie kühl und blickte dann über ihre Schulter.

»Sie ist mir bekannt.« Farids eisige Stimme brachte Sophie zurück in die Realität. Er stand mit Claire Duval, die nun in einen weiten Umhang gehüllt war, neben ihr. Sein Gesicht glich einer vor Zorn erstarrten Maske. »Sie wird bezahlen.«

Die scharf hervorgestoßenen Worte ließen einen Schauer über Sophies Rücken rieseln. Sie wusste nicht, was ihn so aufbrachte. Schließlich war alles perfekt gelaufen, und das Mädchen würde eine atemberaubende Summe bekommen, ohne seine Würde oder seine Unschuld verlieren zu müssen.

»Und jetzt wird sich Mademoiselle d'Asseaux mit ihrer rechtmäßig erworbenen Jungfrau für die Nacht zurückziehen. Ich werde die beiden in das vorbereitete Appartement begleiten.«

Auf Farids Wink hin erfüllten wieder orientalische Klänge den Raum. Die Tänzerinnen mischten sich unter die Zuschauer, die sich von ihren Sitzen erhoben. Sophie spürte seine Finger um ihren Oberarm und verzichtete darauf, ihm Widerstand entgegenzusetzen. Auf dem Flur kamen ihnen weitere spärlich bekleidete Frauen entgegen sowie Lakaien, die Tabletts mit Kanapees und gefüllten Champagnergläsern trugen.

Farid zerrte sie die Treppe hinauf und stieß sie in das erste Zimmer, während er das Mädchen in das gegenüberliegende Appartement führte. Allein kehrte er zu Sophie zurück und warf die Tür so heftig ins Schloss, dass die Porzellanfiguren auf der Kommode erzitterten.

Sophie straffte die Schultern, als er sich direkt vor ihr aufbaute. »Kannst du bezahlen?«, zischte er durch die Zähne.

»Natürlich«, antwortete sie kühl und entspannte sich. Wenn das der Grund seiner Verärgerung war …

»Wenigstens etwas.« Sein Tonfall veränderte sich nicht im Geringsten. »Was fällt dir ein, mich vor all den Leuten derart vorzuführen?«

»Vorzuführen?«, wiederholte Sophie verständnislos. »Ich habe nichts anderes getan, als alle anderen im Saal auch. Ich habe auf eine Nacht mit Claire Duval geboten.«

»Du hast auf eine Nacht mit einer Jungfrau geboten. Du hast alle anderen Männer, die daran Interesse hatten, mit einem überhöhten Gebot brüskiert. Wenn sich herumspricht, dass du praktisch in meinem Haus ein- und ausgehst, wird niemand glauben, dass wir nicht ein abgekartetes Spiel gespielt haben, um den Preis in die Höhe zu treiben. Mein Ruf, meine Seriosität ist damit zum Teufel.«

Sophie verschränkte die Arme vor der Brust. »Und welchen Zweck soll ein abgekartetes Spiel haben, wenn das Mädchen das Geld bekommt?«

Er zuckte mit den Schultern. »Vielleicht zweifelt man daran, dass ich keinen Anteil an der Summe bekomme. Vielleicht zweifelt man daran, dass das Mädchen Jungfrau war. Für Außenstehende stinkt die Angelegenheit auf jeden Fall zum Himmel.«

Er klang noch immer gereizt, und Sophie wollte ihn versöhnlich stimmen. »Ich konnte die Kleine nicht Lalande überlassen. Seine Frau und er sind berüchtigt für ihre bizarren Vorlieben. Sie quälen und ...«

»Ich weiß«, unterbrach sie Farid. »Aber das ändert nichts daran, dass ...«

»Du weißt es?«, explodierte Sophie. »Und du hättest es zugelassen, dass sich die beiden an einem unschuldigen jungen Mädchen vergreifen?«

»Das sind die Regeln. Claire wusste, worauf sie sich einließ. Emmaline hat mit ihr gesprochen, ich habe mit ihr gesprochen. Ohne etwas zu beschönigen. Sie hätte es überstanden. Diese Mädchen sind zäh, und die meisten haben Gewalt bereits in mehr als einer Hinsicht erfahren. Der Gedanke an das Geld hätte sie alles ertragen lassen, und sie hätte es vergessen, sobald die Tür meines Hauses hinter ihr ins Schloss gefallen wäre.«

Seine kalten Worte nahmen Sophie den Atem. War das sein Ernst? Zeigte der Mann, von dem sie zu glauben begonnen hatte, dass sie weit mehr als nur das Bett teilten, jetzt sein wahres Gesicht?

»So ist das Leben, Sophie, das Leben jenseits von Palästen und Schlössern. Jeder versucht, das Beste daraus zu machen. Claire Duval, ich und auch du.«

»Nicht auf dem Rücken von Schwächeren. Niemals.« Sophie schüttelte entschieden den Kopf. »Und wenn du das unterstützt, dann bist du nicht besser als Lalande. Dann ist es so, als missbrauchst du das Mädchen selbst.«

Die Worte hallten im Raum. Zwischen Farids Brauen erschien eine steile Falte. »Ich habe noch nie jemanden missbraucht«, sagte er so leise, dass Sophie die Worte kaum verstehen konnte. »Und ich werde mich nicht vor jemandem rechtfertigen, der keine Ahnung hat, was dieses Wort überhaupt bedeutet.« Er drehte sich um und ließ sie einfach stehen.

Trotz der Wut, die in ihr brodelte, begriff Sophie, dass sie zu weit gegangen war. Sie hatte ihn an einer verwundbaren Stelle getroffen, und zwar tiefer als erwartet. Sie wollte nicht, dass er sich irgendwo verkroch, um seine Wunden zu lecken. Er hatte sich so viel Mühe mit der Veranstaltung gegeben, er sollte diesen Abend genießen, sich mit den Gästen unterhalten, wie es sich für ihn als Gastgeber gehörte. Sie folgte ihm und formulierte im Geist eine passende Entschuldigung. Seine Welt folgte Regeln, die sie vielleicht nie verstehen würde, aber akzeptieren musste, wenn sie sich darin bewegen wollte.

Doch statt die Tür zornig ins Schloss zu werfen, lehnte sich Farid dagegen und wartete bis Sophie vor ihm stand.

»Raus«, sagte er dann ebenso leise wie zuvor. »Ich will dich nie wieder in meinem Haus sehen.«

Sophie glaubte, sich verhört zu haben. Fassungslos starrte sie ihn an. »Du wirfst mich hinaus?«

Er nickte. »Ganz genau. Man wird dir unten deinen Mantel bringen und dir eine Kutsche rufen.«

Sophie stemmte die Hände in die Hüften. »Du wirfst mich hinaus, weil ich ein naives, junges Mädchen beschützen wollte?«

»Immerhin war das Mädchen nicht so naiv, seine Unschuld an einen dahergelaufenen Maler zu verschenken, sondern gegen eine gesicherte Zukunft einzutauschen.«

Sophies Unterlippe zitterte. Allerdings ließ ihr Farid keine

Zeit, in Tränen auszubrechen. »Ich erwarte die Fünfzigtausend bis morgen Abend. Sollten sie nicht eintreffen, bleibt Claire Duval hier, und die Versteigerung findet ein zweites Mal statt.«

Wie betäubt ging Sophie an ihm vorbei. Später konnte sie sich nicht erinnern, wie sie in die Kutsche gekommen war, die sie zurück zum Schloss von Versailles brachte. Und erst als sie in ihrer Kammer das aufgesteckte Haar löste und die Strähnen an ihren nassen Wangen kleben blieben, merkte sie, dass sie weinte.

## 14

Auch in den nächsten Tagen fühlte sich Sophie noch immer wie betäubt. Sie schaffte es nur dank eiserner Disziplin, durch den Tag zu kommen. Eine starre Maske der Fröhlichkeit lag auf ihrem Gesicht, wenn sie an den Ausflügen und Festlichkeiten im Schloss teilnahm, um nicht völlig in Trostlosigkeit zu versinken. Erst jetzt fiel ihr auf, wie schnell sich die Besuche im Haus der Freude zu einer angenehmen Gewohnheit in ihrem Leben entwickelt hatten. Und welche Lücke sie hinterließen …

Natürlich hatte sie ihren Bankier gleich am nächsten Tag mit der geforderten Summe zu Farid geschickt, aber die leise Hoffnung, die Sache damit bereinigt zu haben, verlor sich angesichts seines beharrlichen Schweigens. Sie sollte es akzeptieren, und nach vorn blicken. Schließlich hatte sie immer gewusst, dass ihr Arrangement mit Farid nicht für die Ewigkeit gemacht war. Die Erkenntnis, dass dieses Arrangement ihr nicht einmal Informationen über den Verbleib von Franco Angelli gebracht hatte, hob ihre Laune nicht.

Marion bemerkte Sophies Verstimmung, bohrte aber nicht nach, als sie auf ihre Fragen nur ausweichende Antworten bekam. Stattdessen blieb sie an der Seite ihrer Freundin und versuchte, sie mit allerlei Aktivitäten abzulenken. Der Herzog und die Herzogin von Lalande hatten Versailles einige Tage vor Weihnachten verlassen. Und da keiner, der sonst bei der Jungfrauenversteigerung gewesen war, Sophie auf ihr

Eingreifen ansprach oder auch nur eine Andeutung machte, hätte es ihr im Grunde nicht schwerfallen dürfen, die Angelegenheit in einen dunklen Winkel ihrer Erinnerung zu sperren.

Wie jedes Jahr wurde das Weihnachtsfest im Schloss mit weit weniger Glanz gefeiert, als Sophie vor ihrer Ankunft in Versailles gedacht hatte. Die Königin nahm mit ihrer strengen Frömmigkeit der Feier jeden Anflug von Fröhlichkeit. Deshalb zogen sich viele Höflinge auf ihre eigenen Besitzungen zurück oder nutzten die Zeit zu längeren Besuchen bei Freunden.

Sophie und Marion blieben im Schloss und verbrachten die Weihnachtstage gemeinsam. Wie im Vorjahr suchten sie notleidende Familien in der näheren Umgebung auf und brachten ihnen Körbe mit Brot, Räucherwaren und Süßigkeiten. Die ungekünstelte Freude der Beschenkten schnitt Sophie wie immer ins Herz und führte ihr vor Augen, wie lächerlich ihre eigenen Sorgen doch waren.

Marion waren solche Gedanken fremd, schon bei der Rückfahrt beschäftigten sie andere Dinge. »Der Marquis du Severret gibt einen Silvesterball. Ich bin geneigt, die Einladung anzunehmen. Im Schloss werde ich mich bestimmt nicht so gut unterhalten.«

»Warst du nicht erst neulich bei ihm zu Gast?«, fragte Sophie mit gerunzelter Stirn.

»Ach, das ist schon ewig her. Und wenn ich mich richtig erinnere, hast du mich damals nicht begleitet. Das musst du unbedingt nachholen. Keiner feiert Feste wie der Marquis du Severret!« Sie begeisterte sich immer mehr für das Thema, und Sophie fand keinen plausiblen Grund für eine Absage. Außerdem wollte sie nicht ohne Marion in Versailles bleiben.

So packte Sophie am Silvestertag zwei Abendroben und zwei Tageskleider zusammen und schlüpfte in ein bequemes Reisekostüm. Marions Kutsche verfügte über den Luxus einer Kohlenheizung, und deshalb gestaltete sich die mehr als eine Stunde dauernde Fahrt angenehm.

Der Landsitz des Marquis du Severret entpuppte sich als trutziger Bau, der gut und gerne hundert Jahre alt sein musste. Zu Sophies Überraschung war das Innere jedoch modern eingerichtet, und die weitläufigen Gänge waren weit weniger zugig als die in Versailles. Großzügige Gästezimmer boten jeden Komfort, und Zofen und Kammerdiener standen bereit, um alle Wünsche der zahlreich erschienenen Gäste zu erfüllen.

Als sich Sophie am frühen Abend mit Marion auf den Weg zum Bankettsaal machte, ließ sie sich von dem fröhlichen Treiben anstecken. Da der Marquis du Severret nicht häufig in Versailles weilte, hatte ihn Sophie nur drei oder vier Mal gesehen. Marion, die seine Gesellschaften schon öfter besucht hatte, führte sie herum und erzählte ihr von den Höhepunkten früherer Einladungen. Als sie im Bankettsaal ankamen, hatten sich dort schon an die sechzig Gäste eingefunden. Ein hinter Blumenarrangements verstecktes Streichquintett sorgte für dezente musikalische Untermalung. Durch die hohen, weit geöffneten Türen konnte man die gedeckte Tafel sehen, die mit prunkvollen Kerzenleuchtern und silbernen Aufsätzen geschmückt war.

Der Hausherr stand mitten im Raum und unterhielt sich mit einigen Gästen. Er war ein stattlicher, hochgewachsener Mann Ende dreißig, dessen Aufmerksamkeit nichts im Saal entging. Aus seinem im Nacken zusammengebundenen, dichten blonden Haar hatten sich einige Strähnen gelöst, was ihm einen Hauch von Verwegenheit verlieh. Nach Marions

Erzählungen war er unverheiratet und dachte auch nicht daran, diesen Zustand zu ändern. Was ihn aber offenbar nicht daran hinderte, sich mit schönen Frauen zu umgeben und seine Gunst mannigfach zu verschenken.

Marion ging auf ihn zu und streckte ihm mit großer Geste die Hand entgegen. »Philippe, wie schön, Euch wiederzusehen.«

Der Marquis beugte sich über ihre Hand. »Meine liebe Marion, die Freude ist auf meiner Seite. Ich bin entzückt, dass Ihr mein Fest mit Eurer Anwesenheit beehrt.«

»Welch freundliche Worte.« Marion lächelte. »Ich habe meine Freundin Sophie d'Asseaux mitgebracht. Bisher kannte sie Eure Feste nur vom Hörensagen, das soll sich heute ändern.«

Sophie erwiderte den prüfenden Blick des Marquis unbekümmert.

»Ich freue mich, Euch kennenzulernen, Mademoiselle d'Asseaux, und bedauere gleichzeitig die vielen verschenkten Jahre bis zum heutigen Tag.« Der Marquis verbeugte sich tiefer als nötig, und Sophie kam nicht umhin, sich geschmeichelt zu fühlen. Dieser Mann konnte mit Worten umgehen wie ein Fechtmeister mit dem Degen.

»Ich danke für Euer Willkommen«, entgegnete sie im gleichen Tonfall. »Und ich muss gestehen, dass ich von dem, was ich bisher gesehen habe, mehr als beeindruckt bin.« Sie unterstrich die Zweideutigkeit ihrer Bemerkung noch mit einem koketten Lächeln, denn sie hatte beschlossen, sich zu amüsieren. Es war Zeit, nach vorn zu blicken, und eine bessere Gelegenheit, um mit der Vergangenheit abzuschließen, würde sie kaum finden. Zwar entsprach der Marquis trotz seines Charismas nicht dem Typ Mann, den sie bisher bevorzugt hatte, aber vielleicht würde gerade darin der Reiz liegen.

Seine kobaltblauen Augen verrieten Interesse in mehr als einer Hinsicht. »Nun, wenn Ihr jetzt schon beeindruckt seid, dann solltet Ihr Euch für den Rest des Abends in Acht nehmen und Euch eine starke Schulter suchen, an die Ihr Euch anlehnen könnt. Es wird ein rauschender Jahreswechsel, von dem meine Gäste noch lange sprechen werden.«

»Daran zweifle ich nicht. Und eine Schulter zur Stütze ...« Sie blickte sich unternehmungslustig um. »... wird sich sicher finden lassen.«

»Das denke ich auch.« Er winkte einen Lakaien zu sich, der ein Silbertablett mit Champagnergläsern trug, und nahm zwei der Kelche. »Ich habe noch keine Tischdame für das Diner, erweist Ihr mir die Ehre Eurer Gesellschaft?«, fragte er, während er ihr ein Glas reichte.

Sophie neigte den Kopf. »Gerne, Monsieur du Severret.«

»Mein Name ist Philippe, wir wollen doch die Zeit nicht mit Förmlichkeiten verschwenden, liebste Sophie.«

Sie unterdrückte ein amüsiertes Lächeln. »Natürlich, Philippe, wie recht Ihr doch habt.«

Zwei Männer näherten sich ihnen und verwickelten den Marquis in eine Konversation über die geplante Steuererhöhung des Königs. »Ihr entschuldigt, ich werde Euch zu finden wissen, wenn das Diner beginnt«, sagte er mit einem letzten tiefen Blick zu Sophie, ehe er sich mit den Männern entfernte.

Die beiden Frauen sahen ihnen nach, dann klappte Marion ihren Fächer auf. »Wie es scheint, wirst du den Beginn des neuen Jahres nicht allein in einem kalten Bett verbringen.«

»Meinst du wirklich?« Sophie hob die Brauen. »Ist der Marquis ein Mann schneller Entschlüsse?«

»Ja, und er sammelt Frauen wie andere Männer Kunstgegenstände. Wenn du dir darüber im Klaren bist, dann steht dir ein grandioses Abenteuer bevor.«

Diese Worte ließen Sophie die Stirn runzeln. »Sprichst du aus Erfahrung?«

»Natürlich, und glaub mir, der Mann hat alles, was eine Frau glücklich macht, und weiß es auch zu gebrauchen.« Marion zwinkerte verschwörerisch. »Das ist nicht nur meine Meinung. Die meisten der weiblichen Gäste hier hatten bereits das Vergnügen, sein Schlafzimmer von innen zu sehen.«

Sophie betrachtete Marion nachdenklich und begriff, dass ihre eigene Anwesenheit kein Zufall war. »So ist das also.« Sie drohte der Freundin spielerisch mit dem Zeigefinger. »Gib dir keine Mühe, deine harmlose Miene überzeugt mich nicht. Du hast mich dem Mann praktisch auf dem Silbertablett serviert.«

»Schuldig.« Marion wirkte nicht im Geringsten zerknirscht. »Ein bisschen Abwechslung wird dir guttun. Auch wenn du mir nicht erzählen willst, was geschehen ist, so steckt doch bestimmt ein Mann dahinter. Deshalb ist es am besten, den Teufel mit dem Beelzebub auszutreiben. Wenn dich Philippe erst in den Armen hält, vergisst du jeden anderen Mann.«

Sophie umfasste den Stiel des Glases fester. Bis zu diesem Moment war es ihr tatsächlich gelungen, nicht an Farid Bejaht zu denken. Marions letzter Satz brachte ihn jedoch nachdrücklich in ihr Bewusstsein zurück – gemeinsam mit der Gewissheit, dass der Marquis ihre Erinnerung an den Meister der sinnlichen Versuchung nicht würde vertreiben können. Er nicht und auch kein anderer. Und als wäre das nicht genug, erschien vor ihrem inneren Auge Farids Gesicht mit dem spöttischen Lächeln.

Sie schüttelte den Kopf, als könnte sie sich dadurch von

den Erinnerungen befreien. Es galt, nach vorn zu blicken, und die Zukunft begann hier und jetzt. Entschlossen leerte sie ihr Glas. »Wenn das so ist, dann verzeihe ich dir«, sagte sie zu Marion. »Und du wirst dich nicht langweilen, während ich mich vergnüge?«

Marion lachte. »Ganz bestimmt nicht, denn ich bin entschlossen, ebenfalls Spaß zu haben.«

Sie schlenderten durch den Saal, bis der Marquis Sophie zu der gedeckten Tafel führte und damit das Zeichen für den Beginn des Diners gab. Sobald alle Gäste Platz genommen hatten, eilten die Lakaien mit Karaffen, Suppenschüsseln und Terrinen herbei. Der Marquis sorgte für eine lockere Konversation, die frei von Anzüglichkeiten war und Sophie half, sich zu entspannen. Nachdem das Dessert aufgetragen worden war, wirbelten zur Überraschung der Gäste zahlreiche farbenprächtig gekleidete Gaukler in den Saal. Sie vollführten akrobatische Kunststücke, zauberten Münzen aus den Nasen und Ohren der staunenden Zuschauer oder jonglierten mit brennenden Fackeln. Im angrenzenden Bankettsaal formierte sich eine Ballettgruppe zu einem Elfenreigen.

Nachdem die Tafel aufgehoben wurde, mischten sich die Gäste unter die Künstler und bildeten mit ihnen kleine Grüppchen. Sophie schlenderte mit dem Marquis umher und blieb schließlich bei einem Gaukler stehen, der ein kostümiertes Äffchen dazu brachte, Karten aufzudecken.

Als es gegen Mitternacht ging, brachten die Lakaien die Pelzmäntel und Umhänge der Damen. Neugieriges Gemurmel erhob sich, das der Marquis schließlich mit einer Handbewegung zum Verstummen brachte. »Verehrte Gäste, wir begeben uns nun auf den Balkon, um das neue Jahr angemessen zu begrüßen. In Anbetracht der Kälte sollten sich die Damen in ihre Pelze hüllen.«

Die Gäste folgten dem Marquis nach draußen. Die Nacht war kalt und so klar, dass man die Sterne am dunklen Himmel funkeln sehen konnte. Weit entfernt im schneebedeckten Park leuchteten einige Fackeln. Gongschläge hallten durch die eisige Luft. Beim letzten schoss ein rotglühender Feuerball in den dunklen Nachthimmel. Ihm folgten silberne und goldene Sternfontänen.

Sophie riss überrascht die Augen auf. Ein Feuerwerk! Vor Jahren hatte sie eines auf *Belle Étoile* gesehen, als sie beim Herzog von Mariasse zu Gast gewesen war. Nun schossen grüne und blaue Raketen pfeifend in die Luft und explodierten in einem Funkenregen.

Die Ahs und Ohs der Zuschauer auf dem Balkon übertönten beinahe das Knallen der Feuerwerkskörper. Wie alle anderen auch verfolgte Sophie gebannt die Darbietung. Dabei merkte sie, wie sich der Arm des Marquis um ihre Schulter legte. Sein warmer Atem streifte ihr Ohr. »Gefällt es Euch, Sophie?«

Ohne den Blick von den funkelnden Sternschnuppen zu wenden, die in den Park regneten, gab Sophie die einzig mögliche Antwort: »Es ist bezaubernd, einfach wunderschön, Philippe. Was für eine außergewöhnliche Überraschung.« Sie lehnte sich an ihn.

»Nicht einmal halb so außergewöhnlich wie Ihr, Sophie, und auch nicht halb so schön.« Er beugte sich zur ihr und streifte ihre Lippen mit den seinen. Sie kam ihm entgegen und öffnete den Mund, um seiner Zunge Einlass zu gewähren. Sein Kuss verriet die Meisterschaft, die er sich im Lauf der Jahre bei der Eroberung schöner Frauen erworben haben musste. Sophie ließ sich darauf ein, und ein wohliges Gefühl erwachte in ihrer Mitte. Seine Leidenschaft übertrug sich auf sie, und ihr Blut strömte schneller durch die Adern.

Sie schlang die Arme um seinen Nacken und presste sich an ihn. Als er seinen Mund von ihrem löste, schmiegte sie den Kopf in seine Halsbeuge. Er hielt sie fest und flüsterte ihr kleine, verruchte Zärtlichkeiten ins Ohr. Sophie schloss die Augen und entspannte sich. Ein würziger Duft stieg ihr in die Nase. Nach Wald und Moos. Sie runzelte irritiert die Stirn und atmete tief ein. Etwas störte sie, aber erst nach einigen Momenten fiel ihr ein, was es war. Besser gesagt, was es nicht war.

Sie küsste einen Mann, der nicht nach Patchouli roch. Ihre Anspannung kehrte zurück, und sie öffnete die Augen, ohne einen Blick für die Feuerwerkskörper zu haben. Verflixt. Ihre Lippen formten das Wort lautlos, und am liebsten hätte sie auf Philippes Brust getrommelt, so wütend war sie. Auf den Marquis. Auf Farid. Auf sich selbst. Entschlossen zog sie seinen Kopf zu sich und küsste Philippe erneut. Heiß und leidenschaftlich. Und schließlich zitternd vor Wut, weil ihr Körper nichts dabei empfinden wollte.

Allerdings schien der Marquis nichts davon zu merken. Schwer atmend löste er sich von ihr. »Ich muss mich gleich noch um die nächste Darbietung kümmern, liebste Sophie, dann gehöre ich Euch. Für den Rest der Nacht, oder so lange Ihr wollt.«

Sophie nickte und zog den Mantel enger um sich. Sie blieb an den Marquis gelehnt stehen und wartete, bis das Feuerwerk geendet hatte. Gemeinsam mit den anderen ging sie schließlich zurück in den Saal. Marion zwinkerte ihr aus einiger Entfernung zu, sie befand sich in Gesellschaft von zwei jungen Männern, die sie praktisch mit den Augen verschlangen.

Während eine Gruppe Lakaien die Mäntel einsammelte, bot eine andere Getränke auf Silbertabletts an. Sophie nahm einen Kelch mit einer rosafarbenen Flüssigkeit und nippte daran. Sie schmeckte nach Honig und Gewürzen und verscheuchte ihre dunklen Gedanken. Sophie stellte den leeren Kelch zurück und griff nach einem vollen. Erst jetzt bemerkte sie die kleine Figur, die in den Fuß des Glases eingraviert war: ein pausbäckiger Engel mit Pfeil und Bogen. Das musste Amor sein.

Mit dem Kelch in der Hand sah sie sich um. Im angrenzenden Speisesaal hatte man abserviert und die lange Tafel in Einzeltische geteilt, die Sessel standen an den Wänden. Der Marquis flüsterte mit dem Haushofmeister und nickte schließlich zustimmend. Der Bedienstete entfernte sich, und der Marquis klatschte in die Hände. Alle Blicke wandten sich ihm zu.

»Verehrte Gäste, zu Beginn des neuen Jahres freue ich mich, eine ganz besondere Darbietung präsentieren zu können. Außergewöhnliche Momente der Lust in Szene gesetzt von einem Meister des Fachs.«

Sophies Magen verwandelte sich in einen Klumpen aus Eis. Das konnte einfach nicht wahr sein ... aber die nächsten Worte des Marquis bestätigten ihre schlimmsten Befürchtungen.

»Begrüßen wir Farid Bejaht und seine Begleiter, die uns diesen Jahreswechsel unvergesslich machen werden.«

Die Türen des Bankettsaales schwangen auf, und Sophie suchte Zuflucht hinter einer Säule. Farid betrat den Raum mit der ihm eigenen Nonchalance. Er trug ein schwarzes Seidenhemd und eine enge Hose aus schwarzem Leder, die an der Vorderseite durch eine dekorative Schnürung alle Blicke auf seinen Unterleib zog.

Ihm folgten vier Frauen, die aussahen, als wären sie gerade erst aus dem Bett gestiegen. Das Haar fiel ihnen ungebändigt über den Rücken, und anstelle von Kleidern trugen sie aufwendige Korsetts und spitzenbesetzte Unterwäsche, die mehr ent- als verhüllten. Den Abschluss bildeten zwei Männer, die ähnlich gekleidet waren wie Farid, nur dass sie weiße Hemden trugen.

Die Gruppe durchquerte den Saal, nahm im Speisezimmer Aufstellung und wartete, bis die Anwesenden ihnen gefolgt waren. Der Marquis legte den Arm um Sophies Schulter. »Wir können uns zurückziehen. Farid Bejaht schafft seine Auftritte ohne mich, er ist nicht das erste Mal hier.«

Mit einem Anflug von Panik blieb Sophie wie angewurzelt stehen. Sie konnte nicht mit Philippe das Bett teilen, um den Teufel mit dem Beelzebub auszutreiben, wie Marion es so treffend genannt hatte, so gerne sie es auch getan hätte. Seine Finger streichelten ihre Schulter, und ihre Haut begann zu kribbeln. Sophie schloss die Augen. Vielleicht … wenn sie die Augen fest geschlossen hielt und sich ihrer Fantasie hingab …

»Verehrte Anwesende, verehrter Marquis du Severret.«

Farids raue Stimme schmeichelte sich in ihr Herz, und sie wusste, dass sie in dieser Nacht keinen neuen Liebhaber nehmen würde. Während sie noch überlegte, wie sie sich vor ihm retten konnte, redete Farid weiter.

»In dieser besonderen Nacht werden wir alle Zeugen einer ganz besonderen Darbietung sein.« Er machte einem der Männer in seiner Begleitung ein Zeichen, worauf dieser anfing, sich das Hemd aufzuknöpfen. »Ich werde an Pascal demonstrieren, was geschehen wird. Danach kann jeder, der möchte, seinen Platz einnehmen, um die gleiche lustvolle Erfahrung zu machen.«

Er wartete, bis sich Pascal völlig entkleidet hatte und auf einen der Tische legte. Die vier spärlich bekleideten Mädchen stellten sich neben Pascals Hand- und Fußgelenken auf, der andere Mann aus Farids Gefolge trat mit einem länglichen schwarzen Etui an den Tisch.

Im Raum war es totenstill. Sophie folgte wie alle anderen gebannt dem Geschehen vor ihren Augen. Den Marquis, der noch immer hinter ihr stand, hatte sie völlig vergessen.

Farid klappte das Etui auf, ohne es dem Mann aus den Händen zu nehmen. Er nahm einen Gegenstand heraus und hielt ihn für die umstehenden Zuschauer hoch. »Diese Nadel ist aus hauchdünnem Stahl gefertigt. Ein Meister aus dem Reich der aufgehenden Sonne hat mich in ihrem Gebrauch unterwiesen.« Er drehte die lange Nadel an ihrem verstärkten Ende und fing dabei das Kerzenlicht ein. Dann wandte er sich dem Mann auf dem Tisch zu.

Alle Hälse wurden neugierig gereckt, und die Zuschauer schoben sich näher an den Ort des Geschehens heran. Farid drehte die Nadel mit einer schnellen, gekonnten Bewegung neben Pascals Nabel in die Haut. Durch das Gewicht des verstärkten Endes bog sich die Nadel hin und her, sobald Farid sie losgelassen hatte, und wippte dabei leicht. Farid brachte eine zweite Nadel auf der anderen Seite des Nabels an. Es gab kein Blut, und auch sonst wirkte Pascal völlig entspannt.

Noch immer herrschte Stille. Die vier jungen Frauen griffen nach den Hand- und Fußgelenken des Mannes und drückten sie mit beiden Händen auf die Tischplatte, als Farid die dritte Nadel aus dem Etui nahm.

»Diese Nadel ist dünner als ein Haar.« Wieder hielt er sie hoch. Sophie konnte außer einer schwachen Lichtreflexion nichts erkennen. »Das muss so sein, denn sie wird an einer besonders empfindlichen Stelle angewandt.« Er steckte das verdickte Ende der Nadel zwischen die Lippen und beugte sich über den auf dem Tisch liegenden Mann, um die Vorhaut seiner schlaffen Rute von der Eichel zu streifen. Als er die Nadel in die Einkerbung an der Unterseite stach, stöhnten die Zuschauer kollektiv auf. Farid versetzte der Nadel einen kleinen Stoß, der sie zum Schwingen brachte, und trat beiseite.

Vor den Augen der ungläubigen Zuschauer begann Pascals Penis anzuschwellen, bis er prall und dick war. Pascal wand sich stöhnend, doch die Mädchen hielten ihn fest. Allerdings genügten seine Bewegungen, um die Nadel weiter schwingen zu lassen.

Sophie wurde heiß. Ihre Haut prickelte, als wäre sie zu klein für ihren Körper, und ihre harten Brustwarzen rieben am Stoff des Kleides.

Das Stöhnen des Mannes wurde lauter und drängender, gleichzeitig stieg die Anspannung unter den Zuschauern, wie die fahrigen Gesten und das schrille Auflachen einzelner bewiesen.

Der Marquis legte den Arm um Sophies Taille und zog sie so eng an sich, dass sie seine Erregung spüren konnte. Ihr Mund war trocken, und sie war unfähig, eine sanfte Zurückweisung hervorzubringen.

Der Mann auf dem Tisch schrie auf, seine Hüften ruckten hoch, und eine weiße Fontäne schoss aus seiner Rute. Fassungsloses Gemurmel erhob sich wie ein Gewittergrollen, während sich Pascal mit weiteren Kontraktionen verströmte.

Die Mädchen ließen ihn schließlich los, und Farid trat wieder an den Tisch. »Wer möchte als Nächstes einen Höhepunkt erleben, ohne dabei berührt zu werden?«, fragte er in die aufgeheizte Menge hinein.

»Kann auch eine Frau auf diese Weise Lust erfahren?«

»Natürlich.« Farid lächelte. »Ich wählte einen Mann, da

das Ergebnis für die Zuschauer eindrucksvoller ist. Wollt Ihr den Versuch wagen; Madame?«

»Ja, das will ich.« Die Frau trat näher zu Farid. »Muss ich mich entkleiden, oder genügt es, die Röcke hochzuschieben?«

»Ganz wie es Euch beliebt. Es reicht, wenn Ihr die Brüste entblößt und mir Zugang zu Eurem Schatzkästchen gewährt.«

Die Frau nestelte am ohnehin tiefen Ausschnitt ihres bordeauxfarbenen Kleides und hob ihre Brüste heraus. Dann setzte sie sich auf die Kante des Tisches und zog langsam die Röcke nach oben. Die Blicke der Anwesenden folgten jeder ihrer Bewegungen. Ihre langen Beine steckten in schwarzen Strümpfen, die mit roten Bändern unter dem Knie festgebunden waren. Die Haut ihrer Schenkel schimmerte sahnig weiß.

Während sie sich auf den Tisch legte, säuberte Farid die Nadeln mit einem weißen Taschentuch. Pascal und der zweite Mann bezogen Position bei den Handgelenken der Frau, zwei Zuschauer beeilten sich, den Platz neben ihren Füßen einzunehmen.

Farids linke Hand schloss sich um die Brust der Frau, und er strich mit dem Daumen so lange über die Spitze, bis sich diese aufrichtete. Dann drehte er eine Nadel in die harte Brustwarze. Die Frau stöhnte auf und warf den Kopf herum. Mehr konnte sie kaum tun, denn die vier Männer hielten sie fest.

Farid ging um den Tisch herum, langsamer als nötig, damit sich die Stimmung weiter aufheizte, und brachte die zweite Nadel an der anderen Brustwarze an. Er ließ sich Zeit, sein Werk zu begutachten. Als er weiterging, strich er wie zufällig über den Schenkel der Frau, deren lustvolles Stöhnen den Saal erfüllte.

Sophie spürte, wie sich der heiße Mund des Marquis auf ihren Hals presste. Ihr Herzschlag raste, und zwischen ihren Schenkeln breitete sich Nässe aus. Sie presste die Beine zusammen und blieb regungslos stehen. Von ihrem Platz aus konnte sie sehen, wie sich Farid über die glatt rasierte Scham der Frau beugte und die letzte Nadel setzte. Dann trat er einige Schritte zurück, damit alle Anwesenden erleben konnten, wie der Körper der Frau unter einem ungeheuren Höhepunkt erbebte.

Erst nachdem ihre Schreie verklungen waren und sie apathisch auf dem Tisch lag, kehrte er zurück und entfernte die Nadeln. Spielerisch drehte er sie zwischen seinen langen Fingern. »Wer möchte noch diese außergewöhnlichen Momente der Lust erleben?«, fragte er mit rauchiger Stimme.

Die Gäste ließen sich nicht lange bitten. Der Reihe nach legten sie sich auf die Tische und zerrten sich gleichzeitig die Kleider vom Leib.

»Wollt Ihr Euch daran beteiligen?«, flüsterte der Marquis in Sophies Ohr. »Oder soll ich Farid in meine Privatgemächer bitten, um Euch diese besondere Spielart der Lust ohne Publikum genießen zu lassen. Nur zu Eurem Vergnügen und zu meinem?«

Sophie würgte, als würde sich eine Schlinge um ihren Hals zuziehen. »Nein, auf keinen Fall.« Sie konnte nicht verhindern, dass die Panik, die sie empfand, zu hören war. »Ich kann nicht. Philippe, ich bitte um Euer Verständnis, aber ich kann heute Nacht nicht Euer Bett teilen. Es ist unmöglich ...« Sie brach ab, als der Marquis begann, ihr Ohrläppchen mit der Zunge zu liebkosen. »Ich kann einfach nicht«, wiederholte sie lahm.

Doch der Marquis hörte nicht auf, sie mit weiteren Zärtlichkeiten zu überschütten. Schließlich wand sie sich aus seinen Armen und machte hastig ein paar Schritte von ihm weg.

Er hob die Brauen, sagte jedoch nichts, sondern verbeugte sich lässig und verschwand in der Menge. Sophie sah ihm nach, und vor Erleichterung zitterten ihr die Knie. Er hätte sie ohne großes Aufsehen zwingen oder sie zum Mittelpunkt eines Skandals machen können. Dass er seine Zurückweisung wie selbstverständlich akzeptierte, verriet eine Größe, der sie schon lange nicht mehr begegnet war.

Sie drehte sich um, und ihre Erleichterung löste sich in Luft auf. Farid fixierte sie durch den Raum hindurch mit einem alles andere als freundlichen Blick. Sophie straffte die Schultern und hob den Kopf. Ihre Miene drückte Gleichgültigkeit aus, obwohl ihr Herz noch immer hämmerte.

Während er weiter den Gästen mit den Nadeln Lust verschaffte, ging Sophie zu einem der Fenster und lehnte ihre Stirn an die kühle Scheibe. Noch immer fühlte sich ihr Körper fiebrig an, und das unerfüllte Verlangen nagte an ihr. Dass sich die Umstehenden mehr oder weniger diskret miteinander vergnügten, machte es nicht einfacher.

Sie wusste nicht, warum sie blieb, statt sich auf ihr Zimmer zurückzuziehen. War es Starrsinn? Wollte sie sich selbst quälen? In der spiegelnden Fensterscheibe konnte sie Farid beobachten. Nicht zum ersten Mal stellte sie fest, wie außergewöhnlich gut er es verstand, sich zu präsentieren und die Zuschauer in seinen Bann zu ziehen. Dennoch blieb eine unsichtbare Barriere zwischen ihm und den Gästen. Ganz im Gegensatz zu den Mitgliedern seines Gefolges, die es bereits wild trieben mit allen, die vom Zusehen allein nicht genug bekamen.

Sophie schloss die Augen. Die Hitze wollte einfach nicht aus ihrem Körper weichen, genauso wenig wie das Verlangen. Das Lachen und Stöhnen der Anwesenden vermischte sich in Sophies Ohren zu einem metallischen Lärmen. Sie schüttelte den Kopf, als könnte sie die Geräusche damit vertreiben, und kapitulierte schließlich seufzend.

Aus dem Augenwinkel bemerkte sie, dass Farid auf sie zukam. Da sie nicht das geringste Bedürfnis verspürte, sich mit ihm auseinanderzusetzen, blickte sie sich hastig nach der nächsten Tür um und steuerte mit schnellen Schritten darauf zu.

Im Vorraum rannte sie zu einer anderen Tür und riss sie auf. Der Raum vor ihr lag im Dunklen, nur das vom Schnee reflektierte Mondlicht warf einen kalten Schimmer durch die Fenster. Sophie raffte die Röcke und eilte zu der Tür am anderen Ende des lang gestreckten Saales. Hinter sich hörte sie das abgehackte Stakkato von Farids Absätzen. Panik ergriff sie. Sie konnte ihm nicht entkommen. Er war schneller. Stärker. Entschlossener.

Sophie blieb stehen und drehte sich um. Ihre gerade Haltung verriet nicht, dass ihr das Herz bis zum Hals schlug. Sie schlang die Finger ineinander und wartete.

Farids Schritte verlangsamten sich, bis er ihr gegenüberstand. Noch ehe Sophie ahnte, was er vorhatte, packte er sie an den Schultern und riss sie an sich. Sein wütender Kuss verriet Leidenschaft und Aggression, er wollte sie bestrafen und gleichzeitig an das erinnern, was sie geteilt hatten.

Sophie gab nach und nahm seinem Angriff damit die Schärfe. Sie legte den Kopf in den Nacken, grub die Finger in sein Haar und erwiderte seinen Kuss, bis Wut und Zorn im Feuer der Leidenschaft verglühten. Sie wollte nicht darüber nachdenken, was gerade passierte oder warum es passierte. Sie wollte nichts als das drängende Verlangen stillen, das in ihrem Körper tobte.

Erst als sie eine Wand im Rücken spürte, wurde ihr bewusst, dass Farid sie während des Kusses hochgehoben und ein Stück weit getragen hatte. Ohne Aufforderung schlang sie die Beine um seine Hüften und stützte sich auf seinen Schultern ab.

Seine Finger glitten über ihre heiße, nasse Spalte und tauchten in den hungrigen Schlund. Stöhnend rieb sie sich an seiner Hand und löste damit einen Höhepunkt aus, der jedoch zu schwach war, um ihr Verlangen zu stillen.

Farid presste sie mit seinem Körper gegen die Wand, während er unter dem Stoffwust der gerafften Röcke an der Schnürung seiner Hose nestelte. Einen Augenblick später rammte er sich in sie.

Sophie schrie auf. Ihre Nägel krallten sich in Farids Hemd. Jeder Stoß schob sie ein Stück an der Wand hoch, und Farids Lippen zogen eine glühende Spur über die samtige Haut ihrer Brüste.

Er nahm sie ohne jegliche Finesse, ohne die verspielte Gemächlichkeit früherer Begegnungen. Der Griff, mit dem er ihre Schenkel festhielt, war so grob, dass er Spuren hinterlassen würde.

Keuchend drückte sie sein Gesicht auf ihre Brüste. Seine Zunge glitt in den Spalt, und seine Zähne fuhren über ihre empfindliche Haut. Sie versuchte, sich zu bewegen, die Stöße zu erwidern, aber sie war gefangen zwischen seinem Körper und der Wand. Als Antwort auf ihre Bemühungen pumpte er schneller. Als sie zum Höhepunkt kam, konnte sie nicht schreien, wimmerte nur und hing hilflos an ihm.

Er stieß weiter, rücksichtslos und mit der Wucht eines Schmiedehammers. Das Hemd klebte ihm am Körper, dennoch hörte er nicht auf, stürzte sie in einen zweiten und dritten Orgasmus, ehe er sein Tempo verlangsamte und ihre Schenkel losließ.

Sophie rutschte an der Wand nach unten, bis sie saß. Sie taumelte an der Grenze zur Bewusstlosigkeit entlang und kämpfte damit, nicht in die samtige Schwärze zu sinken.

Als sie den Kopf hob, blickte sie direkt auf seinen dicken, von ihren Säften feuchtglänzenden Schaft. Ohne nachzudenken, streckte sie die Hand aus. Sie griff nach seiner Rute, ehe er zurückweichen konnte. Ihre Augen hatten sich an das Zwielicht gewöhnt, und sie sah jede verlockende Einzelheit.

Als sie die glatte Kuppe mit der Zunge berührte, hörte sie ihn fluchen. Mit Genugtuung nahm sie ihn ganz in den Mund, ließ ihn tiefer gleiten und hielt sich an seinen Hüften fest. Ihre Erregung kehrte zurück, und ihre Bewegungen folgten ihrem Verlangen. Sie saugte so fest, dass er wieder fluchte, aber sein Fluch endete in einem kehligen Aufstöhnen. Bisher hatte er nie zugelassen, dass sie ihm auf diese Art Lust verschaffte. Sie machte weiter, bis er begann, in ihren Mund zu stoßen, und die Hände in ihrem Haar vergrub. Ihre Kopfhaut prickelte ebenso wie alle anderen Nerven ihres Körpers. Das Blut dröhnte in ihren Ohren und übertönte alle anderen Geräusche.

Sie spürte das Pulsieren tief an der Wurzel seines Schafts, und wenige Augenblicke später verströmte er sich. Gierig trank sie alles, was er ihr gab, und leckte schließlich ein letztes Mal über seine Eichel, ehe sie ihn losließ.

Er sank neben ihr zu Boden und lehnte schwer atmend an der Wand. Sophie legte den Kopf auf seine Schulter und merkte nur am Rande, dass er den Arm um sie legte und sie enger an sich zog. Denn immer noch erstickte die Hitze in ihrem Körper jeden anderen Gedanken.

# 15

Farid versuchte sich zu erinnern, warum er Sophie gefolgt war. Zweifellos hatte er einen guten Grund gehabt, nur wollte ihm dieser nicht einfallen.

Natürlich hatte er sie am Abend der Versteigerung völlig zu Recht weggeschickt. Es gab Grenzen, sogar für ihn oder gerade für ihn, und Sophie hatte eine davon überschritten. Allerdings hatte er damit gerechnet, dass sie wiederkommen würde, nach ein paar einsamen Tagen und kalten Nächten. Aber sie war nicht gekommen, wie er überrascht und mit verletztem Ego feststellen musste.

Einerseits rang sie ihm damit widerwilligen Respekt ab, andererseits wurde ihm eine weitere unerfreuliche Tatsache bewusst: Er vermisste sie. Er, der Frauen grundsätzlich mit Liebste oder *chérie* ansprach, um sich keine Namen merken zu müssen, vermisste eine Frau, die im Grunde nur Ärger bedeutete. Daran änderte auch die Tatsache nichts, dass er versucht hatte, sie aus seinem Bewusstsein zu drängen. Schließlich gehörte er nicht zu jenen, die sinnlos jammerten. Sophie hier so unverhofft zu sehen, noch dazu an der Seite des Marquis du Severret, hatte ihn jedoch seine Selbstbeherrschung verlieren lassen. Er musste einfach wissen, ob sie ihn tatsächlich so mühelos beiseiteschieben konnte, wie ihr Verhalten vorgab. Deshalb war er ihr gefolgt.

Sein Atem beruhigte sich. Nun, wie es schien, hatte sie ihn nicht so einfach beiseiteschieben können. Sein Lächeln verflüchtigte sich, als er Sophie leise wimmern hörte. Er senkte den Kopf zu ihr. »Was ist?«, flüsterte er beunruhigt.

Sie vergrub das Gesicht in seinem Hemd und murmelte eine Antwort, die er erst beim zweiten Mal verstand. »Es hört nicht auf, es hört einfach nicht auf. Und jetzt tut es schon weh.«

»Was tut dir weh?« Er fragte sich, ob er zu hart gewesen war, und ihre Antwort ließ ihn das Schlimmste befürchten.

»Zwischen meinen Beinen, meine Brüste, es ist einfach ...« Sie stöhnte und presste die Hände auf ihren Unterleib. Mit gekrümmtem Rücken keuchte sie. »O Gott, o mein Gott. Mach, dass es aufhört.«

In diesem Moment begriff Farid, dass sie gerade einen weiteren Höhepunkt erlebte. Schnell legte er eine Hand auf ihre Stirn, die heiß und nass vor Schweiß war. Sophie wimmerte lauter.

»Hast du etwas getrunken?« Ein dunkler Verdacht stieg in ihm hoch. Er griff nach ihrem Kinn, damit sie ihn ansehen musste. »Aus einem speziellen Glas?«

»Aus einem Kelch«, murmelte sie. »Ein Silberkelch mit einem Bogen am Fuß.«

Cantharidin. Der Marquis servierte seinen Gästen den Liebestrank in Gläsern und Kelchen mit dem Bogen der Aphrodite. »Wie viel hast du davon getrunken?« Mühsam versuchte Farid, die aufsteigende Panik zu unterdrücken. Er kannte mehr als einen Fall, in dem die zur Steigerung der Lust angewandte Substanz Todesopfer gefordert hatte. Soweit er wusste, ging der Marquis eher vorsichtig ans Werk, aber wenn Sophie nicht klar gewesen war, was sie getrunken hatte ...

»Zwei Gläser. Drei. Oder waren es doch vier?« Sie versuchte, seinem Blick standzuhalten, aber ihre Pupillen rollten nach hinten und ließen nur das Weiße in ihren Augen sehen. Ihre Atmung ging flach und viel zu schnell, ihr Herzschlag raste, wie Farid mit dem Zeigefinger an ihrer Halsgrube feststellte.

Mit wenigen Handgriffen brachte er seine Kleider in Ordnung und stand auf. Dann hob er Sophie hoch. Sie lag schlaff in seinen Armen, und wieder überflutete ihn eisige Panik.

Er verließ den Saal und sah sich um. Obwohl er schon einige Male beim Marquis du Severret zu Gast gewesen war, verfügte er nur über ungenügende Kenntnisse der Räumlichkeiten. Kein Lakai war auf dem langen, dunklen Flur unterwegs.

Farid drückte eine Tür nach der anderen auf. Schließlich fand er einen Raum mit einem Himmelbett. Er legte Sophie darauf und sah sich nach Kerzen um. Als Nächstes setzte er das aufgeschichtete Holz im Kamin in Brand, schloss die Vorhänge und blockierte die Tür von innen mit einem Stuhl.

Er ging zurück zum Bett und drehte Sophie so, dass er die Verschlüsse ihres Kleides und die Schnürung des Mieders öffnen konnte. Sie stöhnte auf, versuchte halbherzig, sich zu wehren, aber erst, als er sie bis auf das Unterhemd und die Strümpfe entkleidet hatte, kam sie wieder richtig zu sich.

»Was ist geschehen?« Ihre Worte klangen undeutlich und verwischt.

Er streckte sich neben ihr aus. »Du hast einen mit Cantharidin versetzten Trank zu dir genommen. Cantharidin steigert die Lust, aber im Übermaß genossen, hat es starke Nebenwirkungen.« Ihr zu sagen, dass sie möglicherweise noch immer auf einem schmalen Grat zwischen Leben und Tod balancierte, brachte er nicht fertig.

Sie schluckte. »Ich habe Durst und …« Ihr Körper bäumte sich wieder auf und fiel dann zitternd zurück auf die Laken.

Sie fasste mit der Hand zwischen ihre Beine und begann zu reiben. »Es tut so weh, so weh!« Tränen liefen ihr über die Wangen, und sie grub die Zähne in die Unterlippe. »Und es hört nicht auf, ich will, dass es aufhört!«

Sie war überreizt. Jede Berührung ihrer Klitoris verursachte ihr Schmerzen, und trotzdem verlangte ihr Körper nach Befriedigung. Farid griff nach ihrer Hand und hielt sie fest. »Die Wirkung wird langsam schwächer, in ein paar Stunden hast du es überstanden. Severret hat seine Tränke noch nie so stark gemischt, dass jemand ernsthaft Schaden genommen hat.« Die Worte sollten sie ebenso beruhigen wie ihn selbst. »Ich bleibe bei dir, du bist nicht allein. Alles wird gut, Sophie. Alles wird gut.«

Sie wimmerte und presste sich gegen seine Hand, um Erfüllung zu finden. Er rollte sich auf sie und hielt sie mit seinem Körper fest. Ihre Augen öffneten sich. Die Pupillen hatten ihre helle Iris beinahe zur Gänze verdrängt. »Fick mich«, keuchte sie heiser. »Du willst es doch, du wartest doch nur darauf. Denkst du, das weiß ich nicht?« Sie stieß ungelenk mit dem Unterleib gegen seine Erektion. »Fick mich, damit es endlich aufhört. Das ist doch das Einzige, was du kannst.«

Obwohl er wusste, dass die Droge aus ihr sprach, trafen ihn ihre Worte. Er glitt nach unten, bis er zwischen ihren Beinen lag und spreizte mit den Fingern ihre heißen, geschwollenen Schamlippen. Die Klitoris war so groß wie eine Traube und ebenso rot. Er beugte sich vor und begann, mit der Zungenspitze Kreise um sie zu ziehen, ohne sie dabei direkt zu berühren. Sophies Höhepunkt kam, kaum dass er damit angefangen hatte. Er wartete, bis die Kontraktionen aufhörten, und sie wieder ungeduldig jammerte. Dann begann er aufs Neue.

Die Pausen wurden länger, und schließlich legte sich Farid wieder neben Sophie. Ihr Gesicht war nass von Tränen und

Schweiß. Sie sah ihn erschöpft an, unter ihren Augen lagen violette Schatten. »Ich weiß nicht, wie lange ich das noch aushalte. Es ist das Schlimmste, was mir je passiert ist. Mein Körper gehorcht mir nicht, ich bin müde, ich habe Schmerzen, trotzdem glühe ich vor Verlangen. Und ich schäme mich zu Tode.«

Er strich ihr das Haar aus dem Gesicht. »Du glühst tatsächlich.« Er versuchte, ihr mit seinem Lächeln Mut zu machen, aber sie schloss die Augen. Tränen quollen unter ihren Lidern hervor. »Hilf mir, Farid, ich flehe dich an, hilf mir«, flüsterte sie erstickt.

Ihr Schmerz und ihre Angst schnitten ihm ins Herz. Er musste etwas tun, er musste ... er musste ...

Er musste ihr den Schmerz nehmen.

Die Erinnerung kam so plötzlich, dass sie ihn wie ein Schlag traf. So viele Jahre hatte er diese ganz spezielle Gabe aus seinem Leben verdrängt. So gründlich, dass er sie tatsächlich vergessen hatte bis zu diesem Moment. Ob es überhaupt noch funktionierte? Ob er überhaupt noch in der Lage war, nach all der Zeit ohne Übung?

Es gab nur einen Weg, es herauszufinden. Er legte den Arm um Sophie und zog sie mit dem Rücken fest an seine Brust. Seine Hand glitt über ihren Leib und blieb unter dem Nabel mit gespreizten Fingern liegen. Er konzentrierte sich auf die Verbindung zwischen ihnen. Die Haut unter seiner Hand schmolz, und der Schmerz fuhr in seinen Arm, raste durch seinen Körper und materialisierte sich in seinem Penis, der innerhalb eines Wimpernschlags zu seiner vollen Größe anschwoll. Farid hatte das Gefühl, Glassplitter zu pinkeln, gleichzeitig zogen sich seine Hoden auf die Größe von Haselnüssen zusammen. Erschrocken über den kraftvollen Sog, in den er bei dem Versuch, Sophie zu helfen, geraten war, bemühte er sich, die Kontrolle zu behalten. Ihr den Schmerz zu nehmen, war nur ein Teil der Aufgabe. Jetzt musste er ihn auslöschen.

Er stützte sich auf den Ellbogen und sah Sophie an. Sie schlief. Ihre Gesichtszüge wirkten entspannt. Erleichtert streckte er sich aus und zog seine Hand zurück. Im selben Moment, als er die Verbindung unterbrach, fiel er in einen schwarzen Abgrund, der sich wie ein riesiges Maul um ihn schloss.

Sophie blinzelte. Um sie herum war es dunkel, nur schmale Lichtstreifen fielen an den Seiten der Vorhänge vorbei auf das Parkett. In ihrem Mund war ein fauliger Geschmack. Mühsam versuchte sie, sich zu erinnern. Severret, der Jahreswechsel, Farid und seine Vorführung mit den Nadeln. Ihr unstillbares Verlangen. Die unerträglichen Schmerzen. Farid, der ihr gefolgt war …

Sie drehte den Kopf und sah in der Dunkelheit eine Gestalt neben sich liegen. Ihre Hand tastete danach, fühlte Seide über einem warmen Köper. Ächzend richtete sie sich auf und ging mit wackeligen Beinen zum Fenster, um die Vorhänge beiseitezuschieben.

Es war tatsächlich Farid, der auf dem Bett lag. Sie kehrte zu ihm zurück und fand dabei ihr Kleid, das Mieder und ihre Schuhe auf dem Teppich liegen. Im Spiegel auf der Kommode sah sie, dass sie nur ein Unterhemd trug, die Strümpfe waren bis zu den Knöcheln hinuntergerutscht. Ihr Haar umrahmte als wilde Mähne das blasse Gesicht, um ihre Augen lagen dunkle Ringe, und die Lippen sahen aus, als hätte sie jemand blutig gebissen.

Schaudernd wandte sie sich ab und kroch zurück ins Bett.

Cantharidin. Die spanische Fliege. Sie hatte schon davon gehört, aber nie geglaubt, dass sie selbst damit Bekanntschaft machen würde. Scham überflutete sie, als sie daran dachte, wie sie sich benommen hatte, gierig wie eine läufige Hündin, unersättlich wie ein loses Weibsstück. Warum hatte ihr niemand gesagt, was in den Kelchen war? Wenn Farid sie nicht weggebracht hätte, wären Severrets Gäste Zeugen ihres hemmungslosen Verhaltens geworden. Sie hätte sich nie mehr irgendwo sehen lassen können.

Sophie beugte sich über Farid. Er schlief. Seine Haut war ungewöhnlich blass, ebenso die Lippen. Sophie runzelte die Stirn. Irgendetwas stimmte nicht. Er atmete regelmäßig, aber mit langen Pausen. Sie griff nach seiner Schulter und rüttelte ihn. Keine Reaktion.

»Farid, wach auf.« Sie packte ihn fester, und er drehte den Kopf weg, murmelte etwas Unverständliches.

»Wach auf!«, schrie sie ihn an, als er ihre Hand wegschob.

Seine Lider flatterten, und dann starrte er sie orientierungslos an, und auch das letzte bisschen Farbe wich aus seinem Gesicht. Seine Haut war fahl wie Asche. Das Weiß seiner Augen leuchtete dagegen in hellem Rot. Unwillkürlich zuckte Sophie zurück.

Ohne sie weiter zu beachten, rappelte sich Farid hoch, torkelte zum Fenster und riss es auf. Mit heftigem Würgen übergab er sich ein ums andere Mal, die Finger um den Fensterrahmen geklammert, sein Körper von Krämpfen geschüttelt.

Sophie saß wie vom Blitz getroffen im Bett, dann jedoch kam Leben in sie. Hastig sah sie sich um, aber nirgends standen Gläser. Nur ein Wasserkrug befand sich auf dem Waschtisch in der Ecke neben der Kommode. Sophie sprang auf und packte den Krug mit beiden Händen.

Farid lehnte mit der Stirn am Glas, die Krämpfe hatten aufgehört, aber er hielt sich noch immer am Rahmen fest. Ängstlich sah sie ihn an. Er war ihr immer unbezwinglich erschienen, fleischgewordene Kraft und Vitalität. Ihn so jämmerlich zu sehen, schnitt ihr ins Herz.

Als er den Kopf hob, hielt sie ihm den Krug entgegen und stützte das Gefäß, während er wortlos zu trinken begann. Dann hielt er sich wieder am Fensterrahmen fest, ehe er zurück zum Bett ging und sich auf die Kante setzte.

Unsicher folgte ihm Sophie und blieb vor ihm stehen. »Was ist mit dir?«, fragte sie schüchtern.

Er sah sie mit müden Augen an, seine Gesichtsfarbe war immer noch fahl. »Ich habe etwas Falsches gegessen, nichts weiter. Und wie geht es dir?«

Unter seinem prüfenden Blick färbten sich ihre Wangen rot. »Gut. Wirklich gut. Die Wirkung hat aufgehört, wie du gesagt hast«, brachte sie einigermaßen ruhig heraus.

Er nickte und vergrub das Gesicht in den Händen. Unschlüssig betrachtete sie ihn eine Weile und entschied sich dann dafür, in ihre Kleider zu schlüpfen. Sie ließ das Korsett weg, da sie es nicht selbst schnüren konnte und Farid nicht damit belästigen wollte. Als sie vor dem Spiegel ihr Haar in Ordnung brachte, hörte sie, wie er wieder zum Fenster ging und die Verriegelung öffnete.

Schnell drehte sie sich um, damit sie ihm zu Hilfe kommen konnte, falls nötig. Aber er übergab sich nicht, sondern griff in den Schnee auf dem Fensterbrett und rieb sich eine Hand voll davon ins Gesicht. Sophie schnappte nach Luft und riss das Handtuch vom Waschtisch, um es ihm zu reichen.

Danach sah er besser aus, seine Haut hatte wieder nahezu normale Farbe, und seine Augen blickten sie einigermaßen wach an. Er fuhr sich mit beiden Händen durchs Haar und schloss die offenen Knöpfe seines Hemds. »Ich muss zu Severret wegen der Abrechnung. Dann fahre ich mit den anderen zurück nach Versailles. Bleibst du hier im Schloss?«

Sophie schlang die Finger ineinander. »Ich bin mit einer Freundin hier, wir wollten noch ein paar Tage bleiben.«

»Gut. Wenn du zurück in Versailles bist, müssen wir reden.« Er sah sie mit einem Blick an, den sie nicht zu deuten vermochte. »Ich habe Franco Angelli gefunden, und ich werde dich zu ihm bringen«, sagte er dann.

Sie brauchte einige Momente, bis sie die Bedeutung seiner Worte verstanden hatte. »Danke«, sagte sie schließlich. »Natürlich komme ich zu dir, sobald ich wieder in Versailles bin.«

Er nickte und blickte sich noch einmal im Zimmer um. »Ich erwarte dich also im Haus der Freude.«

Die Tür fiel hinter ihm ins Schloss, ehe sie auch nur ein Wort erwidern konnte.

# 16

Der Marquis du Severret war verärgert, und das nicht zu knapp. Farid hatte mit Ärger gerechnet, schließlich war er seinen Verpflichtungen nur zum Teil nachgekommen und hatte die Gesellschaft nicht bis zum Morgengrauen mit pikanten Spielchen unterhalten, wie es ursprünglich ausgemacht gewesen war. Allerdings kochte Severrets Zorn weit höher, als es unter den gegebenen Umständen angemessen gewesen wäre. Farid bot eine Kürzung seines Honorars an, aber die Summe, die der Marquis zahlen wollte, war einfach lächerlich. Während Farid nach überzeugenden Argumenten suchte, um doch noch zu seinem Geld zu kommen, überlegte er, warum Severret so schäumte. Die Beweggründe seiner Mitmenschen zu hinterfragen, war sein tägliches Brot. Auch jetzt erkannte er rasch, was den Mann so aufbrachte, und unterbrach dessen Tirade. »Mademoiselle d'Asseaux nahm gestern zu viel von Eurem ganz speziellen Trank zu sich. Offenbar hatte sich niemand die Mühe gemacht, sie über die besondere Beschaffenheit aufzuklären.«

Severret sah ihn perplex an. »Das war es also? Deshalb benahm sie sich so seltsam?«

»Sie fühlte sich nicht wohl, und ich begleitete sie in ein abgeschiedenes Zimmer.«

Severret runzelte die Stirn. »Ihr kennt sie? Ist sie Eure Kundin?«

Farid wog seine Antwort ab. Egal, was er sagte, aus jedem

seiner Worte konnte man ihm einen Strick drehen. »Unsere Beziehung ist geschäftlicher Natur. Aber Mademoiselle d'Asseaux war überaus erleichtert, als ich ihr erklären konnte, was schuld an ihrer Unpässlichkeit war. Natürlich habe ich ihr nicht erzählt, dass eine zu hohe Dosierung von Cantharidin zum Tode führen kann. Ich nehme an, das war in Eurem Sinn, Monsieur du Severret?«, fragte er glatt.

Der Marquis verschränkte die Arme vor der Brust, und Farid wusste, dass er gewonnen hatte. »Und sie wird auch weiterhin nichts davon erfahren, schließlich bin ich meinem Auftraggeber verpflichtet.«

Es herrschte Schweigen. Dann ging der Marquis zu seinem reichverzierten Sekretär und zog eine Lade auf. »Ich hoffe, Ihr erwartet nicht, dass ich mich auch noch bei Euch bedanke, Monsieur Bejaht.« Er warf zwei Lederbeutel auf den Tisch. »Ihr verschwindet noch heute, mitsamt Eurer Begleitung.«

Farid nahm die beiden Beutel und verzichtete auf eine Erwiderung. Er wusste, wann es besser war, den Mund zu halten. »Wie Ihr wünscht, Monsieur du Severret. Ich stehe immer zu Diensten, wie Ihr wisst.«

Der Marquis quittierte diese Worte mit einer säuerlichen Miene und wedelte mit der Hand zum Zeichen, dass Farid entlassen war.

Während dieser über den Flur zur Küche ging, wo er zu dieser Stunde seine Begleiter vermutete, atmete er erleichtert auf. Die beiden prall gefüllten Geldbeutel waren ein Silberstreif am Horizont, was seine angespannte finanzielle Situation betraf. Im Grunde sicherten nur private Engagements wie dieses den Fortbestand seines Hauses. Was in der Folge bedeutete, dass ohne seine aktive Teilnahme an den Veranstaltungen das Schicksal seines Etablissements besiegelt war.

Obwohl sich diese Erkenntnis seit Wochen immer mehr herauskristallisiert hatte, war er nicht bereit, sich ihr zu stellen.

Pascal und die anderen empfingen ihn mit übermütigem Hallo, das sich zu ohrenbetäubendem Applaus steigerte, als er die beiden Geldbeutel hochhielt. Die aufgekratzte Stimmung hielt während der gesamten Heimfahrt an. Danach zog sich Farid in seine Gemächer zurück, um den anderen nicht den Spaß zu verderben. Ihm war nicht nach Feiern zumute. Zu viel war geschehen, um einfach zur Tagesordnung überzugehen. Dazu gehörte auch, dass er nun die Gewissheit hatte, dass seine Gabe in all den Jahren nicht verschwunden, ja nicht einmal schwächer geworden war. Es war, als führte ein Teil von ihm ein Eigenleben, auf das er keinen Einfluss besaß. Und das beunruhigte ihn noch immer.

Er war noch ein Kind gewesen, als ihm zum ersten Mal bewusst geworden war, dass er über eine besondere Fähigkeit verfügte. Sein einziger Freund im Zigeunerlager, Sandro, knapp ein Jahr älter als er, war von einem tobenden Hund blutig gebissen worden. Während die anderen um Hilfe rannten, hatte er den Verletzten in den Armen gehalten und aus lauter Verzweiflung über seine eigene Hilflosigkeit lautlos den Wunsch ausgesprochen, die Schmerzen an seiner statt zu spüren. Im selben Moment fuhr ihm der Schmerz durch den Körper, und er wurde bewusstlos. Später hatte ihm Sandro erzählt, dass er zwar weiter geblutet, aber keine Schmerzen mehr gespürt hatte.

Aus reiner Neugier versuchte es Farid noch weitere Male, und jedes Mal mit Erfolg. Statt dafür jedoch gelobt oder auch nur geschätzt zu werden, trat man ihm mit wachsendem Misstrauen entgegen. Deshalb hatte er damit aufgehört, sich seiner Gabe zu bedienen. Erst bei Madame Dessante besann er sich wieder auf sie – wenn eines der Mädchen geschlagen oder anderweitig misshandelt worden war. Er ließ sich Verschwiegenheit schwören und hielt so den Kreis jener, die von seiner Gabe wussten, klein. Und seit er Emmalines Etablissement verlassen hatte, hatte es keinen Anlass mehr dazu gegeben, sich auf sein besonderes Talent zu besinnen. Bis zur vergangenen Nacht.

Er hatte es nicht über sich gebracht, Sophie davon zu erzählen. Zum einen hatte sie ihn viel zu früh geweckt, als dass er den Schmerz hätte verarbeiten können, und so hatte er sich gefühlt wie von einem Fuhrwerk überrollt. Zum anderen wollte er nicht, dass sie ihn als die Missgeburt sah, die er zweifellos war.

Er hasste es, dass ihm Sophie nicht mehr aus dem Sinn ging. Dass ihm jeder Vorwand recht war, um an sie zu denken. Oder sie dazu zu bewegen, zu ihm zu kommen.

Sophie schaffte es nicht, nach ihrer Rückkehr von Severret auch nur einen ganzen Tag lang zu warten, ehe sie vor dem Haus der Freude stand. Sie wollte endlich Francos Aufenthaltsort erfahren und damit ihrem Ziel, die kompromittierenden Bilder in ihren Besitz zu bringen, einen Schritt näher kommen. Farid hielt sich nicht mit langen Erklärungen auf, sondern holte seinen Mantel, ehe Sophie abgelegt hatte, und hinderte ihre Kutsche mit einem lauten Pfiff daran wegzufahren.

Auch als sie dann im Wagen saßen, gab er sich schweigsam, und so begann Sophie schließlich das Gespräch. »Wie hast du ihn gefunden?«

Farid zuckte mit den Schultern. »Ich habe ein wenig im Dreck gewühlt, deshalb hast du mich ja angeheuert.«

Diese Anschuldigung war keine Antwort wert. »Hast du mit ihm gesprochen oder nur die Adresse herausgefunden?«

»Ich habe nicht nur mit ihm gesprochen«, sagte er nach einer Weile. »Ich habe ein Bild von dir gesehen.«

Sophie wurde blass und musste um Fassung ringen. Sie brachte kein Wort über die Lippen.

»Es ist ein außergewöhnliches Bild, und auch die anderen Gemälde, die ich gesehen habe, legen den Schluss nahe, dass dein ehemaliger Geliebter über großes Talent verfügt.«

Sophie entspannte sich etwas. »Er war gelegentlich recht erfolgreich, allerdings hielt er sich weder an Fertigstellungstermine noch an sonstige Absprachen, wenn gerade ein anderes Werk aus ihm herausdrängte.« Oder er die Nächte durchzechte. »Damit galt er schnell als unzuverlässig, und die Auftraggeber sprangen ab.«

Farid sah schweigend aus dem Fenster. Er wirkte wieder so vital wie eh und je, trotzdem schien es Sophie, als hätten sich die Konturen seines Gesichts geschärft. Aber vielleicht war auch nur das helle Sonnenlicht, das in den Wagen fiel, daran schuld.

Die Straßen in Paris waren verstopft, deshalb kamen sie nur langsam voran. Die unterkühlte Atmosphäre in der Kutsche ließ Sophie unruhig auf ihrem Sitz herumrutschen, und sie fragte sich, ob Farid immer noch auf eine Entschuldigung von ihr wartete. Doch die würde er nie bekommen. Nicht in hundert Jahren, schließlich hatte er sie ebenso beleidigt. Und außerdem …

»Wir sind da.« Farids Stimme riss sie aus ihren Gedanken, und sie spähte aus dem Fenster der Kutsche. Die adretten Fassaden verrieten, dass sie sich in einem vornehmen Teil der Stadt befanden, und dieser Umstand erstaunte Sophie nicht wenig. Ginge es nach ihr, hätte Franco in einer windschiefen Hütte am Rande von Paris dahinvegetiert. Sie ließ sich von Farid aus der Kutsche helfen und blickte sich erneut um. Tatsächlich reihte sich hier ein feudales Stadthaus an das andere, und die Herberge, vor der sie standen, wirkte um nichts weniger elegant.

»Hier?«, fragte sie ungläubig. »Du bist sicher, dass Franco Angelli hier wohnt?«

Farid nickte. »Er wohnt nicht nur hier, er arbeitet auch hier.«

Gemeinsam betraten sie die Herberge. Einige Tische im Schankraum waren besetzt, und eine junge Frau trug tönerne Humpen zu den Gästen. Nachdem sie die Krüge abgestellt hatte, trat sie auf Farid und Sophie zu.

»Willkommen im *Bœuf sur le toit*. Wünscht Ihr zu speisen, oder sucht Ihr nach einer Unterkunft?«, fragte sie nach einem flinken Knicks.

»Weder noch«, erwiderte Farid. »Wir möchten zu Franco Angelli, dem Maler, der sich hier eingemietet hat.«

Das Mädchen blickte von Farid zu Sophie und schürzte die Lippen. »Wartet bitte.«

Sophie zog die Unterlippe zwischen die Zähne. Die Begegnung, die sie gleichermaßen herbeisehnte und fürchtete, stand kurz bevor. Vor lauter Aufregung konnte sie keinen klaren Gedanken fassen. Was sollte sie zu Franco sagen, wie sollte sie ihm gegenübertreten? Sie wünschte, sie hätte kühle Gelassenheit zur Schau stellen können, aber ihr Magen fühlte sich an, als tobte darin ein Schwarm winziger Vögel.

Das Mädchen kam mit einem kleinen, glatzköpfigen Mann zurück, der sich breitbeinig vor ihnen aufbaute. »Ich bin Ernesto Dupont, der Besitzer des *Bœuf*. Ihr wollt zu Franco Angelli?«

Sophie nickte.

»In welcher Angelegenheit?«

Farid verschränkte die Arme vor der Brust. »Wir sind alte Freunde, die ihn besuchen wollen. Wenn er nicht da ist, warten wir auf ihn. Ebenso, wenn er gerade beschäftigt ist.«

Der Wirt wippte auf den Fußballen. »Das wird schwierig werden. Habt Ihr Bilder bei ihm in Auftrag gegeben?«

»Nein«, antwortete Farid.

»Ja«, sagte Sophie gleichzeitig, und Dupont wandte sich ihr zu. Sein Zeigefinger strich über das Ende seines Schnurrbarts, während er sie betrachtete.

»Ich habe seine Bilder in Verwahrung, den Großteil zumindest. Also wenn Ihr nur ein Bild abholen wollt, dann kann ich das übernehmen.«

Sophie zögerte. Die Sache kam ihr nicht geheuer vor. Franco hätte seine Bilder nie jemandem zur Aufbewahrung gegeben. Hilfesuchend sah sie Farid an, der jedoch nur die Schultern zuckte.

»Wenn das Bild dabei ist, das ich kaufen möchte, dann bezahle ich bei Euch dafür?«, erkundigte sie sich misstrauisch.

Der Wirt nickte.

Schweigen breitete sich aus. »Wir wollen die Gemälde sehen, wenn das gesuchte dabei ist, reden wir weiter.« Farids Stimme stellte klar, dass er sich nicht auf Spielchen einlassen würde.

»Folgt mir«, erwiderte Dupont, ohne mit der Wimper zu zucken. Er ging durch die Schankstube zur Treppe und stieg zu den Dachkammern hinauf. Dort zog er umständlich einen Schlüsselbund aus der Hosentasche und schloss die erste Tür auf.

Langsam trat Sophie ein und blickte sich um. Der Raum war leer, aber es roch nach Farbe und Terpentin. Der Wirt öffnete die nächste Tür, auch hier gab es keine Hinweise auf den Bewohner, und Sophie zog ihren Mantel enger um sich herum, da die Kälte in ihre Kleider kroch. Unwillkürlich schaute sie zum Kamin, in dem Holz aufgestapelt war, das nur darauf wartete, entzündet zu werden.

Ihre Absätze hallten auf dem Holzboden, als sie Dupont in den dritten Raum folgte. »Hier sind alle Bilder, die ich von Monsieur Angelli gefunden habe. Ihr könnt sie gerne durchsehen, um herauszufinden, ob etwas davon Euer Interesse weckt.«

An den Wänden lehnten Bilder, nach Größe sortiert, teils in Rahmen, teils nur auf Holzleisten gespannt, teils mit Tüchern verhüllt.

Farid sprach schließlich die Frage aus, die Sophie auf der Zunge brannte. »Wo ist Franco Angelli?«

Der Wirt klimperte mit den Schlüsseln in seiner Jackentasche, ehe er sich zu einer Antwort bequemte. »Franco Angelli ist tot.«

»Tot?«, wiederholte Sophie verständnislos. »Wann? Und wie?«, setzte sie dann hinzu, ohne zu merken, dass Farid den Arm um ihre Schulter gelegt hatte.

Der Wirt bemühte sich um eine betroffene Miene, die ihm nicht so richtig gelingen wollte. »Jemand hat ihn erstochen. Im Nebenraum. Soweit ich weiß, wurde der Täter bis heute nicht gefasst. Als ihn eines der Zimmermädchen fand, muss er schon einen Tag oder länger tot gewesen sein. Das Blut war fast nicht mehr von den Dielen zu bekommen.« Er räusperte sich. »Ich habe die Bilder behalten, da er mir noch Geld schuldete. Wenn Ihr also etwas davon kaufen wollt, dann nur zu.« Neugierig musterte er Sophies blasses Gesicht. »Ich habe unten zu tun, wenn Ihr Euch zum Kauf entschlossen habt, dann lasst es mich wissen.«

Seine Schritte entfernten sich, und im Raum wurde es still. Sophie begann, unkontrolliert zu zittern. Ihre Zähne schlugen aufeinander, und sie krallte sich an Farids Mantel fest. Tränen strömten über ihre Wangen, ohne dass sie etwas dagegen tun konnte. Sie empfand keine Trauer, nur eine geradezu unerhörte Erleichterung. Es war vorbei. Franco konnte nie wieder aus dem Nichts auftauchen und mit einem Schlag ihr Leben vernichten.

Sie nahm das Taschentuch, das Farid ihr reichte, und putzte sich lautstark die Nase. »Ich bin froh«, murmelte sie leise. »So froh. Auch wenn ich dafür in der Hölle schmoren muss, ich bin so froh, dass es ein Ende hat.«

»Du wirst nicht der Hölle schmoren«, sagte Farid trocken. »Und auch nicht derjenige, der ihn umgebracht hat. Oder diejenige.«

Sophie schniefte ein letztes Mal. »Wie meinst du das?«

»Ich meine, dass du nicht die Einzige warst, die Franco Angelli erpresst hat. Ich habe nicht nur dich auf den Bildern gesehen, sondern auch ein paar meiner Kundinnen. Nackt wie Gott sie schuf.«

Sophie dachte nach. Das würde erklären, woher Franco das Geld für die vornehme Unterkunft gehabt hatte. Und warum er so lange nicht bei ihr aufgetaucht war. Er hatte sich an anderen Opfern schadlos gehalten. Wieder einmal fragte sie sich, wie sie auf dieses Ungeheuer unter der anziehenden Oberfläche hatte hereinfallen können.

Sie straffte die Schultern und atmete tief durch. »Lass uns die Bilder durchsehen, damit wir heimfahren können.«

Da sie auf den Stapel mit den Kunstwerken zuging, bemerkte sie den Blick nicht, mit dem Farid sie bei ihren letzten Worten ansah. Sie mussten nicht lange suchen. Die beiden Gemälde von Sophie waren ungerahmt, was den Transport erleichtern würde. Stirnrunzelnd betrachtete sie die nebeneinander stehenden Bilder.

»Ich sollte sie vernichten. Hier und jetzt. Es gibt keinen Grund, sie zu behalten. Sie erinnern mich an meine Dummheit und an alles, was ich verloren habe.« Ihre Stimme bebte, als sie die Hand ausstreckte und ihren gewölbten Leib auf der Leinwand berührte. Franco hatte seine Kinder nie gemalt, obwohl sie ihn oft dazu gedrängt hatte. Sie wusste den Grund dafür nicht. Und würde ihn nun auch nicht mehr erfahren.

»Hast du ein Messer bei dir?« Sie drehte sich zu Farid um.

Er schüttelte stumm den Kopf.

»Schade.« Sie drehte ein Bild um. »Dann werde ich die Leinwand von den Leisten lösen und sie später verbrennen.«

»Tu das nicht.« Farids Stimme klang belegt. »Die Bilder sind wunderschön. Sie zeigen dich als glückliches, junges Mädchen, dem die Welt offensteht. Voller Kraft und Zuversicht.«

Erstaunt sah Sophie ihn an. »Möglich, aber das ist Vergangenheit. Dieses Mädchen gibt es nicht mehr. Es ...«

»Doch, dieses Mädchen gibt es noch immer«, unterbrach Farid sie. »Es steckt in dir. Es ist da. Du musst es nur suchen und aus seinem Gefängnis aus Schmerz und Verbitterung befreien.«

Widerstrebend drehte Sophie das Bild wieder um und betrachtete die junge Frau, die ihr entgegensah. Wie jung sie gewesen war, wie ahnungslos, wie unschuldig, wie ... glücklich. Könnte sie wirklich noch einmal so glücklich sein? So unbeschwert? Sie bezweifelte es und wischte den verführerischen Gedanken beiseite.

»Wenn ich sie nicht vernichte, dann besteht immer die

Möglichkeit, dass ich irgendwann wieder damit erpresst werde.« Sie sah Farid an und wartete auf seinen neuerlichen Widerspruch.

Aber er tat ihr diesen Gefallen nicht. »Damit hast du natürlich recht«, antwortete er nur und bückte sich nach einem der herumliegenden Tücher. »Am besten, wir packen sie ein und du überlegst dir später in Ruhe, was du mit ihnen anstellen willst.«

# 17

Sie saßen wieder in der Kutsche, die durch die engen Straßen von Paris ratterte. Als Ziel hatte Farid dem Kutscher das Schloss von Versailles genannt, aber als der Wagen vor dem Seiteneingang hielt, schürzte Sophie die Lippen und machte keinerlei Anstalten auszusteigen.

»Ich habe nachgedacht«, sagte sie schließlich und blickte zu Farid. »Ich will die Bilder nicht in meiner Kammer haben. Das ist mir zu unsicher. Und ich habe weder einen Kamin, in dem ich sie verbrennen kann noch ein scharfes Messer.«

»Was willst du also tun?« Farid saß entspannt in einer Ecke der Kutsche und stützte sein langes Bein an der gegenüberliegenden Sitzbank ab.

»Im Haus der Freude kann man die Bilder sicher vernichten, ohne dass jemand etwas davon erfährt.«

Farid sah aus dem Fenster. Natürlich konnte man das. Aber er wollte nicht, dass die Bilder zerstört wurden. Das kam für ihn nicht infrage. In seinen Augen waren sie ein einzigartiger Schatz, den es zu bewahren galt.

»Gib mir die Bilder. Ich verspreche dir, dass niemand je von ihrer Existenz erfahren wird.« Die Worte waren heraus, ehe er es verhindern konnte. Erschrocken presste er die Lippen zusammen.

Sophie beugte sich zu ihm. »Du glaubst allen Ernstes, dass ich zwei Bilder, die mich nackt zeigen, einem Bordellbesitzer überlassen soll?« In ihrer Stimme schwang eine Mischung aus Amüsement und Ungläubigkeit mit.

»Ja.« Er konnte es nicht erklären, also sagte er stattdessen: »Du kennst mich gut genug, um zu wissen, dass ich meine Versprechen halte.«

Sie musterte ihn eine Weile schweigend. »Ich weiß nicht recht.«

»Ist dir je der Gedanke gekommen, dass ich Franco die Bilder abkaufen und dich damit erpressen könnte?«, fragte er gereizt.

»Nein.« Sie runzelte die Stirn. »Was bedeutet, dass ich dich tatsächlich auf irgendeine Weise für vertrauenswürdig halten muss.«

Es war ihr anzusehen, dass ihr dieser Gedanke nicht geheuer war.

»Ich sperre die Bilder in meinen persönlichen Räumlichkeiten ein, ohne sie auszuwickeln. Niemand wird sie sehen, niemand wird wissen, dass sie existieren.« Seine Beteuerungen hörten sich langsam lächerlich an, wie er am beinahe flehenden Klang seiner Stimme merkte.

»Warum? Warum bist du so daran interessiert, dass die Bilder nicht vernichtet werden?«

Unwillig warf er den Kopf in den Nacken. Wie sollte er ihr nur begreiflich machen, was er dachte? Dass er nicht ihre Entscheidung für falsch hielt, alle Brücken hinter sich abzubrechen, um der Stimme ihres Herzens zu folgen. Sondern dass ihre Wahl einfach auf den falschen Mann gefallen war. Auf einen, der nicht zu würdigen wusste, was sie für ihn aufgab. Aber wie sollte ausgerechnet er ihr das erklären? Er, der nicht wirklich nachvollziehen konnte, was einen Menschen dazu trieb, alles hinter sich zu lassen nur auf das bloße Gefühl hin, verliebt zu sein. Schließlich war er noch nie verliebt gewesen, und schon der Gedanke, sein Leben für eine Frau zu ändern, verursachte ihm Unwohlsein.

»Weil es dir irgendwann leid tun wird. Irgendwann, wenn du dich mit deiner Vergangenheit ausgesöhnt hast, wirst du die Schönheit und Ausstrahlung dieser Bilder zu würdigen wissen. Es sind Kunstwerke, unabhängig davon, ob ihr Schöpfer ein räudiger Bastard war.«

Sie sah ihn zweifelnd an, hielt aber den Mund, und das war immerhin ein Fortschritt. Beim Haus der Freude angekommen, ließ er die Bilder von Pascal und René in seine Gemächer schaffen. Sophie folgte ihnen, und erst als sie sich gegen die geschlossene Tür lehnte, wurde ihm bewusst, dass er zum ersten Mal eine Frau in sein privates Refugium gelassen hatte. Er versuchte, diese Tatsache zu verdrängen, und beschäftigte sich damit, die Bilder in eine Wandnische zu schieben, die von einem Vorhang verdeckt wurde. Dann zog er einen Lehnsessel davor und setzte sich breitbeinig hinein.

»Kein Mensch wird die Bilder hier sehen. Sie können so lange hierbleiben, bis du bereit bist, sie an dich zu nehmen.«

»Ich habe noch nicht Ja gesagt.« Sie lehnte noch immer mit verschränkten Armen an der Tür.

Er verdrehte die Augen. »Sophie, um Himmels willen, zerstöre die Bilder nicht, du bereust es irgendwann, denn ...«

»Ich habe aber auch nicht Nein gesagt.« Sie stieß sich von der Tür ab und kam auf ihn zu. »Doch ich würde gerne überredet werden, dir die Bilder zu überlassen, wenn du sie so sehr ... begehrst.«

Er glaubte, sich verhört zu haben. Sie blieb zwischen seinen gespreizten Schenkeln stehen und beugte sich über ihn. Ihr plötzlicher Stimmungswandel überraschte ihn. »Sophie«, fragte er leise. »Was ist los?«

Sie beugte sich näher zu ihm. »Ich habe dich vermisst. Obwohl ich dich nicht vermissen wollte. Und ich werde mich nicht entschuldigen …«

»Ich mich auch nicht.« Er nahm ihr Gesicht zwischen die Hände. »Und ich habe dich auch vermisst.«

Sie lächelte. »Das ist gut.« Sie küsste ihn viel sanfter, als er erwartet hatte, setzte sich dabei auf seinen Schenkel und kuschelte sich an ihn. Er hielt sie fest und fragte sich, wohin das alles führen sollte. Sein ganzes Leben lang hatte er es vermieden, seinen Weg von Gefühlen bestimmen zu lassen. Er war Bindungen und Verpflichtungen immer ausgewichen und hatte es nie bedauert. Die Einsamkeit, die damit einherging, gehörte zu seinem Leben und störte ihn nicht. Zumindest hatte er gedacht, dass sie ihn nicht störte. Aber die letzten Wochen hatten ihn eines Besseren belehrt. Zu spüren, wie sich Sophie an ihn schmiegte, brachte eine Saite in ihm zum Klingen, die er nicht kannte. Er legte das Kinn auf ihren Kopf und schloss die Augen. Ein tiefes Gefühl von Frieden überkam ihn.

»Unser Pakt ist damit erfüllt.« Sophies Stimme schmeichelte sich in seinen Verstand. »Es gibt keinen Grund mehr für mich hierzubleiben.«

»Mhm.« Er hielt die Augen geschlossen und atmete den Duft nach Zitronen ein, den ihr Haar verströmte.

»Es gibt aber auch keinen Grund wegzugehen.« Ihre Hand fand den Weg unter sein Hemd und streichelte seine nackte Haut.

»Ja«, seufzte er zufrieden. »So sehe ich das auch.«

Im Grunde hätte er ewig so sitzen können, aber Sophies Lippen liebkosten seinen Hals, und ihre Finger umkreisten seine Brustwarze in der eindeutigen Absicht, ihn zu erregen. Nicht ohne Erfolg, wie er feststellte.

Er schob das Haar hinter ihr Ohr und fuhr die Kontur der Muschel mit der Zungenspitze nach. »Überreden soll ich dich also.«

Sie bog den Kopf zur Seite, um ihm besseren Zugang zu gewähren. »Es muss nicht unbedingt mit Worten sein.«

»Tatsächlich?« Er suchte den Weg zu ihren Lippen. Sophie zu küssen war ein berauschendes Erlebnis, süß wie Dessertwein und auf unglaubliche Weise rein und wahrhaftig. Er genoss es immer wieder aufs Neue, lockte ihre Zunge in seinen Mund und verleitete Sophie zu immer gewagteren Zärtlichkeiten.

Ihr leises Stöhnen ließ ihn erschauern und seine anfängliche Zurückhaltung vergessen. Er umarmte Sophie fest und stand mit ihr auf, ohne den Kuss zu unterbrechen. Erst als er sie auf seinem Bett absetzte, löste er sich von ihr.

Sie sah ihn mit verschleiertem Blick an, die Lippen feucht und geschwollen. Er riss sich die Kleidungsstücke vom Leib und legte sich neben Sophie. Sie streckte die Hand aus und strich über seine Schulter. »Du bist so schön«, murmelte sie.

»Und du hast zu viel an.« Ungeduldig zog er sie aus. Sie schmiegte sich an ihn, warm und weich, und ihre langen Schenkel rieben sich auffordernd an seinen.

Er rollte sie auf den Rücken und drang mit einem einzigen Stoß in sie ein. Sein Aufstöhnen vermischte sich mit ihrem, und Sophie schlang die Beine um seine Hüften. Während er sich in ihr bewegte, küsste er sie weiter, heiß und tief, und genoss es, dass sich ihre Fingernägel in seinen Rücken gruben, als sie ein Höhepunkt überrollte.

Ihre Kontraktionen steigerten sein Verlangen noch mehr, und er biss sich auf die Lippen, um nicht laut zu stöhnen. Es war so heiß und unmittelbar wie ... Schlagartig fiel ihm ein, dass er etwas Wichtiges vergessen hatte. Er versuchte, sich aus der Umklammerung ihrer Beine zu lösen, und bot schließlich all seine Kraft auf, damit es ihm gelang. Mit dem Rücken gegen das Bettende gelehnt, starrte er keuchend auf seine geschwollene Rute, deren Spitze purpurfarben leuchtete.

Sophie richtete sich auf. »Was ist geschehen?«, fragte sie alarmiert.

»Der Schafsdarm … ich habe ihn vergessen.« Dass er in seinen Privatgemächern keinen aufbewahrte, war eine schwache Entschuldigung, da er überhaupt nicht daran gedacht hatte, einen zu benutzen. Was war nur los mit ihm? Glücklicherweise hatte er sich zurückgezogen, ehe es zum Äußersten gekommen war.

Sie schloss die Faust um seine Erektion, ehe er widersprechen konnte. »Ich trage meine Kappe«, sagte sie, als sie anfing zu pumpen. »Wie immer, wenn ich zu dir komme. Auch wenn ich heute Morgen nicht damit gerechnet habe, dass es nötig sein würde.«

Ihr Lächeln machte einer verführerischen Sirene alle Ehre, und ihre kundigen Finger hätten auch einer teuren Kurtisane gehören können. Farid kapitulierte. Er schloss die Augen, hob das Becken und ergab sich der Lust, die Sophie ihm verschaffte.

Er verströmte sich in ihre Hand, sein Samen tropfte auf ihre Schenkel und die Bettdecke. Statt sich abzuwenden, beugte sie sich über ihn und leckte ihn sauber, ehe sie ihr Hemd nahm, um sich damit die Hand und den Schenkel abzuwischen.

Er lehnte sich an den Bettpfosten, während er Sophie beobachtete. Ihre wilde Lockenmähne, aus der sich sämtliche Haarnadeln gelöst hatten, ergoss sich über ihre cremeweißen Schultern. Die geröteten Wangen brachten ihre Augen zum

Leuchten, und ihr Gesichtsausdruck verriet die Befriedigung.

Sie faltete das Hemd zusammen und legte es auf den Boden. »Da wir gerade davon sprechen, ich habe die Kappe auch bei Severrets Ball getragen. Schließlich bin ich dorthin gegangen, um mich zu amüsieren.«

Er unterdrückte einen Fluch. Daran hatte er nicht gedacht. Nicht eine Sekunde lang. Im Geist überschlug er die Begegnungen mit seinen Kundinnen, war aber sicher, dass ihm dieser Fehler bei keiner anderen Frau unterlaufen war. Er musste dafür sorgen, dass Sophie d'Asseaux nicht weiter in sein Leben eindrang.

Allerdings hatte er nicht einmal den Hauch einer Ahnung, wie er das anstellen sollte – ohne sie wieder zu verlieren.

Die nächsten Tage verliefen in einer Art schweigender Übereinkunft. Sophie verließ das Haus der Freude nicht, und Farid tat so, als wäre dies völlig normal. Er gewährte ihr Zutritt zu einer reichhaltigen Kleiderkammer, damit sie ihre Wäsche wechseln konnte, ließ sie baden, so oft sie wollte, und heizte den Kamin im Smaragdzimmer so hoch, dass sommerliche Verhältnisse herrschten und besagte Wäsche im Grunde überflüssig war. Seine privaten Gemächer ließ er Sophie jedoch nicht mehr betreten.

Sie verzichtete darauf, die Bilder zu vernichten. Aus unerklärlichen Gründen verloren sie an Bedeutung, waren nicht mehr wichtig genug, um eine Auseinandersetzung mit Farid zu riskieren. Stattdessen beobachtete Sophie heimlich durch den Türspalt, was im Haus der Freude vor sich ging.

Weit weniger Kundinnen als Sophie angenommen hatte, frequentierten das Etablissement. Meist kamen sie allein, manchmal auch zu dritt oder viert. Sie wurden von Pascal oder Laurent empfangen und zu einem der Appartements geleitet. Farid trat dabei kein einziges Mal in Erscheinung, und sie fragte sich, ob dies Zufall war oder ob er einfach durch ihre zahlreichen, leidenschaftlichen Begegnungen erschöpft war. Obwohl diese Möglichkeit wohl eher ein frommer Wunsch war.

Am zweiten Abend brach er mit seinen Begleitern zu einer privaten Gesellschaft auf, für deren Unterhaltung er zu sorgen hatte. Er fragte nicht, ob sie mitkommen wollte, und Sophie wusste nicht, ob sie dafür dankbar sein sollte oder nicht. Sie ging früh zu Bett und schlief wider Erwarten recht gut. Als sie aufwachte, lag ein in tiefen Schlummer versunkener Farid neben ihr.

Er war nackt und roch nach Patchouli, was einmal mehr bewies, dass er ein ungewöhnlich enges Verhältnis zu Wasser und Seife pflegte. Es gab Tage, da wusch er sich gezählte drei Mal, obwohl er weder im noch außer Haus irgendetwas gearbeitet hatte.

Sie sagte nichts dazu und fragte auch nicht, warum er neben ihr und nicht in seinem eigenen Bett lag. Die Situation an sich war so außergewöhnlich, dass sie mit ihrer Neugier keinen Schaden anrichten wollte.

Ihre unausgesprochene Übereinkunft wurde schließlich aus einer völlig unerwarteten Richtung gestört. Es war einer der ersten warmen Nachmittage, als zwei junge Frauen im Foyer erschienen und nach Farid verlangten. Eine von ihnen trug ein Kind, das in eine Decke gewickelt war.

Sophie saß gerade in einem Nebenraum der Küche und beschäftigte sich mit dem Polieren des Silberbestecks. Sie hörte das Kind weinen und ging zu den Frauen. Die eine mochte in ihrem Alter sein, die Kindsmutter war deutlich jünger, und ihre geröteten, verschwollenen Augen verrieten, dass sie viele, viele Stunden geweint haben musste. Noch ehe Sophie fragen konnte, kam Farid die Treppe herunter.

»Claire, was tust du denn hier?« Er nahm die Hände der älteren Frau und küsste sie auf beide Wangen.

»Farid, du musst uns helfen«, sagte Claire mit einem drängenden Unterton in der Stimme und hielt Farids Hände fest. »Ich wusste niemanden sonst, verzeih, ich ...« Sie blickte zu Sophie, als wäre sie ein lästiges Insekt. »... warte natürlich, bis du allein bist. Aber es ist dringend, der Junge hier ...«

Farid löste sich aus ihrem Griff und schob den Zipfel der Decke vom Kopf des Kindes. Wirres braunes Haar wurde sichtbar und darunter ein vom Fieber dunkel gerötetes Gesicht. Der Junge wimmerte leise.

»Was fehlt ihm?«, fragte Farid die Frau, die das Kind auf dem Arm trug und trotz der Last kerzengerade dastand.

Die Antwort verlor sich in wiederholtem Schluchzen. »Schwindsucht sagt der Arzt. Und dass es zu spät ist, um ihm noch zu helfen.«

Eine unausgesprochene Frage auf den Lippen, schaute Farid zu Claire, die den Blick ohne mit der Wimper zu zucken erwiderte.

»Sie stellt keine Fragen. Sie vertraut mir. Sie weiß nur, dass du ihren Jungen vielleicht retten kannst. Sie wird alles tun, was du verlangst.« Claires Stimme klang fest, aber das Flehen dahinter war unüberhörbar.

Farid streckte die Arme aus, und nach einigem Zögern legte die Frau das Kind hinein. »Wie heißt er?«

»Léon«, sagte die Frau leise und wischte sich mit dem Handrücken die Tränen aus dem Gesicht. »Er ist mein Jüngster, gerade vier Jahre alt. Er war immer schon kränklich, aber er darf nicht sterben, bitte, Monsieur, bitte. Claire sagte mir, dass Ihr helfen könnt.«

»Ich werde versuchen, Léon wieder gesund zu machen. Aber es wird dauern. Geht mit Claire nach Hause, ich lasse Euch holen.« Er wartete ihre Antwort nicht ab, sondern durchquerte mit dem Jungen auf den Armen das Foyer und stieg die Treppe hinauf. Sophie raffte die Röcke, um ihm nachzueilen. Er ging auf direktem Weg zu seinen Privatgemächern.

Sophie zögerte an der offenen Tür, trat aber dann doch ein. Farid hatte den Jungen auf sein Bett gelegt und begann, ihm die Kleider auszuziehen. Die schlaffen Gliedmaßen des Kleinen verrieten, dass er das Bewusstsein verloren hatte. Sein Körper war erschreckend dünn, die Brust hob sich unter schnellen, flachen Atemzügen.

»Was wirst du tun?«, fragte sie leise und rieb sich die Oberarme, als wäre ihr kalt. Sie konnte sich nicht vorstellen, wie Farid dem Kind helfen wollte, wenn der Arzt es nicht konnte.

Farid ging zu den Fenstern und zog die Vorhänge zu. Dann entzündete er die Kerzen in den bereitstehenden Leuchtern. »Ich werde ihn gesund machen.« Seine Stimme verriet nicht den geringsten Zweifel und klang so, als ob er davon spräche, am nächsten Tag eine Gesellschaft zu geben.

Er begann, sein Hemd aufzuknöpfen, und Sophie fragte weiter. »Und wie willst du das tun?«

Farid streifte seine Hose ab und setzte sich aufs Bett. »Ich weiß es nicht. Ich kann es einfach.«

Sophie starrte ihn an. War er betrunken? Hatte er den Verstand verloren?

»Ich kann es einfach, warum und wieso, das weiß ich nicht. Du brauchst mir nicht zu glauben, du wirst es selbst sehen.« Er streckte sich neben dem Jungen aus und zog den ausgemergelten Körper an sich, ehe er nach der Decke griff. »Ich werde ihm die Schmerzen nehmen, und dann werde ich ihm die Krankheit nehmen. Sie dringt in mich, in meinen Körper, und mein Körper besiegt die Schmerzen und die Krankheit. Das ist alles.«

Er sprach völlig ruhig und gelassen. Sophie betrachtete ihn aufmerksam, konnte aber nichts Ungewöhnliches an ihm feststellen. Er war weder betrunken noch von Sinnen.

»Du kannst hierbleiben, wenn du willst. Aber du darfst mich nicht wecken, ganz egal, was passiert, ganz egal, wie lange es dauert. Tust du es doch und die Krankheit ist noch in mir, dann wird es für mich gefährlich.«

Sophies Finger umklammerten den Pfosten des Bettes. Eine dunkle Ahnung erfasste sie. »Hast du das auch bei mir getan? Damals, bei Severret?«

»Ja, aber da ging es nicht um dein Leben, sondern nur um die Schmerzen. Heute ist es anders. Du darfst mich nicht wecken«, wiederholte er eindringlich. »Auch wenn es zwei oder drei Tage dauert.«

Sophie konzentrierte sich auf das Nächstliegende. »Und der Junge?«

»Er wird schlafen, aber viel früher aufwachen. Und wenn er aufwacht, ist er gesund. Dann kannst du nach Claire schicken lassen.«

»Wissen deine Männer, wo man Claire findet?«

»Ja, sie arbeitet bei Emmaline. Ich nehme an, dass sich auch Léons Mutter dort aufhält.« Farid schloss die Augen zum Zeichen, dass die Unterhaltung für ihn beendet war.

Sophie blieb vor dem Bett stehen und wartete. Die Kerzen in den Leuchtern flackerten und ließen Schatten durch das Zimmer tanzen. Eine kalte Hand schien über Sophies Nacken zu streichen, und sie erschauerte. Sprach Farid die Wahrheit? Konnte er Menschen heilen – einfach so? Ohne Medizin, ohne Aderlass ... nur durch die Kraft seiner ... seiner ... Sie runzelte die Stirn. Ja, wodurch?

Sie versuchte, sich an die Nacht bei Severret zu erinnern, an die Schmerzen, die ihr gieriges Verlangen überlagert hatten und die so unbeschreiblich gewesen waren, dass sie beinahe den Verstand verloren hätte. Doch dann war sie eingeschlafen, plötzlich und ohne jeden Grund. Und als sie aufwachte, waren die Schmerzen fort gewesen.

Aber Farid hatte sich in einem beklagenswerten körperlichen Zustand befunden – nachdem es ihr schließlich gelungen war, ihn zu wecken. Das alles entsprach seinen Ausführungen von vorhin. Trotzdem konnte sie es nicht glauben. Doch Farid hatte gesagt, dass sie es mit eigenen Augen sehen würde. Sie brauchte nur abzuwarten. Und genau das würde sie auch tun.

## *18*

Sophie hatte einen Lehnstuhl an Farids Bett geschoben und es sich darin bequem gemacht. Das Ticken der Uhr auf dem Kaminsims zeugte ebenso wie die regelmäßig ertönenden, Glockenschläge davon, dass die Stunden verrannen.

Irgendwann brachte ihr Pascal einen Teller mit kaltem Braten, Käse und Weißbrot. Sie aß mit wenig Appetit und verließ ihren Platz während der Nacht nur, um die Kerzen zu erneuern. Aber so beharrlich sie auch wartete, nichts passierte. Farids Atemzüge waren tief und gleichmäßig, sein Gesicht wirkte entspannt, als ob er tatsächlich nur schliefe. Vom Jungen sah und hörte sie nichts, da ihn Farids Körper verdeckte. Schließlich nickte sie ein, und als sie aufwachte, waren die Kerzen zur Gänze heruntergebrannt. Der Raum lag im Dunkeln.

Gähnend stand Sophie auf und streckte sich, um dann zum Fenster zu gehen. Durch einen Spalt zwischen den Vorhängen fiel ein dünner Lichtstrahl ins Zimmer und verriet, dass es bereits Tag sein musste.

Vorsichtig, um jedes Geräusch zu vermeiden, schob Sophie die Vorhänge leicht auseinander und fixierte sie mit den Samtbändern in den Messinghaken neben dem Fenstersims. Nun konnte sie sehen, dass Farids Gesichtskonturen kantiger als gewöhnlich waren und der Teint aschgrau. Sophie kniff die Augen zusammen, aber zu ihrer Beruhigung hob und senkte sich seine Brust gleichmäßig. Ihr Blick wanderte zu dem braunen Haarschopf, der unter der Decke hervorlugte. Sie beugte sich vor und merkte, dass Léon sie mit wachen Augen ansah. Seine Wangen waren leicht gerötet, und er griff nach ihren Fingern, als sie ihm die Hand entgegenstreckte. Seine Haut fühlte sich kühl und trocken an.

»Léon«, flüsterte sie. Er nickte und versuchte, sich auf dem Ellbogen aufzurichten. Sie kniete sich aufs Bett und half ihm. Er legte ihr die Arme um den Hals und drückte sich an sie. Der Schmerz der Erinnerung durchfuhr sie völlig unvorbereitet, denn ebenso hatte sie ihr Söhnchen Stefano in den Armen gehalten. Ein kleiner schmächtiger Körper, der sich vertrauensvoll an sie schmiegte. Die Tränen brannten in ihren Augen, und ihre Kehle schnürte sich zusammen. Sie streichelte den Jungen, während sie mit ihm den Raum verließ und hinunter in die Küche ging.

Es war später Vormittag, deshalb hatte Jacques, der Koch, bereits Feuer im Herd gemacht. Nun stellte er einen Topf Milch darauf. Er kniff Léon in die Wange und zauste ihm das Haar, ehe er ihm eine Schale heiße Schokolade und ein duftendes Stück Brioche brachte.

Der Kleine stürzte sich darauf und verschlang alles so rasch, dass ihm Jacques eine zweite Portion servierte. Laurent, der wohl bemerkt haben musste, dass Sophie mit dem Jungen in der Küche war, kam und setzte sich zu ihnen.

»Schön, dass es dir wieder gut geht, Léon. Ich werde nach deiner Mutter schicken lassen, sobald du satt bist.« Er nahm sich eine Brioche und biss hinein.

Sophie fragte sich, ob Laurent wusste, warum Léon wieder wohlauf war.

»Und solange wir warten, zeige ich dir ein Würfelspiel. Du kannst doch schon zählen?«, fragte er gespielt streng.

Léon nickte eifrig. »Bis zwölf«, sagte er stolz.

»Sehr gut.« Laurent lächelte anerkennend und wandte sich dann an Sophie. »Ihr könnt wieder hinaufgehen, wenn Ihr wollt. Aber Ihr dürft ihn unter keinen Umständen wecken, das wisst Ihr doch, oder?«

»Ja, das weiß ich.« Damit war auch ihre unausgesprochene Frage beantwortet. Zögernd setzte sie hinzu: »Macht er das oft?«

»Ich weiß nicht.« Laurent zuckte die Schultern. »Ich habe es einmal erlebt, als ich noch bei Madame Dessante als Diener arbeitete.«

Als Sophie Farids Gemächer betrat, lag er so auf dem Bett, wie sie ihn verlassen hatte. Sie rückte den Lehnstuhl zum Fenster und zog ein Buch aus dem Regal an der Wand. Aber sie konnte sich nicht darauf konzentrieren, so rastlos fühlte sie sich. Sie begann, im Raum auf und ab zu wandern. Las die Titel der Buchrücken, betrachtete belustigt eine Reihe kleiner Porzellanfiguren, die erotische Szenen nachstellten, und musterte die Unterlagen auf Farids Schreibtisch.

Die Kladde mit der Aufstellung seiner Einnahmen und Ausgaben weckte ihr Interesse. Zuerst war sie überrascht, dass auch ein Bordell derart nüchterne Aufzeichnungen führte. Sie überflog die peniblen Eintragungen, die für jeden Monat gemacht worden waren. Nach einem Blick auf den schlafenden Farid, begann sie, in dem dünnen Buch zu blättern. Die Verluste überwogen die Gewinne, gerade mal ein oder zwei Monate mit einem kleinen Überschuss gab es. Auch die Jungfrauenversteigerung hatte es nur geschafft, ein gewaltiges Minus auszugleichen.

Sie erinnerte sich an das Gespräch mit Pierre de Roubec über die Gerüchte, dass das Haus der Freude mehr oder weniger vor der Schließung stand, und die Wette zwischen Antoinette de la Forge und Elise de Saint-Just.

Eine Bewegung auf dem Bett lenkte ihre Aufmerksamkeit wieder auf Farid. Er hatte sich unter der Decke zusammengerollt und hielt einen Zipfel davon so fest umklammert, dass sich die Knöchel spitz unter der Haut abzeichneten. Sophie ging zu ihm und streckte vorsichtig die Hand aus. Unter ihren Fingerspitzen fühlte sich seine Haut heiß und trocken an. Ihre Berührung brachte ihn dazu, sich herumzuwerfen, aber er wachte nicht auf. Unter den Lidern zuckten seine Augen, als hätte er Krämpfe. Seine Atemzüge rasselten und gingen in abgehacktes Keuchen über.

Sophie sank auf den Lehnsessel. Die Angst ließ ihr Herz rasen, und die Hilflosigkeit trieb ihr Tränen in die Augen. Vielleicht sollte sie einfach gehen. Er hatte gesagt, dass sie ihn nicht wecken durfte, und jede noch so behutsame Berührung barg ein Risiko. Sie konnte nichts für ihn tun. Rein gar nichts. Warum also ging sie nicht einfach hinunter in die Küche oder ins Smaragdzimmer und vertrieb sich dort die Zeit? Warum setzte sie sich dieser Folter aus?

Weil sie nicht gehen konnte. Weil sie ihn nicht allein lassen wollte, nicht einmal dann, wenn er gar nicht wissen konnte, dass sie bei ihm war.

Sophie vergrub das Gesicht in den Händen. Sie wollte nichts für ihn empfinden, für einen Mann, für den die Verführung von Frauen Alltag war. Nach Franco hatte sie sich geschworen, nie wieder ihr Herz über ihren Verstand zu stellen. Und was tat sie nun?

Statt sich nach einem geeigneten Kandidaten umzusehen, der ihr Sicherheit, ein Heim und eine Familie bieten konnte, hatte sie sich in einen schönen, arroganten Teufel verliebt, für den sie nur eine von vielen war. Darüber machte sie sich keine Illusionen, ganz egal, welch atemberaubende Höhepunkte er ihr auch schenkte.

Plötzlich bäumte sich Farids Körper auf, als würde er von einer fremden Macht hochgehoben. Die Adern an seinem Hals und den Armen traten wie dünne Seile hervor, sein Mund öffnete sich zu einem lautlosen Schrei. Er fiel zurück aufs Bett und blieb mit verdrehten Gliedmaßen liegen.

Sophie hatte die Hände vor den Mund geschlagen und starrte auf die reglose Gestalt. Trotz allem, was ihr im Leben bereits widerfahren war, spürte sie eine Angst, wie sie sie noch nicht gekannt hatte. Eine Angst, die sie lähmte und jeden klaren Gedanken aus ihrem Kopf fegte. »Er darf nicht sterben. Er darf nicht sterben. Er darf nicht sterben.« Die Worte reihten sich zu einem stummen Gebet aneinander, während Tränen über ihre Wangen strömten. Gegen besseres Wissen streckte sie wieder die Hand aus, doch noch ehe sie ihn berührte, spürte sie die Hitze, die von ihm ausging. Er glühte vor Fieber.

Sophie versuchte, die aufsteigende Panik in den Griff zu bekommen. Ihr Körper erzitterte unter krampfartigem Schluchzen, und sie grub die Zähne in ihre geballte Faust, um nicht zu schreien. Bebend ließ sie sich zurück in den Lehnstuhl fallen und schloss die Augen. »Er wird nicht sterben«, flüsterte sie verzweifelt. »Er wird nicht sterben. Ich werde es nicht zulassen.«

Dunkelheit breitete sich im Raum aus, aber Sophie merkte es erst, als Pascal die Kerzen entzündete und ihr ein leichtes Abendessen brachte. Sie sah ihn flehend an, als würde er alle Antworten auf ihre unausgesprochenen Fragen kennen.

»Ich kann nichts tun, und Ihr auch nicht.« Er blickte sie bedauernd an und verließ das Zimmer, ohne Farid auch nur angesehen zu haben.

Sophie aß ein paar Bissen, ohne wirklich Hunger zu haben. Aber sie wollte bei Kräften bleiben, für alles, was noch kommen mochte. Dass sie Teller und Suppenschüssel schließlich doch geleert hatte, merkte sie erst, als sie beides zurück auf das Tablett stellte. Sie kuschelte sich wieder in den Lehnstuhl, und ein wohliges, sattes Gefühl ließ ihre Augen zufallen.

Ein Geräusch schreckte sie auf. Die Kerzen waren nahezu völlig heruntergebrannt, und die Flammen flackerten unruhig. Farid lag ausgestreckt auf dem Rücken, die Decke um seine Beine gewickelt.

Sophie sah ihn an und unterdrückte ein Gähnen. Dann runzelte sie die Stirn. Etwas stimmte nicht. Sie stand auf und ging zum Bett.

Die Muskeln unter seiner Haut zeichneten sich überdeutlich ab, ebenso wie sein Kiefer. Die Lippen, sonst ein Beweis seiner verschwenderischen Sinnlichkeit, waren ein schmaler Strich.

Sophie hielt sich an ihren Oberarmen fest, um nicht die Hand auszustrecken und ihn zu berühren. Doch die Versuchung war zu groß. Mit zitternden Fingerspitzen strich sie über seine Brust und fuhr entsetzt zurück.

Er war kalt. Kalt wie ein Stück Stein. Wieder presste sie die Faust an die Lippen, um ihr Schluchzen zu ersticken. Es durfte nicht passieren, er durfte einfach nicht sterben, er durfte sie nicht allein lassen …

Der Impuls, ihn an den Schultern zu packen und zu schütteln, wurde so übermächtig, dass sie sich abwandte und das Zimmer verließ. Mit geschlossenen Augen lehnte sie sich von außen an die Tür und ließ ihren Tränen freien Lauf. Sie zwang sich dazu, sich seine Worte immer wieder ins Gedächtnis zu rufen – »Weck mich nicht, was immer auch passiert«. Er schlief nur, nichts weiter, einen tiefen, außergewöhnlichen Schlaf, der seiner außergewöhnlichen Leistung entsprach.

Sie wünschte, sie hätte daran glauben können. Aber der Mann, der drinnen auf dem Bett lag, war kalt und starr. Ohne Leben. Ihre Beine gaben nach, und sie rutschte an der geschlossenen Tür nach unten. Sie wusste nicht, wie lange sie so dasaß, die Arme um die angezogenen Beine geschlungen, die Stirn auf die Knie gestützt. Zeit schien ohne Bedeutung, ein fließender Strom, in dem sie dahintrieb.

Ein Husten. Gedämpft und abgehackt. Sophie hob den Kopf, aber alles war wieder still. Resigniert schloss sie die Augen und lehnte sich an die Tür.

Da war es wieder. Ein heiseres Husten. Sophie stand auf und drückte lautlos die Klinke herunter. Farid lag auf der Seite und hatte ein Kissen an seine Brust gezogen.

Reines, pures Glück durchflutete Sophie. Sie würde nicht mehr zweifeln, ein paar Stunden zuvor hatte sie bereits ein Wunder gesehen, dieses hier war das zweite. Was immer es damit auf sich haben mochte, das Ergebnis sprach für sich. Sie wischte sich die Tränen von den Wangen und kehrte zu ihrem Lehnsessel zurück. Alles würde gut werden.

# 19

Farid blinzelte und schlug schließlich die Augen auf. Ein schmaler Lichtstreif fiel durch die zugezogenen Vorhänge ins Zimmer und verriet, dass draußen die Sonnen scheinen musste.

Sein Blick wanderte durchs Zimmer, entdeckte die heruntergebrannten Kerzen und den ans Bett geschobenen Lehnsessel, auf dem eine zusammengeknüllte Wolldecke lag. Offenbar hatte Sophie längere Zeit bei ihm ausgeharrt, schließlich aber doch eingesehen, dass sie für seine Heilung nichts tun konnte.

Er streckte die Arme über den Kopf und dehnte seine Muskeln. Wie immer, wenn er jemandem die Krankheit genommen hatte und erst Stunden oder Tage später aufwachte, fühlte er sich wie neugeboren. Kraft, Energie und Lebensfreude flossen durch ihn wie ein ganz besonderes Elixier, das ihn alles klarer sehen und unmittelbarer spüren ließ. Manchmal dachte er, dass das eine Art Belohnung war für die Hölle, durch die er ging, während er die Schmerzen und die Krankheit eines anderen in seinem Körper verbrannte. Er fühlte sich jung und unbesiegbar. Kein Zweifel, keine Sorge trübten seine Stimmung.

Frohgemut setzte er sich auf und wollte schon das Bett verlassen, als er merkte, dass jemand neben ihm lag. Sophies Haar glänzte im dünnen Lichtstrahl, der das Halbdunkel im Zimmer durchschnitt. Sie hatte die Decke bis zum Kinn gezogen, aber ihr nackter Arm war Versuchung genug für einen Mann, der durch das Reich der Toten geirrt war.

Farid strich mit den Fingern von ihrer Hand bis zur Schulter und schob dann seine Hand unter das schwere Haar in ihrem Nacken. Sophie rollte sich auf den Rücken, ohne die Augen zu öffnen. Die verrutschte Decke enthüllte, dass sie nicht nackt war. Sie trug ein Batisthemdchen mit dünnen Trägern, das an der Vorderseite mit kleinen Perlmuttknöpfen geschlossen wurde. Eine Herausforderung, der er weder widerstehen konnte noch wollte.

Geschickt öffnete er die Knöpfe und schob den dünnen Stoff auseinander. Ihre helle Haut schimmerte, und die Makellosigkeit ihrer Brüste erfüllte ihn mit einer Mischung aus Ehrfurcht und Begierde. Die Begierde gewann die Oberhand, und er beugte sich über Sophie. Ihr schneller Atem verriet, dass seine Lippen, die mit ihrer Brustwarze spielten, sie geweckt hatten. Er hob den Kopf und blickte in ihr schlaftrunkenes Gesicht mit den schweren Lidern und dem weichen Mund.

»Guten Morgen«, flüsterte er und strich über ihre warme, leicht gerötete Wange.

»Guten Morgen«, murmelte sie schläfrig. »Alles ist gut.«

Er lächelte. »Ja, alles ist gut. Sogar mehr als gut.« Der Beweis seiner Worte drückte sich an ihren Schenkel. »Ich brauche dich. Jetzt«, fügte er hinzu, da er nicht wollte, dass sie wieder einschlief.

»Komm her.«

Zu seiner Überraschung schob sie die Decke weg, stellte die Beine auf und öffnete sie, indem sie sie auseinanderfallen ließ. Er glitt über sie und drang in ihren warmen Körper ein. Ihre Arme schlangen sich um seinen Nacken, während er sich in ihr bewegte.

»Ich glaubte, du wärst tot.« Ihre Stimme klang sanft, aber er verlor trotzdem seinen Rhythmus. »Du warst kalt und starr. Ich hatte solche Angst.«

Er sah auf sie hinunter. Jede Schläfrigkeit war aus ihren Zügen gewichen, und sie erwiderte seinen prüfenden Blick. »Es tut mir leid, wenn ich dich erschreckt habe. Ich weiß nicht genau, was mit mir passiert, sobald die Krankheit in mir ist und mein Körper sie bekämpft.«

Sie nickte. »Es war unfassbar, ich wollte dich berühren, dich wecken, aber die Eindringlichkeit deiner Worte hielt mich zurück.«

»Und das war gut so. Du hast alles richtig gemacht.« Seine Lippen streiften ihren Mund. »Jetzt ist es vorbei, und ich versichere dir, dass ich mich nicht allzu oft in eine solche Situation begebe. Es ist nie ganz auszuschließen, dass nicht ich die Krankheit besiege, sondern dass die Krankheit mich besiegt.«

Ihre Augen weiteten sich. »Aber du hast gesagt ...«

»Gelogen.« Er versuchte sich an einem unbekümmerten Grinsen. »Ich weiß nie, wie es ausgeht. Bisher ging es eben immer gut.«

Ihre Miene verschloss sich, und er beeilte sich, es ihr zu erklären. »Léon war nicht in einem Zustand, der lange Diskussionen oder Vorbereitungen erlaubt hätte. Und das war alles, was zählte.«

Sophie holte zitternd Atem. »Wenn du gestorben wärst, dann hätte ich dir nie sagen können, dass ich dich liebe.«

Der Schlag saß. »Das tust du nicht. Du glaubst es nur, weil du eine extreme Situation durchleben musstest.«

»Würde ich dich nicht lieben, dann wäre die Situation nicht einmal halb so bedrohlich gewesen«, konterte sie scharf. »Glaub mir, es gibt eine Menge Menschen, bei denen ich ungerührt zusehen könnte, wie es mit ihnen zu Ende geht.«

Er zog sich aus ihr zurück und rollte sich auf die freie Seite des Bettes. Es war nicht das erste Mal, dass eine Frau ihm ihre Liebe gestand. Er hatte Heiratsanträge bekommen, Angebote als ständiger Liebhaber mit dem Ehemann der Kundin im gemeinsamen Haus zu logieren und Einladungen zu unzähligen romantischen Szenarien aller Art. Im Allgemeinen wehrte er ein derartiges Ansinnen rüde ab, denn die Erfahrung hatte ihm gezeigt, dass alle anderen Worte auf fruchtlosen Boden fielen. Er pflegte die Frauen daran zu erinnern, dass alles, was er tat, seinen Preis hatte und dass er auf seine Entlohnung nicht verzichten würde. Ebenso wie er nicht daran dachte, sich an eine einzige Frau zu binden. Das war der einfachste Weg, um aufkeimende Gefühle zu ersticken. Dass er auf diese Weise manchmal Kundinnen verlor, damit musste er leben. Er verkaufte seinen Körper, aber nicht seine Seele. Wenn den Kundinnen das nicht reichte, dann war es eben so.

Er setzte zu einer abgemilderten Version seiner üblichen Antwort an, aber Sophie legte ihm die Hand auf den Arm. »Sag nichts. Mir ist klar, dass du meine Gefühle nicht erwiderst. Und dass ich nicht die erste Frau bin, die dir ein solches Geständnis macht. Aber ich musste es einfach laut aussprechen.« Sie zog eine Grimasse. »Glaub mir, ich wollte nicht, dass es passiert. In mein Leben passen diese Gefühle ebenso wenig wie in deines.«

Diese Worte überraschten ihn, und er ging auf ihr Angebot ein, nicht länger darüber zu reden. »Ich habe Hunger«, sagte er stattdessen. »Lass uns nach unten gehen und etwas essen.«

Sophie nickte und schwang die Beine aus dem Bett. Sie

hatte ihre Kleider über einen Sessel gelegt, und Farid half ihr, sobald er selbst angezogen war.

»Wie lange habe ich geschlafen?« Er schloss die Knöpfe ihres Kleides und durchkämmte ihr dichtes Haar mit den Fingern, um es dann locker auf ihren Schultern zu arrangieren.

»Heute ist der dritte Tag.« Sophie griff nach den Haarnadeln, aber Farid nahm sie ihr aus der Hand.

»Lass deine Haare offen, ich mag es viel lieber so. Bitte«, setzte er mit einem kleinen Lächeln hinzu.

Sophie musterte ihn kurz, dann nickte sie und legte die Haarnadeln zurück. »Nachdem du gerade ein Leben gerettet hast, steht dir wohl ein Wunsch zu.«

Sie klang nicht begeistert, aber angesichts der wirren Locken, die ihr wie lodernde Flammen über den Rücken fielen, ignorierte er ihren Unmut.

Auf dem Weg zur Küche begegneten sie Pascal und Laurent, die Farid stürmisch in die Arme schlossen, als wäre er von einer monatelangen Reise zurückgekehrt.

Jacques hatte Suppe auf dem Herd und zog fünf duftende Stangen Weißbrot aus dem Backofen. Farid holte aus der Speisekammer Butter und Pasteten. Während Sophie wie ein Vögelchen auf ihrem Teller herumpickte, aß er mit gutem Appetit und nahm sich mehrmals nach. Seine Laune stieg weiter.

Pascal gesellte sich zu ihnen und brach sich ein Stück Weißbrot ab, das er mit Butter bestrich. »Dem Kleinen geht es gut. Seine Mutter war gestern hier und wollte sich bedanken. Ich habe ihr gesagt, dass du unterwegs wärst. Ebenso wie allen, die nach dir gefragt haben. Das ist doch in deinem Sinn?«

»Natürlich, gut gemacht. Vermutlich wird Léons Mutter

irgendwann ein zweites Mal vorbeikommen.« Farid zog die Suppenschüssel zu sich. »Was ist in den vergangenen Tagen sonst alles passiert?«

»Im Grunde nichts. Es kamen einige Anfragen für dich, sie liegen da drüben.«

Farid seufzte leise. Sein Leben hatte ihn wieder. »Ich werde sie mir ansehen, aber vorher will ich ein Bad nehmen. Lass alles vorbereiten.«

Pascal erhob sich und inspizierte die Töpfe auf dem Herd, in denen immer heißes Wasser bereitstand. »Mit Vergnügen. Kann ich sonst noch etwas für dich tun?«

»Im Augenblick nicht, danke.« Er wartete, bis Pascal verschwunden war, und griff nach Sophies Hand. »Hast du Lust ... mit mir zu baden oder mir den Rücken zu waschen?« Der Gedanke an eine von Seifenschaum bedeckte Sophie ließ sein noch immer schwelendes Verlangen wieder auflodern. »Natürlich könnte ich auch dir den Rücken waschen. Oder eine andere, schwerer zugängliche Körperstelle.« Er grinste übermütig.

Sophie hatte ihren Teller geleert und schob ihn von sich. Farids Fröhlichkeit übertrug sich nicht auf sie. Sie zuckte mit den Schultern. »Warum nicht? Ich habe keine dringenden Verabredungen.«

Er hatte sich ein wenig mehr Begeisterung erhofft, aber er wollte sich nicht beschweren, schließlich zählte nur, dass er eine nackte und nasse Sophie in den Armen halten würde.

Als er wenig später in die Wanne stieg und sich im warmen, duftenden Wasser ausstreckte, musterte sie ihn skeptisch. »Da passen wir niemals zu zweit hinein.«

»Aber ja, versuch's doch.« Er lächelte einladend. »Glaub mir, du wirst es nicht bereuen.«

Sie schüttelte ihr Haar zur Seite und öffnete die Knöpfe

ihres Kleides im Nacken. Dann streifte sie es über die Schultern nach unten und ließ die Unterwäsche folgen. Ihren Bewegungen fehlte jedes neckische Gehabe, sie waren zweckmäßig und zielgerichtet. Trotzdem erregte ihn allein das Zusehen so sehr, dass er nach seiner harten Rute griff und die Faust darum schloss.

Schließlich stand Sophie nackt in einem Berg von Stoff, der sich zu ihren Füßen bauschte. Als Farid ihr die Hand entgegenstreckte, kam sie auf ihn zu und stieg in die Wanne. Er ließ ihr keine Zeit zum Nachdenken, sondern zog sie mit einem schnellen Ruck auf sich. Das Wasser schwappte auf den Boden, aber er achtete nicht darauf. Seine Hände glitten über ihre Hüften zu ihrem wohlgerundeten Hinterteil und begannen, die weichen Backen zu kneten. Seine Erektion presste sich an ihre Scham, und ohne zu zögern, wand sie sich, um ihn in sich aufzunehmen. Ihre Bereitschaft erregte ihn weiter, soweit das überhaupt noch möglich war. Er half ihr, sich so zu positionieren, dass er in sie eindringen konnte, und hielt den Atem an, als sie auf ihn herabsank. Ein leises Stöhnen kam über ihre Lippen, und er erstickte es mit einem leidenschaftlichen Kuss.

Sie ließ die Hände über seine Brust gleiten und stützte sich auf seinen Schultern ab, ehe sie den Kopf hob. Ihre Augen schimmerten perlgrau, und sie begann, sich zu bewegen. Er hielt ihre Hüften, um sie zu stützen, und genoss das zunehmende Tempo, mit dem sie ihn ritt. Nasse Haarsträhnen ringelten sich auf ihren Brüsten und Schultern.

Fasziniert betrachtete er Sophie. Sie sah aus wie eine heidnische Göttin, die sich ihrer Lust ergab. Die sich schamlos und gierig nahm, was ein Sterblicher ihr geben konnte. Ihre Finger bohrten sich in seine Haut, klagendes Stöhnen mischte sich in ihren schnellen Atem. Sie packte seine Hand und drückte sie unmissverständlich an ihre Scham. Ohne den Blick von ihrem Gesicht zu nehmen, begann er, ihre geschwollene Knospe zu umkreisen. Ihr Höhepunkt setzte unvermittelt ein, und die Intensität, mit der er durch ihren Körper brandete, ließ ihre Züge entgleisen. Sie bäumte sich unkontrolliert auf, einmal, ein zweites Mal und fiel dann auf seine Brust. Ihre Kontraktionen molken ihn mit einer Kraft, die ihn beinahe selbst explodieren ließ. In letzter Sekunde gelang es ihm, sich zu beherrschen, da ihm bewusst wurde, dass er erneut vergessen hatte, sich um einen Schafsdarm zu kümmern.

Er biss die Zähne zusammen und hob Sophie von sich, um zu verhindern, dass er sich verströmte. Die Frustration, sich so kurz vorm Ziel die Erlösung zu versagen, traf ihn stärker als erwartet. Bewegungslos blieb er liegen, damit er sich wieder ganz unter Kontrolle bekam.

Sophie lehnte am anderen Ende der Wanne und betrachtete ihn aus halb geschlossenen Augen. Schließlich strich sie sich das nasse Haar aus dem Gesicht und lächelte. »Nicht mehr viel Wasser da, um etwas zu waschen.«

»Zumindest nicht in der Wanne.« Erleichtert, dass sich ihre Stimmung gebessert hatte, stand er auf und nahm einen der drei bereitstehenden Eimer mit Wasser, um die Wanne aufzufüllen. Dann griff er nach der Seife. Sophie erhob sich ebenfalls und wrang ihr Haar aus. Sie trat auf ihn zu und nahm ihm ohne ein weiteres Wort die Seife aus der Hand. Während sie ihn wusch, hatte er Mühe, nicht zu stöhnen. Oder zu schnurren. Und seine Hände bei sich zu behalten.

Er genoss ihre Berührung, ihre Finger, die über seine Haut glitten, sanft und nachdrücklich und mit einer Zärtlichkeit, die er so niemals zuvor empfunden hatte. Sie ließ ihre seifige Hand über seinen harten Schaft gleiten und wog spielerisch seine Hoden, ehe sie hinter ihn trat, um ihm den Rücken zu waschen.

Farid entspannte sich etwas, aber als ihre Finger in den Spalt zwischen seinen Hinterbacken glitten, keuchte er auf. Der Fluch, der von seinen Lippen kam, war unflätig genug, um selbst einen Jungen aus der Gosse zu verstören, aber Sophie fuhr unbeeindruckt fort, seinen Anus zu massieren. Mit einem weiteren Fluch beugte er sich vor und stützte sich auf der Wanne ab, um ihr besseren Zugang zu gewähren, was sie ohne Zögern ausnützte. Und als wäre es damit nicht genug, presste sie sich an ihn und umfasste mit der anderen Hand seine zum Bersten geschwollene Rute.

Lust schlug über ihm zusammen und umhüllte ihn wie purpurner Samt. Die Umgebung begann, vor seinen Augen zu verschwimmen, und er hörte sein eigenes Stöhnen seltsam dumpf und weit entfernt. Ihre unnachgiebige Hand molk ihn, bis sein Samen in einer Fontäne aus ihm schoss und er unter der Wucht des Höhepunkts in die Knie ging.

Schwer atmend drückte er die Stirn an den Wannenrand und versuchte zu verstehen, was gerade passiert war und warum er sich so völlig ... so rückhaltlos ... hingegeben hatte. Hinter sich hörte er, wie Sophie einen Wassereimer nahm. Als Farid sich umdrehte, sah er, wie sie ihn sich über den Kopf schüttete. Dann wickelte sie sich in ein Handtuch und stieg aus der Wanne.

# 20

Mit dem Inhalt des letzten Eimers spülte er den Seifenschaum von seinem Körper. Nachdem er sich abgetrocknet hatte, trat er zu Sophie, die vor dem Kamin saß und ihr Haar kämmte. Er fühlte sich hilflos und verwirrt. Ihr Geständnis, dass sie ihn liebte, rückte alles, was gerade geschehen war, in einen Bereich jenseits der reinen Lust. Er hatte ihre Liebe in jeder Berührung gespürt, und dass sie wusste, dass er ihre Gefühle nicht erwiderte, machte ihm ihre Großherzigkeit ein weiteres Mal bewusst.

Sie blickte zu ihm hoch. Ein Ausdruck, den er nicht zu deuten vermochte, überschattete ihre Züge. Er setzte sich neben sie und nahm ihr den Kamm aus der Hand, was sie ohne Widerspruch geschehen ließ. Das Feuer wärmte sie beide und trocknete Sophies Haar.

»Als du geschlafen hast, habe ich die Kladde mit deinen Aufzeichnungen durchgeblättert. Sie lag offen auf deinem Schreibtisch«, setzte sie schnell hinzu, als wollte sie sich für ihr Tun verteidigen.

Wie sollte er etwas beschönigen, schließlich hatte sie die Fakten schwarz auf weiß gesehen. »Dann weißt du, dass es um das Haus der Freude nicht gerade gut steht.«

Sie nickte. »Ja.«

Er fuhr fort, den Kamm durch ihre feuchten Haarsträhnen zu ziehen. »Es lief anders, als ich erwartet hatte«, sagte er schließlich. »Emmaline hat mich gewarnt. Ein Bordell für

Frauen kann keinen Gewinn erwirtschaften. Aber ich dachte, Frauen, die unglücklich darüber sind, dass ihre Männer Bordelle besuchen, bekämen so eine Möglichkeit, selbst herauszufinden, womit sie das Interesse ihrer Ehemänner zurückgewinnen können.«

Sophie drehte sich um und sah ihn so ungläubig an, dass er seine Aufrichtigkeit sofort bereute. Also beeilte er sich hinzuzusetzen: »Natürlich war ich auch davon überzeugt, mit der einzigen Sache, von der ich etwas verstehe und an der ich Spaß habe, ein Vermögen machen zu können.«

»Und warum machst du kein Vermögen damit?« Sophie hob die Brauen. »Du bist gut, das kann ich aus erster Hand bestätigen«, fügte sie trocken hinzu.

»Weil Frauen im Allgemeinen nicht dafür zahlen müssen, ihr Verlangen zu stillen. Sie brauchen nur zu wählen, unter all jenen, die jederzeit bereitwillig zu Diensten stehen. Es ist der Fluch der Männer, immer auf der Suche nach Befriedigung zu sein. Wenn Frauen dafür zahlen, dann weil sie neugierig sind, weil sie etwas Außergewöhnliches erleben wollen, weil sie einmal das Gleiche tun wollen, was Männer ständig tun.«

»Aber das reicht nicht, um dein Etablissement langfristig zu einem finanziellen Erfolg zu machen.« Sophie sah ihn an. »Deshalb die Auftritte bei privaten Festen und die Jungfrauenversteigerung.«

»Nur so kann ich das Haus weiterführen. Es ist wichtig, im Gespräch zu bleiben, und bei den privaten Festen ergeben sich weitere Kontakte. Oft kommen weibliche Gäste später ins Haus der Freude. So greift eines ins andere.«

Sophies Miene ließ keine Rückschlüsse auf ihre Gedanken zu. Da er ohnehin schon viel von sich preisgegeben hatte, ließ er unerwähnt, dass er das Haus der Freude vor allem eröffnet hatte, um sich aus dem direkten Geschäftsbetrieb zurückzuziehen und die Dinge aus dem Hintergrund zu dirigieren. Er wollte nicht, dass sie von dem Überdruss wusste, den er immer häufiger empfand, wenn er Kundinnen empfing. Ohne Zweifel würde sie völlig falsche Schlüsse daraus ziehen und sich energisch daran machen, sein Leben neu zu ordnen.

Sophies Haar war trocken, und er reichte ihr den Kamm. Gedankenverloren nahm sie ihn. »Nachdem ich die Aufzeichnungen durchgesehen hatte, habe ich nachgedacht. Ich möchte dir ein Angebot machen.«

Sie stand auf und ging zu ihren Kleidern, die neben dem Bett lagen, und zog sich an. Farid suchte währenddessen in seiner Kleidertruhe nach Hemd und Hose.

Angezogen standen sie sich gegenüber. Sophie straffte die Schultern. »Ich möchte dir ein Angebot machen«, wiederholte sie, und Farid versuchte, das Unbehagen zu ignorieren, das er bei diesen Worten empfand.

»Du weißt, dass ich Geld habe. Ich bin bereit, in das Haus der Freude zu investieren.« Ihre Stimme klang kühl und geschäftsmäßig, aber er ließ sich davon nicht täuschen.

»Unter welchen Bedingungen?«

Sie machte eine vage Handbewegung. »Teilhaberschaft. Mitspracherecht. Ich will gleichberechtigte Partnerin sein, der Gewinn wird zwischen uns geteilt. Ich bin eine Frau, ich weiß, was Frauen wollen.«

Seine Lippen verzogen sich zu einem Lächeln. »Was Frauen wollen, weiß ich besser als du«, sagte er samtweich. Ihr ging es ganz offensichtlich um etwas anderes, und er war gespannt, ob sie es laut aussprechen würde.

Sie zog die Brauen zusammen. »Offenbar weißt du es doch

nicht, sonst würde dein Unternehmen nicht kurz vor dem Bankrott stehen.«

Farid zuckte die Schultern. »Sag, was du wirklich willst.«

Sein unerbittlicher Blick verunsicherte sie, und ihre Wangen röteten sich. »Teilhaberin am Haus der Freude sein.«

Langsam schüttelte er den Kopf. »Das ist nicht alles. Du gibst mir Geld. Was willst du von mir dafür?«

Ihr Körper spannte sich an, und sie schlang die Finger ineinander. »Wenn ich mich am Haus der Freude beteilige, dann sind wir gleichberechtigte Partner.«

»Sophie, sag, worum es dir wirklich geht.« Ungeduld mischte sich in seine Stimme.

Sie wandte den Blick ab und fixierte das Kaminsims. »Deine Männer machen weiter wie bisher. Aber du bedienst keine Frauen mehr. Und auch keine Männer«, setzte sie rasch hinzu.

Er fuhr sich durchs Haar. Natürlich hatte er gewusst, worauf sie hinauswollte, und immerhin hatte sie genug Schneid, es auszusprechen

»Ich fasse zusammen. Du, eine Adelige, eine Hofdame der Königin, willst dich an einem Bordell beteiligen ...«

Sie unterbrach ihn mit einem Auflachen. »Mein Titel ist eine Farce. Ich sage dir, wie er in meine Familie kam. Mein Urgroßvater rettete bei einem Besuch des Königs dem Schoßhündchen der königlichen Mätresse das Leben, indem er es aus einem Teich zog. Aus Dankbarkeit verlieh der König ihm das kleine Wörtchen de vor unserem Familiennamen Asseaux. Das ist alles. Ich bin eine Bauerntochter, nichts weiter. Eine Bauerntochter, die sich zur Hure eines Herzogs gemacht hat und dadurch zu einem Vermögen gekommen ist.«

Die Worte mochten der Wahrheit entsprechen, aber für ihn

spielte das keine Rolle. »Wie auch immer. Du bist eine Frau von Stand, die sich in ein Bordell einkaufen will. Tust du es, ist dein Ruf zum Teufel, kein Mann wird dich mehr heiraten.«

Sie verschränkte die Arme vor der Brust. »Mich heiratet schon jetzt niemand«, sagte sie bitter. »Also ist es völlig einerlei.«

Er seufzte. »Sophie, du gibst mir das Geld, damit ich mit keiner anderen Frau mehr schlafe – außer mit dir.« Darauf lief es hinaus, und er hatte es satt, darum herumzureden.

Das Rot in ihren Wangen vertiefte sich, aber sie warf trotzig den Kopf in den Nacken. »Ja. So ist es. Ich habe so viel Geld, dass ich es in einem Leben nicht ausgeben kann. Warum soll ich mir also nicht kaufen, was mir wichtig ist?«

»Weil es nicht zum Verkauf steht«, sagte er hart. »Ich binde mich nicht an eine Frau, egal, um wie viel Geld es auch geht. Ich brauche die Abwechslung, ich brauche meine Freiheit, und ich vertrage keine Einmischung in mein Leben. Ich lasse mich nicht am Gängelband einer Frau führen, die noch dazu glaubt, mich zu lieben.«

Er konnte sehen, wie ihr Blick bei seinen letzten Worten brach, und er hasste sich für seine Härte. Trotzdem fuhr er unbarmherzig fort. »Du hast keine Ahnung von mir, du weißt nicht, wer ich wirklich bin. Du liebst das Bild, das du dir von mir gemacht hast. Doch dieses Bild entspricht nicht der Wirklichkeit.«

»Ich weiß, wer du bist«, widersprach sie leidenschaftlich, aber ihre Stimme zitterte bereits. »Du hast aus widrigen Umständen das Beste gemacht, du hast dich in ein Schicksal gefügt, das durch skrupellose Menschen wie Emmaline Dessante bestimmt wurde. Sie hat dich dazu gebracht, deinen Körper zu verkaufen. Wärst du nicht zu ihr gekommen, dann wäre dein Leben ganz anders verlaufen.«

»Hätte mich Emmaline nicht aufgenommen, hätten mich die Zigeuner zu Tode geprügelt oder verhungern lassen.« Er presste einen Augenblick lang die Kiefer zusammen und versuchte, den nächsten Satz hinunterzuschlucken, aber es gelang ihm nicht. »Ich verdanke Emmaline alles. Alles, was ich habe, und alles, was ich bin. Ohne sie wäre ich nichts.«

»Ach, das ist doch Unsinn!«, rief Sophie aufgebracht. »Du bist Farid Bejaht, du besitzt dieses Haus und ...«

»Dieses Haus ist alles, was ich habe«, pflichtete er ihr bei. »Aber mein Name ...« Er schwieg. Überlegte. Und kam zu dem Schluss, dass er das Podium, auf das ihn Sophie gestellt hatte, um jeden Preis zerstören musste. Sie würde niemals einsehen, dass sie ihre Liebe an den Falschen vergeudete, wenn er nicht dafür sorgte, dass sie ihn so sah, wie er wirklich war.

»Emmaline kaufte mir den Namen Bejaht, weil ich meinen richtigen Namen nicht kannte. Bei den Zigeunern war ich einfach Farid. Ein Nichts. Vogelfrei. Ich weiß nicht einmal, ob mich meine Mutter so genannt hat. Emmaline kaufte mir den Namen Bejaht und die Rechte eines Bürgers von Paris. Deshalb ist das Einzige, was wirklich mir gehört, dieses Haus. Denn darin steckt jeder Sou, den ich jemals verdient habe. Und dass ich diese Summe verdienen konnte ...«

»Daran ist ebenfalls Emmaline Dessante schuld«, unterbrach ihn Sophie ungeduldig. »Wie ich gesagt habe. Sie hat dich gezwungen, sie hat über dich bestimmt, und du warst nur ein unschuldiges Opfer, das sich in ihre Intrigen gefügt hat.«

Er versuchte, Ruhe zu bewahren, aber es gelang ihm nicht. »Ich habe mich nicht in mein Schicksal gefügt, ich habe es bestimmt. Du erinnerst dich, dass ich dir erzählt habe, dass Emmaline meine erste Nacht versteigert hat? Nun, es war geringfügig anders, als du es dir ausgemalt haben wirst. Nicht sie hat mich dazu gezwungen, sondern ich habe sie erpresst, es zu tun.« Er machte eine Pause, um den Wahrheitsgehalt seiner Worte zu unterstreichen. »Sie hatte Hauslehrer für mich engagiert, damit ich später eine Laufbahn als Advokat oder Richter einschlagen sollte. An die Universität gehen würde. Emmaline wollte um keinen Preis, dass ich in ihrem Etablissement arbeite.«

Sophies sah ihn derart fassungslos und ungläubig an, dass es ihm schwerfiel weiterzusprechen, aber es musste sein. »Ich weigerte mich, mit den Lehrern zu sprechen, weigerte mich, die Bücher aufzuschlagen. Ich war sechzehn, und das Einzige, woran ich denken konnte, waren Frauen. Ich war geil und gierig und wollte endlich wissen, wie es ist, ein Mann zu sein. In einer Frau zu sein. Ich sagte zu Emmaline, dass ich weggehen würde, in ein anderes Bordell oder zu einem für seine sexuellen Ausschweifungen bekannten Paar, wenn sie nicht dafür sorgen würde, dass ich bekam, was ich wollte. Also bot sie mir schließlich die Versteigerung meiner Jungfräulichkeit an, in der Hoffnung, dass dieser Vorschlag mich kurieren würde. Und mich zu den Büchern zurückbringen würde.« Die Erinnerung an die wochenlangen Auseinandersetzungen mit Emmaline stand so lebhaft vor seinen Augen, dass er das Gefühl hatte, sie könnte jeden Moment zur Tür hereinkommen und sich mit zornig in die Hüften gestützten Armen vor ihm aufbauen.

»Aber natürlich brachte es mich nicht zurück zu den Büchern. Ich genoss die Tage und Nächte voller zügelloser Wollust, ich taumelte von einer Frau zur nächsten, und jede weckte neue Gier in mir. Jede zeigte mir etwas anderes, etwas Besonderes, um ihre Lust zu steigern, und neugierig wie ich war, saugte ich alles auf wie ein Schwamm, um es später an einer anderen Frau auszuprobieren. Das war meine Welt, nicht die staubtrockenen Unterrichtsstunden mit staubtrockenen Lehrern. Ich bekam Geld, ich bekam Anerkennung, ich lebte in einem nicht enden wollenden Rausch. Emmaline resignierte schließlich und ließ mich tun, was ich wollte.«

Er sah Sophie an. »Das ist die Wahrheit. Ich bin kein bemitleidenswertes Opfer der Umstände. Ich habe jeden Augenblick dieses Lebens genossen, und ich genieße es noch immer. Ich liebe Frauen, ich liebe es, ihnen Lust zu verschaffen, ich liebe es, sie stöhnen zu hören, ich liebe es, ihre Lust zu schmecken und zu riechen, ich liebe es, ihren Höhepunkt hinauszuzögern, bis sie halb wahnsinnig sind, ich liebe die Macht, die ich in diesem Moment habe. Ich liebe alles an diesem Leben.«

»Du liebst Frauen, aber mich liebst du nicht.« Sophies Gesicht war kalkweiß geworden.

Ein ziehender Schmerz breitete sich in Farids Brust aus. Dennoch holte er zu einem letzten Schlag aus. »Ich liebe dich so, wie ich alle anderen Frauen liebe. Aber nicht so, wie du möchtest, dass ich dich liebe. Du kannst mich und meine Wünsche niemals befriedigen, weil mir eine einzige Frau nicht genügt. Erinnere dich daran, wie du mir immer gewisse Dinge verweigert hast. Ich mag dich gerne Sophie, aber es gibt so viele andere Frauen, die nur darauf warten, dass ich sie auf jede nur erdenkliche Art nehme. Doch mit dem Wissen, dass ich andere Frauen neben dir habe, kannst du nicht umgehen, es würde dich zerstören. Du willst Ausschließlichkeit.«

Sophie lachte bitter auf. »Soll das heißen, wenn ich mich von dir wie ein Mann nehmen lasse, dann würdest du mich lieben? Das ist doch absurd!« Der Schmerz wurde stärker.

»Ich sprach von Befriedigung, nicht von Liebe. Das ist der entscheidende Unterschied, ich spreche von Lust und du von Liebe. Ich kann dir niemals das geben, was du wirklich willst. Und du kannst mir nicht geben, was ich brauche. Darum ist es besser, wir gehen in Zukunft getrennte Wege.«

Im Raum war es still wie in einem Grab. Das Ziehen in Farids Brust ließ nicht nach. Er wartete, dass Sophie endlich die Wahrheit begriff und akzeptierte, dass es für sie keine gemeinsame Zukunft geben konnte.

»Ich glaube dir nicht«, sagte Sophie schließlich. »Ich glaube zwar nicht, dass du lügst, aber etwas an den vielen Mosaiksteinchen, die du mir präsentierst, passt nicht zusammen. Nur kann ich nicht sagen, was es genau ist.«

Er öffnete den Mund, aber sie brachte ihn mit einer Handbewegung zum Schweigen. Überhaupt wirkte sie erstaunlich gefasst, nach allem, was er ihr an den Kopf geworfen hatte. »Allerdings habe ich verstanden, dass du weder mein Geld noch mich selbst willst. Nicht zu den Bedingungen, die ich stelle.« Sie sah ihn mit einem prüfenden Blick an. »Wenn ich mir mein letztes bisschen Selbstachtung bewahren will, dann muss ich wohl gehen und dich so gründlich aus meinem Leben streichen, als hätte es dich nie gegeben.«

Er nickte, unfähig, etwas zu erwidern. Seine Hände in den Hosentaschen ballten sich zu Fäusten.

»Gut«, sagte sie und wandte sich zur Tür. Auf ihren Wangen glitzerten Tränen. »Dann werde ich das tun.«

# 21

Sophie saß in der Kutsche und zog den Mantel enger um sich. Keine halbe Stunde war seit dem Gespräch mit Farid vergangen. Sie hatte das Haus sofort danach verlassen, ihre Habseligkeiten konnte auch ein Bote in den nächsten Tagen abholen. Die Tränen waren versiegt und durch einen bohrenden Schmerz ersetzt worden. Noch immer konnte sie nicht glauben, dass sie Farid niemals wiedersehen würde. Aber er hatte ihr unmissverständlich klargemacht, dass in seinem Leben kein Platz für sie und ihre Gefühle war. Kein Weg führte zurück. Diesmal ging es nicht nur um einen lächerlichen Streit, nicht um verletzten Stolz oder das trotzige Beharren auf einem Standpunkt.

Er hatte ihr gesagt, dass sie nicht gut genug für ihn war. Darauf lief es letztendlich hinaus, wie immer er es auch formulierte. Dass sie ihm nichts weiter bedeutete, während er für sie zu ihrem Universum geworden war. Bitterkeit stieg in ihr auf, als sie an das Geld dachte, das ein Bankier für sie verwaltete. Wozu war es gut, wenn sie sich nicht einmal ein bisschen Glück damit verschaffen konnte?

Sie spürte, wie lähmende Trauer sie überkam, und kämpfte dagegen an. Sie durfte sich nicht in Lethargie fallen lassen, sie musste handeln, die Dinge selbst in die Hand nehmen, anstatt zu warten, bis etwas passierte.

Farid war jetzt Vergangenheit. Eine schmerzhafte Vergangenheit voller farbenprächtiger Erinnerungen, aber dennoch

Vergangenheit. Daran gab es nichts zu rütteln. Sie musste nach vorn sehen. Für jede Tür, die sich schließt, öffnet sich eine neue, das sagte zumindest Marion immer.

Die Kutsche hielt vor einem Seiteneingang des Schlosses von Versailles. Sophie stieg aus und blickte an dem trutzigen, grauen Bau nach oben. Der Himmel darüber leuchtete in einem strahlenden Blau. In diesem Augenblick fällte Sophie eine Entscheidung: Sie würde Versailles verlassen. Nichts von dem, was sie sich bei ihrer Ankunft erhofft und erträumt hatte, war in Erfüllung gegangen. Hinter diesen Mauern erwartete sie ein Gefängnis, dabei war der Himmel über ihr grenzenlos weit.

Ihre Abreise zu organisieren würde nicht mehr als zwei Wochen in Anspruch nehmen. Als erstes Ziel fasste sie einen Besuch bei Ghislaine du Plessis-Fertoc ins Auge. Nicht nur, weil sie sich vor Jahren mit der Gräfin angefreundet hatte, sondern weil Ghislaine sich lange Zeit allein um ihre Besitzungen gekümmert hatte. Sophie wollte sich mit ihr beraten und sich dann ein eigenes Anwesen kaufen. Sie brauchte sich nicht an einen Mann zu binden, um ein Heim zu bekommen. Sie konnte sich dieses Heim aus eigener Kraft schaffen. Die Erkenntnis faszinierte sie, und Sophie fragte sich, warum sie nicht schon viel eher darauf gekommen war. Der Gedanke, frei und unabhängig zu sein, erfüllte sie mit so viel Kraft, dass sie voller Begeisterung immer neue Pläne schmiedete. Marion reagierte nicht erfreut, aber sie verstand Sophies Beweggründe und versuchte nicht, sie zum Bleiben zu überreden. Stattdessen nutzte sie die letzten gemeinsamen Tage für verschiedene Unternehmungen und half Sophie schließlich, ihre Koffer zu packen.

An ihrem letzten Abend nahmen Sophie und Marion an einer Gala im Schloss teil, die zu Ehren des Herzogs von

Orléans, dem Bruder des Königs, veranstaltet wurde. Der Hof entfaltete seine ganze Pracht, und Sophie horchte in sich hinein. Aber da war nichts, keine Trauer über den Abschied, kein Bedauern, kein Zweifel an ihrem Entschluss. Auch nicht, als sie von ihrem Platz auf der Galerie unter den Gästen Elise de Saint-Just entdeckte, die sich bei einem elegant gekleideten Farid Bejaht unterhakte. Offensichtlich hatte er seine Grundsätze nun doch dem Fortbestand seines Etablissements geopfert. Die Marquise de Saint-Just präsentierte ihn wie eine Trophäe und ließ ihn keinen Schritt von ihrer Seite weichen. Farids Gesicht wirkte ausdruckslos, er lächelte nicht und gab sich auch keine Mühe, seinen Unmut zu verbergen.

Sophie wandte sich ab, ehe er sie bemerken konnte. Sie hätte sich gerne vorgemacht, dass die unerhoffte Begegnung sie kalt ließ, aber so war es nicht. Ihr Herz schlug schmerzhaft, und sie flüchtete sich in ihre Kammer, damit niemand ihre Tränen sah. Wie gut, dass sie einige hundert Kilometer zwischen sich und Versailles bringen würde. Damit schloss sie weitere unerfreuliche Begegnungen mit einem Mann aus, der ihre Liebe und sogar ihr Geld zurückgewiesen hatte wie vergifteten Wein.

Es klopfte an der Tür, und Marion öffnete sie einen Spaltbreit. »Alles in Ordnung?«

Sophie nickte und wischte sich mit dem Handrücken über die Wangen. »Ja, mir war nur ein wenig rührselig zumute.« Niemand wusste von ihrer Affäre mit Farid Bejaht, und jetzt gab es weniger Grund denn je, darüber zu sprechen.

Marion kam näher und setzte sich auf eine fertig gepackte Kleidertruhe. »Einer der Lakaien hat mir diesen Brief für dich gegeben.« Sie hielt Sophie ein versiegeltes Schreiben entgegen.

»Für mich?« Alle möglichen Gedanken jagten Sophie durch den Kopf. Sie hatte Ghislaine geschrieben und auch dem Herzog von Mariasse, aber es war unwahrscheinlich, dass dies schon ein Antwortschreiben war. Einen köstlichen Augenblick lang erlaubte sie sich, daran zu glauben, dass Farid sich besonnen hatte und ihr Angebot doch noch annahm.

Sie drehte den Brief zwischen den Fingern und betrachtete nachdenklich das Siegel, das dem Herzog von Mariasse gehörte. Sie löste es und entdeckte ein weiteres Schreiben mit einem anderen Siegel. Alles Blut wich aus Sophies Gesicht, als sie es erkannte. Ein Bär, ein Schwert und eine Ähre. Das Wappen der Familie d'Asseaux. Mit zitternden Fingern brach sie die Versiegelung und faltete das Blatt auseinander.

Sie holte tief Luft und betrachtete dann die zierliche Schrift, die Zeile für Zeile das Papier bedeckte. Sie gehörte ihrer Mutter, daran gab es für Sophie keinen Zweifel, dennoch suchte sie am Ende des Schreibens nach einer Unterschrift und fand sich bestätigt.

Sie richtete ihren Blick wieder auf die ersten Zeilen und begann zu lesen.

*Sophie, meine geliebte Tochter,*

*ich hoffe von ganzem Herzen, dass Dich mein Schreiben erreicht und Du wohlauf bist. Ich habe mich an den Herzog von Mariasse gewandt, da er nicht nur der Sohn Deines Patenonkels ist, sondern auch ein Mann, der über viele Verbindungen verfügt. Ich bete, dass über eine von ihnen diese Zeilen in Deine Hände gelangen.*

*Dein Vater ist letzten Herbst gestorben, nach einem üblen Wutausbruch warf ihn ein Schlagfluss zu Boden. Niemand konnte ihm helfen, auch nicht der gute Doktor Deviat, der schon Dich zur Welt gebracht hat.*

*Er wurde mit allen Ehren in der Familiengruft beigesetzt, und sobald die Trauergesellschaft unser Haus verlassen hatte, fasste ich einen Entschluss. Sophie, Du musst wissen, dass ich niemals die Meinung Deines Vaters geteilt habe, Dir Dein Elternhaus zu verwehren. Aber ich war zu schwach, um gegen ihn aufzubegehren. Du weißt, wie cholerisch er war.*

*Die ganzen letzten Jahre quälten mich Ängste und Sorgen, wie es Dir wohl ergangen sein mochte. Ich wage gar nicht daran zu denken, dass Du vielleicht krank und elend bist oder in Not leben musst. Sophie, ich bitte Dich inständig zu vergessen, was geschehen ist, und nach Hause zu kommen. Noch haben wir die Möglichkeit, alles wieder ins rechte Lot zu bringen. Du bist in meinem Herzen, meine geliebte, meine einzige Tochter, ich flehe Dich an, vergib mir mein Schweigen, vergib mir meine Schwäche, als Dir Aristide die Tür gewiesen hat. Sophie, komm nach Hause, und lass uns über alles reden, ich bitte Dich auf Knien, komm nach Hause, und vergib mir.*

*Deine Dich über alles liebende Mutter, Christine*

Die Buchstaben verschwammen vor Sophies Augen, als sie den Brief sinken ließ. Marion hatte sich neben sie gesetzt und legte die Arme um sie, um sie wie ein Kind zu wiegen. »Schhh, alles wird gut, alles wird gut.«

Sophie schluchzte und schlug mit der Faust immer wieder auf ihr Knie. Der Ring, der sich in den vergangenen Jahren bleischwer um ihre Seele gelegt hatte, brach in tausend Stücke. Jede Träne schwemmte ein Stück davon in einen dunklen Abgrund, wo es auf Nimmerwiedersehen verschwand.

Die Worte ihrer Mutter wühlten sie zutiefst auf. Noch immer stand das Bild vor ihren Augen, wie ihr Vater ihr unmissverständlich mitgeteilt hatte, dass sie in seinem Haus nicht mehr erwünscht war. Ihre Mutter hatte schweigend danebengestanden, mit gesenktem Blick und blassem Gesicht. Wie sehr hatte sich Sophie ein Wort von ihr gewünscht, ein Wort, das die Entscheidung ihres Vaters zurücknahm. Aber dieses Wort war nicht ausgesprochen worden.

Sophie versuchte, sich zu beruhigen. Marions sanftes Streicheln und die leise gemurmelten Ermutigungen halfen ihr dabei. Sie nahm das Taschentuch, das ihr die Freundin gab, und putzte sich die Nase. Das prosaische Geräusch, das sie dabei machte, rief sie endgültig in die Wirklichkeit zurück.

Sie reichte Marion den Brief, die ihn rasch überflog und Sophie dann fragend ansah.

»Ja«, sagte Sophie und lächelte ein zitterndes Lächeln. Gleichzeitig spürte sie, wie sich Wärme in ihrer Brust ausbreitete. »Ich fahre nach Hause.«

# 22

»Farid, ich habe Durst. Ein Glas Champagner wäre jetzt gerade recht.« Elises Stimme klang laut und schrill. Aber damit sicherte sie sich die Aufmerksamkeit der Umstehenden.

»Euer Wunsch ist mir Befehl.« Farid verbeugte sich und bahnte sich seinen Weg durch die Gästeschar. Neben einem Marmorpfeiler stand ein livrierter Diener, der ein Silbertablett mit gefüllten Kristallkelchen trug. Farid spürte Elises Blick im Rücken und verlangsamte seine Schritte, um die wenigen Augenblicke ohne sie zu genießen. Sie führte ihn vor wie einen Tanzbären. Natürlich hatte er gewusst, dass es so sein würde, als er eingewilligt hatte, sie zu begleiten. Die Summe, die er ihr dafür in Rechnung stellte, war so unverfroren, dass er nicht damit gerechnet hatte, dass sie annehmen könnte. Doch sie hatte es getan. Erst ein paar Stunden zuvor hatte er von der Wette erfahren, die sie damit gewonnen hatte.

Offensichtlich hatte sie ihn erst so knapp vor dem Ball informiert, damit er nicht bei Antoinette de la Forge auftauchen und noch mehr Geld verlangen konnte. Was er zweifellos getan hätte, und zwar ohne die geringsten Skrupel, widerte ihn doch dieser Auftrieb dekadenter Adeliger an. Für ihn war es nun mal etwas vollkommen anderes, selbst Gast zu sein, als derjenige, der die Gäste dirigierte. Versailles war für ihn immer gleichbedeutend mit Verschwendung, Intrigen und Stolperfallen gewesen, und diese Annahme fand er nun mehr als bestätigt.

Er ging mit einem gefüllten Kelch zu Elise zurück, die ihn lächelnd entgegennahm. In ihren Augen leuchtete Triumph, als sie sich an die Frau neben ihr wandte. »Sandrine, darf ich dir meinen Begleiter vorstellen, Farid Bejaht. Ein lieber Freund.«

Sandrine du Mailles Lächeln wirkte gezwungen. »Ich bin erfreut, Eure Bekanntschaft zu machen, Monsieur Bejaht.«

Natürlich kannte Farid sie, denn die Cômtesse du Mailles gehörte zu seinen Stammkundinnen und war eine von jenen Frauen, die ihn schon mehrfach um seine Begleitung bei gesellschaftlichen Veranstaltungen ersucht hatten.

»Auch bin ich erfreut, Cômtesse«, sagte Farid knapp.

Sie nickte und klappte den Fächer auf, um sich unter die anderen Gäste zu mischen.

»Ich würde es begrüßen, wenn Ihr etwas mehr Konversation betreibt, Farid«, tadelte Elise.

»Liebste, Ihr habt meine Gesellschaft als Begleiter für diesen Ball und als Liebhaber für heute Nacht gekauft. Wenn Ihr Wert auf geschliffene Konversation legt, dann müsst Ihr Euch nach jemand anderem umsehen.«

»Ihr schmollt herum wie ein kleiner Junge, mein Lieber. Genießt doch den Abend, genießt den Prunk und später das Diner. Und wenn Ihr das alles nicht genießen könnt, dann denkt an den Beutel Goldstücke, den Ihr in ein paar Stunden von mir erhalten werdet«, fügte sie süffisant hinzu. »Dieser Gedanke zaubert doch sicher ein Lächeln auf Eure Lippen.«

Damit sollte sie eigentlich recht haben, dachte Farid, aber das Lächeln wollte sich nicht einstellen. Er fühlte sich grimmig und schlecht gelaunt, wobei er zugeben musste, dass ihn die Gesellschaft dekadenter Höflinge weniger anwiderte, als er sich selbst. Der heutige Tag gehörte zu jenen, die es ihm schwer machten, sich im Spiegel anzusehen, ohne Abscheu zu empfinden. Ganz egal, wie oft er sich sagte, dass er von Elises verschwenderischem Lohn den Fortbestand seines Hauses für ein paar Wochen sichern konnte. Und das, ohne wirklich großen Einsatz seinerseits.

Der Zeremonienmeister rief die Gäste zur verschwenderisch gedeckten Tafel, und wenig später wurden die Speisen aufgetragen. Das Diner zog sich über mehrere Stunden hin, und Farid versuchte sein Bestes, Elise und seine andere Tischdame, eine junge, frischvermählte Gräfin, zu unterhalten. Was angesichts der naiven Unbekümmertheit der jungen Frau nicht schwer war.

Lange nach Mitternacht erhoben sich die Gäste wieder von der Tafel. Es wurde zum Tanz aufgespielt, aber Elise promenierte nur ein letztes Mal durch die Säle, hielt dabei Farids Arm in einem eisernen Griff und lächelte leutselig in die Runde.

»Und jetzt, mein Lieber, kommen wir zum zwanglosen Teil des Abends«, sagte sie schließlich und verließ den Ballsaal, um sich in einen Seitenflügel des Schlosses zu begeben. Die Tür, die sie dort öffnete, führte zu zwei miteinander verbundenen Räumen, einem Schlafzimmer und einem Ankleideraum. Das Schlafzimmer besaß einen wuchtigen Kamin, vor dem ein Tischchen mit drei zierlichen Stühlen stand.

Bis zu diesem Moment hatte Farid es geschafft, nicht an Sophie zu denken. Jetzt, angesichts dieser ansprechenden Räumlichkeiten, dachte er an die zugige Dachkammer, die sie bewohnte, und erlaubte sich gleichzeitig ein Gefühl der Erleichterung, ihr bei der Festlichkeit nicht begegnet zu sein.

Elise warf ihren Fächer achtlos beiseite und trat auf Farid zu. Sie legte ihm die Arme um den Hals und zog seinen Kopf zu sich heran. Farid küsste sie mit der von ihr erwarteten Leidenschaft und blendete alles andere aus. Seine Hände glitten über ihre Arme und machten sich an den Verschlüssen ihres Kleides zu schaffen, während er fortfuhr, Elise mit seinen Lippen zu liebkosen. Sie wand sich willig aus dem Seidenkleid und begann, seine Jacke aufzuknöpfen, als sie nur noch Korsett und Strümpfe trug. Er ließ sich von ihr entkleiden und presste seinen nackten Körper an sie. Elise erschauerte, als er ihren Hintern umfasste und zu kneten begann. Sie zog ihn zum Bett, auf das sie sich mit gespreizten Beinen kniete. Von hinten genommen zu werden, gehörte zu ihren Lieblingsstellungen, und sie mochte es, wenn er dabei mit der flachen Hand auf ihre Hinterbacken drosch. Es war vor allem das Geräusch, das sie erregte, wie er einmal festgestellt hatte, weniger der Schmerz. Und so hatte er seine Technik darauf ausgerichtet.

Ihr braunes Haar löste sich aus der kunstvoll hochgesteckten Frisur und fiel in dichten, glänzenden Strähnen über ihren Rücken, während sie sich seinen Stößen entgegenbog. Sie kam schnell und heftig, stöhnte jedoch nicht, sondern wimmerte nur leise.

Er machte weiter und begann, die Schnüre ihres Korsetts zu lösen, bis es aufs Bett fiel. Er massierte die geschundene Haut ihres Rückens und ließ seine Hände dann zu ihren Brüsten wandern. Ihre Brustwarzen waren ungewöhnlich lang und verrieten, dass sie es mochte, wenn man daran zog oder sie mit den Fingern zwirbelte. Farid tat beides und wurde mit einem heiseren Aufstöhnen belohnt. Er verschaffte ihr einen zweiten Höhepunkt, ohne sich groß anzustrengen, und legte sich dann neben Elise aufs Bett.

Elise rollte sich auf die Seite und sah ihn an wie ein Kätzchen, das den Sahnetopf ausgeleckt hat. »Du bist wirklich jeden Sou wert, Farid Bejaht.«

»Immer zu Diensten, Madame de Saint-Just.« Er schenkte ihr ein Lächeln und ließ es zu, dass sie die Finger um seine von ihren Säften geschmeidige Rute schloss. Ihre Faust flog auf und ab, während er nachlässig mit ihren Brüsten spielte. Für eine Frau jenseits der fünfzig hatte sie einen erstaunlich festen Körper. Dass ihr Parfum den säuerlichen Geruch nach Schweiß und Schminke nur unzureichend kaschierte, teilte sie mit den meisten Frauen am Hof.

Farid blickte in ihr Gesicht mit dem verwischten Wangenrot, dem fleckigen Talkpuder und den verschmierten Kohlelinien um die Augen. Gesichter wie dieses sah er regelmäßig, sie stießen ihn nicht ab, im Lauf der Zeit waren sie ihm jedoch gleichgültig geworden.

Aber heute drängte sich bei Elises Anblick ein anderer, ein neuer und unverbrauchter Gedanke in den Vordergrund. Elise de Saint-Just war gute zwanzig Jahre älter als er selbst. Wo würde er in zwanzig Jahren stehen? Was würde sich in diesen zwanzig Jahren alles ereignen? Was würde sich verändern? Würde sich überhaupt etwas verändern?

Er sah sich selbst mit grauen Strähnen und tiefen Kerben im Gesicht, sah wie er Frauen hofierte, gesichtslose Frauen, die sich nackt mit gespreizten Beinen vor ihm räkelten und ihn zu sich zogen. Hände und Münder, die gierig über ihn glitten und Befriedigung von ihm forderten. Münzen, die vors Bett geworfen wurden und die er auf Knien rutschend einsammelte.

Er wurde in Elises Hand schlaff. Sie ließ ihn los und sah ihn pikiert und mit gerunzelter Stirn an. Unter dem dunklen Teint stieg ihm die Röte in die Wangen. Noch nie in seinem Leben war ihm das passiert. Niemals hatte ihm sein Körper den Gehorsam verweigert. Er räusperte sich und presste eine undeutliche Entschuldigung heraus. Dann konzentrierte er sich, stöberte in seiner Erinnerung nach einer Szene, die ihn hart und einsatzbereit machen würde. Sie erschien schneller vor seinem inneren Auge, als ihm lieb war, und ebenso ungebeten. Sophies samtiger Mund, der sich um seine Eichel schloss, ihn leckte und saugte und dazu brachte, die Engel singen zu hören. Das Bild war so real, dass er den leichten Duft nach Zitronen einzuatmen glaubte und spürte, wie sich seine Rute sehnsuchtsvoll streckte. Er stieß laut den Atem aus und zuckte zusammen, als Elises Faust sich um seine Rute schloss. Einen Augenblick später war seine Erektion schon wieder Asche.

»Das hat wohl keinen Sinn.« Elises Stimme klang endgültig. »Ich brauche noch einen Höhepunkt, mein Lieber. Sorg dafür, dass ich ihn bekomme, und du kannst deine Sachen packen und verschwinden.«

Sie streckte sich auf dem Bett aus und sah ihn abwartend an. Er kniete sich zwischen ihre Schenkel, drückte sie weit auseinander und betrachtete das feuchte, rote Fleisch, das ihm plötzlich wie ein alles verschlingender Schlund erschien. Mit zwei Fingern drang er in sie ein, während er mit dem Daumen den kleinen Knoten am Scheitelpunkt ihrer Falten reizte.

Elise wand sich wohlig und hob das Becken, um ihn besser zu spüren. Er ließ einen dritten Finger in sie gleiten und schließlich einen vierten. Als er sie genug geweitet hatte, drehte er sein Handgelenk und schob seine ganze, zur Faust geballte Hand in sie.

»Oh ja, ja, das ist es. Fick mich mit deiner Faust«, stöhnte sie, während er tat, was sie wollte.

»Fester«, befahl sie abgehackt. »Fester, stoß fester zu.«

Er gehorchte, pumpte dabei mit kleinen, schraubenden Bewegungen und spürte schließlich, wie sich ihre Muskeln um ihn zusammenzogen. Sie schrie auf, ihr Becken bog sich ihm entgegen und fiel wieder zurück.

Farid machte weiter, stieß sie so fest, dass sie über das Laken rutschte. Ihr Keuchen ging in ein Wimmern über, das sich in einem lang gezogenen Stöhnen verlor. Mit der freien Hand griff er nach ihrer Brust, knetete sie und zog an der langen Warze, bis sie sich wie ein winziger Phallus aufrichtete. Auch die andere Brustwarze brachte er zum Erigieren und achtete nicht auf Elise, die jammerte und stöhnte und ihn abwechselnd anschrie, aufzuhören und weiterzumachen. Er war wie besessen von dem Gefühl, sie zu bestrafen – für etwas, was er getan hatte. Oder nicht getan hatte. Er wusste es nicht. Er sah sich selbst wie in einem verzerrten Spiegel, und um diesem Bild zu entkommen, machte er so fest und lange weiter, bis Elise schlaff und still unter ihm lag.

Langsam zog er seine Hand aus ihr, das schmatzende Geräusch mit dem ihn ihr Körper entließ, erfüllte ihn mit Abscheu.

Er ging zum Waschtisch und seifte seine Hände ein, wusch sie mehrmals gründlich und füllte schließlich ein Glas mit frischem Wasser, mit dem er zum Bett zurückging. Elises Lider flatterten, ehe sie die Augen aufschlug. Farid hielt ihr das Glas hin, und sie nahm es mit zitternden Fingern.

Er suchte seine Sachen zusammen und schlüpfte in seine Kleider. Dann griff er nach der bereitstehenden Karaffe mit Cognac und goss sich etwas davon ein. Das Brennen in seiner Kehle gab ihm das Gefühl einer weiteren, tiefer gehenden Reinigung.

»Zufrieden?«, fragte er geschäftsmäßig, während er die Knöpfe seiner Jacke schloss.

Sie trank einen Schluck Wasser. »Mehr als zufrieden. Keiner kann sich mit Farid Bejaht messen«, antwortete sie mit belegter Stimme.

»Gut. Wo ist mein Geld?« Er hatte keine Lust, nur eine Sekunde länger in diesem Raum zu bleiben als nötig.

Sie machte eine Kopfbewegung zur Kommode. »Oberste Schublade.«

Er nahm den Beutel mit den Münzen, verzichtete aber darauf nachzuzählen. »Dann wünsche ich Ihnen einen erholsamen Schlaf und süße Träume, Madame de Saint-Just.«

Ohne auf ihre Antwort zu warten, verließ er das Zimmer und warf die Tür hinter sich ins Schloss. Frei, das Wort wirbelte durch seinen Kopf. Aber es blieb nur ein Wort, denn er fühlte sich alles andere als frei.

Das milchige Grau vor den Fenstern verriet, dass es früher Morgen sein musste. Während er durch die langen Gänge des Schlosses ging, begegneten ihm zahlreiche Dienstboten, die Vorbereitungen für den anbrechenden Tag trafen. Der Duft nach frisch gebackenem Brot hing ebenso in der Luft wie das fröhliche Schwatzen der adrett gekleideten Dienstmädchen. Er war sich nicht bewusst, welche Richtung er eingeschlagen hatte, bis er vor Sophies Dachkammer stand. Mit gerunzelter Stirn lehnte er sich an die gegenüberliegende Wand. Er wusste nicht, warum er hier war. Und er wusste noch viel weniger, warum er sich nicht umdrehte und ging, nachdem er so viel Mühe darauf verwendet hatte, Sophie davon zu überzeugen, dass ihm nichts an ihr lag.

Er sollte wirklich gehen. Sofort. Seine Hand umschloss den Geldbeutel in seiner Jackentasche, um sich zu erinnern, was er wirklich war. Abschaum. Unrat aus der Gosse. Einer, der seinen Körper verkaufte, weil er nichts anderes konnte, und dabei keinerlei Skrupel empfand.

Farid holte tief Atem und stieß sich von der Wand ab.

Seine Schritte klangen dumpf auf dem Holzboden. Das Dienstmädchen, das ihm entgegenkam, lächelte einladend, aber er beachtete die junge Frau nicht. Erst das Geräusch einer sich öffnenden Tür erregte seine Aufmerksamkeit, und er drehte sich um.

Tatsächlich hatte das Dienstmädchen die Tür zu Sophies Kammer geöffnet. Mit angehaltenem Atem wartete Farid, aber nichts passierte. Als er es nicht länger aushielt, kehrte er zurück und spähte in das Zimmer. Es war leer, das abgezogene Bettzeug lag in einem Haufen neben dem Bett, und vor dem Spiegel des Frisiertischchens standen keine Flakons, Döschen und ähnlicher Zierrat mehr.

Er trat durch die Tür, und das Knarren der Diele ließ das Mädchen aufblicken, das gerade mit einem Lappen über die Kleidertruhe wischte. »Kann ich Euch helfen, Monsieur?«

»Die Bewohnerin der Kammer …« Er hielt inne, weil er Sophies Namen nicht über die Lippen brachte.

»Mademoiselle d'Asseaux meint Ihr? Sie ist abgereist.« Das Mädchen sah ihn prüfend an. »Ich bringe das Zimmer in Ordnung, im Augenblick sind viele Gäste im Schloss, und täglich kommen neue.«

Farid war wie erstarrt. Er hatte nie daran gedacht, dass Sophie Versailles verlassen könnte. »Sie ist abgereist«, wiederholte er dumpf. »Weißt du, wohin sie wollte?«

Das Mädchen zuckte mit den Schultern. »Nein. Es ist ja nicht so, dass die hohen Herrschaften mehr mit unsereins reden als nötig.«

Sie wandte sich wieder ihrer Arbeit zu und überließ Farid seinen Überlegungen. Sophie hatte zwar gesagt, dass sie ihn aus ihrem Leben streichen wollte, aber dass sie dabei so weit gehen würde, damit hatte er nicht gerechnet. Auch wenn es natürlich die beste und einfachste Lösung für sie war.

Jäh überfiel ihn eine bleierne Müdigkeit. Er sehnte sich danach, in seinen Gemächern im Haus der Freude ins Bett zu kriechen und nach einem langen, betäubenden Schlaf in einem anderen Leben wieder aufzuwachen.

# 23

Der erste Teil seines Wunsches erfüllte sich, der zweite nicht. Als er aufwachte, war er noch immer Farid Bejaht, Herr über das Haus der Freude.

Die Uhr auf dem Kaminsims zeigte drei Uhr nachmittags, und die Sonne schien hell ins Zimmer. Farid machte sich auf den Weg zur Küche. Auf der Treppe traf er Pascal und Laurent, die ihm Gesellschaft leisteten, während er kurz darauf eine Mischung aus Frühstück und Mittagessen zu sich nahm.

»Du musst bei dem Ball einen gewaltigen Eindruck hinterlassen haben, es kamen schon elf Boten mit diskreten Briefchen. Ich bringe sie dir, sobald du fertig gegessen hast.« Pascal bemühte sich nicht, den Enthusiasmus in seiner Stimme zu verbergen. »Erzähl uns, was dort los war.«

Farid blickte in die erwartungsvollen Gesichter vor ihm, und obwohl er den Abend am liebsten vergessen hätte, lieferte er eine detaillierte Beschreibung der prunkvollen Säle des Schlosses, der üppigen Speisefolgen und der prächtigen Kleider der Gäste. Er blieb an der Oberfläche und zeichnete ein schillerndes Bild, das in den Köpfen seiner Zuhörer ohnehin schon vorhanden war.

»Ach wie schön.« Laurent seufzte. »Ich hoffe, ich habe auch einmal Gelegenheit, jemanden dorthin zu begleiten.«

Farid betrachtete den jungen Mann mit den verträumten Augen. Vor allem Ehefrauen Ende zwanzig, die bereits die ersehnten Erben geboren hatten und von ihren Männern kaum mehr beachtet wurden, gehörten zu seinen Kundinnen. Er verfügte über eine fundierte Bildung, und die Frauen mochten es, sich mit ihm über Literatur, Musik, Pferdezucht oder Schnittmuster auszutauschen, nachdem er ihre körperlichen Bedürfnisse befriedigt hatte. Laurent hatte im Gegensatz zu Pascal einen Kreis von Stammkundinnen, der sich langsam, aber stetig erweiterte.

»Du wirst das Schloss irgendwann sehen, Laurent, und ich bin überzeugt, dass du dich nicht mehr lange gedulden musst. Aber achte darauf, dein Interesse nicht zu deutlich zu zeigen. Das drückt den Preis.« Mit diesen Worten zog Farid den Geldbeutel aus der Hosentasche und warf ihn auf den Tisch.

Pascal starrte den prallen Lederbeutel ehrfürchtig an. »Mein Gott«, murmelte er beeindruckt und wiederholte seine Worte ein zweites Mal, nachdem er hineingelugt hatte.

»Tja, die Marquise de Saint-Just weiß, wie man für einen Mann interessant wird.« Farid grinste. »Damit können wir es uns eine Zeit lang gut gehen lassen.« Er drehte sich zum Herd um. »Jacques, du bekommst deinen ausstehenden Lohn und einen Bonus dafür, dass du uns nicht im Stich gelassen hast.«

Der Koch verbeugte sich knapp. »Das nenne ich gute Nachrichten. Dann werde ich ein paar fette Kapaune bestellen. Schließlich müsst Ihr mir bei Kräften bleiben.« Er zwinkerte den Männern zu.

Pascal stand auf und holte die Briefe, um sie vor Farid auf den Tisch zu legen. »Das müssen wir in der Tat. Schließlich kommen anstrengende Zeiten auf uns zu.«

Der Ansturm hielt einige Wochen an und spülte reichlich Geld ins Haus der Freude. Farid war froh darüber. So kam er weder zum Grübeln über sein Leben noch zum Jammern über schlechte Geschäfte. Alles lief bestens, und Sophie schien nichts weiter als ein flüchtiger Geist aus seiner bewegten Vergangenheit zu sein.

Gemeinsam mit Emmaline wechselte er sich bei den Jungfrauenversteigerungen ab, und auch die Auftritte in Privathäusern wurden immer häufiger nachgefragt. Die finanzielle Lage entspannte sich und trug wesentlich dazu bei, dass Farid wieder ruhig schlafen konnte. Immer öfter delegierte er Aufgaben an Pascal und Laurent und verbrachte die gewonnene Zeit damit, das Haus der Freude mit weiteren Raffinessen auszustatten oder neue potenzielle Mitarbeiter in Augenschein zu nehmen. Dennoch erfüllte ihn eine rätselhafte Unruhe, die ihn nach immer neuen Beschäftigungen suchen ließ.

Der neue Wohlstand führte auch dazu, dass nun mehrere Dienstmädchen im Haus der Freude für Sauberkeit und frische Laken auf den Betten sorgten, was von Farids Mitarbeitern begrüßt wurde.

Eines dieser Mädchen wagte sich schließlich auch an Farids private Gemächer, ohne sich etwas dabei zu denken. Daher war sie auch nicht darauf gefasst, dass Farid in einen lautstarken Wutausbruch verfiel, als er die Tür seines Zimmers öffnete und sie dabei überraschte, wie sie den Vorhang vor der Wandnische abnahm, um ihn zu waschen.

Farid schrie das Mädchen wie von Sinnen an, sofort zu verschwinden und es ja nicht mehr zu wagen, diese Gemächer zu betreten. Das Mädchen gehorchte, wenngleich seinem Gesicht deutlich anzusehen war, was es von derartigen Befehlen hielt.

Kaum, dass die Tür ins Schloss gefallen war, eilte Farid zu der Nische und zog die verpackten Bilder hervor. Natürlich waren beide unversehrt. Dennoch zitterten seine Finger, als er die Rahmen unter der dünnen Leinenhülle ertastete. Von einem unwiderstehlichen Impuls getrieben, holte er ein Messer aus der Schreibtischschublade und schlitzte die Stoffbahn vorsichtig auf.

Dann lehnte er die beiden Gemälde an die Wand, schloss die Tür des Zimmers von innen ab und zog sich einen Stuhl heran. Er setzte sich vor die Bilder und betrachtete sie Zoll für Zoll, sodass ihm kein noch so kleines Detail entging. Je länger er so saß und Sophie ansah, desto ruhiger wurde er. Alle Anspannung, alle Rastlosigkeit fielen von ihm ab.

Erst als es im Raum zu dunkel wurde, um noch etwas zu erkennen, stand er auf, holte zwei Laken aus der Truhe und wickelte die Bilder wieder ein. Dann stellte er sie zurück in die Wandnische und brachte den Vorhang davor an.

Mit der üblichen Routine suchte er sich etwas aus seinen Beständen an eleganter Abendgarderobe heraus und zog es an. Im Foyer begegnete ihm Pascal. »Wartet nicht auf mich, ich weiß nicht, wann ich zurück sein werde.« Sein Ton ließ keine weiteren Fragen zu, und Pascal nickte nur. Vor dem Haus hielt Farid eine Kutsche an und nannte Emmaline Dessantes Etablissement als Ziel.

Neben dem imposanten, schmiedeeisernen Tor standen zwei orientalisch gekleidete Pagen mit Fackeln, und aus den Fenstern leuchtete es hell in die Nacht. Ein sicheres Zeichen, dass das Haus bereits gut besucht war. Sobald Farid die Tür öffnete, erwarteten ihn ein vertrautes Stimmengewirr, ein Duft nach Wachs und Rosen und die leisen Klänge von Musik. Zwei als römische Sklavinnen gekleidete Mädchen eilten herbei und begrüßten ihn herzlich. Wenig später umringten ihn alle Frauen des Etablissements, die sich gerade freimachen konnten. Manche von ihnen kannte er noch aus der Zeit, als er selbst hier gearbeitet hatte, andere kannten ihn vom Hörensagen und wollten einen Blick auf die Legende werfen. Er plauderte eine Weile mit ihnen, bis weitere Gäste eintrafen, die betreut werden wollten, und sich die Ansammlung um ihn herum auflöste. »Sag Emmaline, dass ich sie sprechen möchte«, trug er einem der Mädchen auf.

Natürlich hätte er auch einfach die Treppe hinauf in ihr Büro gehen können, aber er wusste, dass sie es nicht schätzte, ohne Voranmeldung gestört zu werden.

Wenig später kam das Mädchen zurück. »Madame Dessante lässt bitten.«

Emmaline thronte hinter ihrem wuchtigen Ebenholzsekretär und hielt eine lange weiße Gänsefeder in der Hand, die sie weglegte, als er vor ihr stehen blieb.

»Farid, welch unverhoffte Freude.« Sie stand auf, ging um den Schreibtisch herum und umarmte ihn. Nach den üblichen Küssen auf die Wange trat sie einen Schritt zurück. Das Lächeln in ihren Augen verriet, dass ihre Worte keine leere Höflichkeit waren, sondern dass sie sich wirklich freute, ihn zu sehen.

»Setz dich, Emmaline«, sagte Farid, ohne ihr Lächeln zu erwidern, und zog einen Stuhl vor den Sekretär. Er nahm Platz und verschränkte die Arme vor der Brust.

»Ich bin hier, um dir ein Angebot zu machen.«

# 24

Die Hitze, die über der Ebene lag, und wäre für einen Sommertag bemerkenswert gewesen, für einen Maitag in der Provence war sie jedoch außergewöhnlich.

Farids Hemd klebte ihm am Rücken, und er wischte sich mit dem Ärmel den Schweiß von der Stirn. Dann lenkte er sein Pferd in den mageren Schatten zweier Platanen am Rand der staubigen Landstraße, um abzusteigen und sich die Beine zu vertreten. Er trank den Rest aus seiner Wasserflasche und prüfte den Sitz der am Sattel festgezurrten Reisetasche sowie des schmalen ledernen Köchers, in dem sich die beiden Bilder von Sophie befanden.

Er hatte lange überlegt, wohin Sophie gegangen sein konnte, und war zu dem Schluss gekommen, dass nur *Belle Étoile*, das Anwesen des Herzogs von Mariasse, infrage kam. Der Herzog hatte für Sophie gesorgt, seit sie bei ihm Zuflucht gesucht hatte. Alle anderen Beziehungen, die sie in Versailles geknüpft haben mochte, konnten sich damit nicht messen. Im Schloss war sie bestenfalls als vorübergehender Gast angesehen worden.

Farid verstaute die leere Wasserflasche und schwang sich wieder in den Sattel. Wenn kein Unwetter aufzog, würde er *Belle Étoile* noch am selben Abend erreichen. Im Gegensatz zu seinem ersten Besuch, der einige Jahre zurücklag, spürte er nichts von der Vorfreude, die er damals empfunden hatte. Damals war er atemlos vor Aufregung gewesen, dem berühmten Herzog von Mariasse gegenüberzustehen. Er kannte dessen Ruf und hatte ihn oft in Emmalines Etablissement beobachtet. Der Herzog verfügte über ein Charisma, das nichts mit seiner Stellung zu tun hatte, nichts mit der Macht, über die er verfügte, sondern rein mit seiner Person. Ebenso hatte Farid viele unglaubliche Geschichten über *Belle Étoile* gehört, das Versailles an Flair und Schönheit in nichts nachstehen sollte, und die glanzvollen Feste, die dort regelmäßig stattfanden.

All das hatte den Erwartungen standgehalten, zumindest auf den ersten Blick. Erst später war Farid die Arroganz aufgefallen, die Henri de Mariasse seiner Umwelt entgegenbrachte. Er wusste ganz offensichtlich nicht zu schätzen, was er hatte. Seinen Liebhaber, der ihn vergötterte, betrog er nach Strich und Faden. Sophies missliche Lage nutzte er skrupellos zu seinen Gunsten aus. Für ihn ließ sich alles mit einem Beutel Münzen und einer wegwerfenden Handbewegung regeln.

Farid hatte sich auf seine Weise eingemischt, um dem Herzog eine Lehre zu erteilen, ehe er *Belle Étoile*, um zahlreiche Erfahrungen und Bekanntschaften reicher, verlassen hatte. Eine der Bekanntschaften war Sophie d'Asseaux gewesen, die ihm seither nicht mehr aus dem Kopf gegangen war.

Wie erwartet, erreichte er das Anwesen am frühen Abend. Er lenkte sein Pferd zum Haupteingang und übergab die Zügel einem heraneilenden Lakaien. Einem anderen händigte er seine Karte aus und befahl ihm, sie zum Herzog zu bringen.

Um sich die Wartezeit zu verkürzen, trat er durch die geöffneten Türen hinaus in den Park. Sein Blick wanderte über die weitläufige Anlage, die nichts von ihrer Pracht eingebüßt hatte. Während er das Bild in sich aufnahm, hörte er Schritte auf dem Kiesweg.

Farid drehte sich um und hielt mitten in der Bewegung inne. Er hatte mit allem gerechnet, aber nicht mit dem Mann, der ihm nun gegenüberstand.

»Farid Bejaht«, stellte dieser eisig fest und sprach den Namen wie eine Beleidigung aus, ehe er langsam näher kam. Sein messingfarbenes Haar glänzte im Licht der tief stehenden Sonne. »Wer hätte das gedacht?«

Farid zermarterte sich das Gehirn, aber ihm wollte der Nachnamen des Mannes nicht einfallen. »Vincent«, sagt er schließlich. »Ich bin überrascht.«

»Nicht mehr als ich.« Der junge Mann verschränkte die Arme vor der Brust. »Was wollt Ihr hier?« Sein Tonfall ließ keinen Zweifel daran, dass Farid nicht willkommen war und sich auf direktem Weg zum Teufel scheren sollte.

Farid straffte sich. »Ich möchte mit dem Herzog sprechen.«

»Natürlich wollt Ihr das.« Vincent lachte bitter auf. »Dass Ihr nicht meinetwegen gekommen seid, ist mir klar.«

»Da ich davon ausgegangen bin, dass Ihr *Belle Étoile* und den Herzog verlassen habt, dürfte Euch das nicht verwundern. Vergebt mir meinen Irrtum.« Farid verbeugte sich leicht.

Der junge Mann sah ihn eine Weile an. »Ihr wart nicht im Irrtum«, sagte er schließlich. »Ich hatte Henri verlassen. Nachdem ich ihn mit Euch erwischt hatte.«

Farid wartete schweigend, und Vincent rieb sich das Kinn. »Ich habe später lange darüber nachgedacht. Und ich frage mich, ob Ihr das Ganze nicht inszeniert habt, um Henri und mich auseinanderzubringen. Allerdings fand ich nie einen Grund, warum Ihr dies getan haben solltet. Schließlich habt Ihr nicht meinen Platz an Henris Seite eingenommen, sondern seid weitergezogen.«

Farid schwieg noch immer.

»Also, da Ihr jetzt vor mir steht, erklärt mir, wie es wirklich war. Damit ich aus Eurem unerwarteten Erscheinen wenigstens einen kleinen Profit ziehe.« Vincent hob spöttisch die Brauen. »Oder mich gegen neuerliche Intrigen wappnen kann.«

Farid räusperte sich. »Während meines Aufenthalts hier habe ich vieles beobachtet. Die Art, wie der Herzog mit Menschen umging, wie er mit Euch umging, und wie Ihr ihn immer wieder verteidigt und entschuldigt habt. Eure Liebe zu ihm war unendlich, aber das hat ihn nicht weiter gekümmert.« Farid schnippte mit den Fingern. »Deshalb habe ich Euch zeigen wollen, was passiert, wenn Ihr ihm für wenige Minuten den Rücken kehrt. Dass Ihr mich von unserer ersten Begegnung an verabscheut habt und Henri das natürlich wusste, machte die Sache noch ein bisschen interessanter.« Als Vincent schwieg, fuhr Farid fort: »Ich ging davon aus, dass Ihr diesen Beweis seiner Gleichgültigkeit nicht ignorieren und Konsequenzen ziehen würdet. Zumindest, wenn noch ein Funke Selbstachtung in Euch gebrannt hätte.«

Vincent sah ihn nachdenklich an. »Tatsächlich reagierte ich genauso, wie Ihr es gerade beschrieben habt. Ich verließ *Belle Étoile* und Henri, weil ich wusste, dass ich so nicht weitermachen konnte. Ich ging nach Lyon und fand eine Anstellung als Sekretär bei einer gutsituierten Witwe, die den Gewürzhandel ihres Mannes nach dessen Tod allein führen wollte.«

Farid gab sich keine Mühe, seine Neugier zu verbergen. »Und weiter?«

»Es verging über ein Jahr, dann stand Henri plötzlich vor mir.« Vincent seufzte und zuckte die Schultern. »Er ist die Liebe meines Lebens, natürlich konnte ich ihn nicht vergessen. Obwohl ich es mir eine Zeit lang aus tiefster Seele gewünscht habe.«

»Also seid Ihr reumütig zurückgekehrt.« Die Worte klangen verächtlicher, als Farid beabsichtigt hatte, und er biss sich auf die Lippen.

»Nun, vermutlich sieht es danach aus – für Außenstehende. Aber Henri hat etwas getan, was für ihn so unvorstellbar ist wie für ein Schwein das Fliegen.« Vincent lächelte schief. »Er bat mich, zu ihm zurückzukommen, und er sprach tatsächlich laut aus, dass er mich liebt.«

»Das war alles?«

»Ja, das war alles.« Vincent sah ihn direkt an. »Für andere mag es unbedeutend sein, für mich genügte es, um darauf mein Leben aufzubauen.«

Farid wusste nicht, was er antworten sollte, und schwieg.

»Das ist die Macht der wahren Liebe.« Vincent wandte den Blick ab. »Sie lässt uns Dinge tun, die kein anderer begreifen kann. Und natürlich wird jemand wie Ihr, Monsieur Bejaht, das nie verstehen.«

Der Hieb saß. Farid holte tief Luft. »Seid Ihr glücklich, oder habt Ihr es bereut?«

»Ich habe es nicht bereut. Keine Sekunde lang.« Vincent bohrte die Schuhspitze in den Kies. »Es ist anders als vorher. Henri ist anders. Auch wenn er das in hundert Jahren nicht zugeben würde. Und in Anbetracht dessen, was Ihr mir gerade gebeichtet habt, muss ich Euch wohl dafür danken, dass die Dinge sich letztendlich in diese Richtung bewegt haben.«

»Es freut mich, wenn ich helfen konnte.« In Farids Stimme schwang ein Hauch von Sarkasmus mit. »Aber Ihr müsst mich dennoch nicht in Euer Nachtgebet einschließen, meinen Platz im Paradies habe ich längst verwirkt.«

Vincent lächelte. »Wenn Ihr das selbst sagt, dann werde ich nicht widersprechen.«

Über den Kiesweg näherte sich ein Lakai und blieb vor den beiden Männern stehen. »Der Herzog lässt bitten.«

»Nun, ich nehme an, Ihr bleibt zum Diner und vielleicht auch bis morgen früh?«, erkundigte sich Vincent. »Oder reist Ihr direkt nach dem Gespräch wieder ab?«

Farid wollte dies vom Ergebnis des Gesprächs abhängig machen. Seine Hoffnung, Sophie durch den Park schlendern zu sehen und die Gelegenheit für ein Gespräch zu nutzen, hatte er jedenfalls aufgegeben.

»Ich weiß es noch nicht«, sagte er deshalb. »Aber eine Einladung zum Diner werde ich natürlich annehmen.«

Er folgte dem Lakaien ins Haus zurück und stieg die Treppe zu den Arbeitsräumen des Herzogs hinauf. Auch hier hatte sich nichts verändert.

Henri de Mariasse erhob sich und ging um seinen Schreibtisch herum. »Farid, welche Freude, Euch zu sehen.«

Er streckte die Hand aus, und Farid griff danach. »Danke, auch ich freue mich, dass Ihr wohlauf seid, Henri.«

Die Falten im Gesicht des Herzogs waren tiefer als in Farids Erinnerung, doch sonst strotzte er vor Gesundheit und Vitalität. »Nehmt Platz, was führt Euch zu mir?«

Farid hätte sich eine weniger direkte Nachfrage gewünscht, aber natürlich verstand er auch die Neugier seines Gegenübers. Er setzte sich auf einen mit gelbem Brokat bezogenen Stuhl und sah zu, wie der Herzog zwei Gläser mit Zitronenlimonade füllte.

»Selbst gezogen.« Henri de Mariasse deutete auf Zitronenscheiben im Wasser. »Normalerweise reifen die Früchte erst in einem Monat«, sagte er mit unüberhörbarem Stolz in der Stimme. *Belle Étoile* war berühmt für seine Gartenanlagen und die Gewächshäuser. Aber nur die wenigsten wussten, dass sich der Herzog selbst täglich um seine Pflanzen kümmerte.

Farid nahm einen Schluck. »Köstlich, genau das Richtige an einem heißen Tag wie heute.«

Der Herzog legte die Fingerspitzen aneinander und hob fragend die Brauen. »Nun, ich höre.«

Farid stellte das Glas wieder ab. »Ich bin auf der Suche nach jemandem, und ich dachte, dass dieser Jemand vielleicht hier auf *Belle Étoile* sein könnte.«

»Hier?« Der Herzog zog die Stirn in Falten. »Und nach wem sucht Ihr?«

»Sophie d'Asseaux.«

Der Herzog lehnte sich zurück. »Sie ist nicht hier. Aber was bringt Euch auf den Gedanken, dass sie es sein könnte? Und warum sucht Ihr sie?«

»Ich habe etwas, was ihr gehört, und möchte es ihr zurückgeben. Sie hat Versailles überraschend verlassen, ohne zu sagen, wohin sie wollte.« Farid gratulierte sich zu dieser relativ unverfänglichen Zusammenfassung der Fakten.

»Ihr habt Sophie in Versailles getroffen?« Der Herzog konnte sein Erstaunen nur schlecht verbergen. »Ich dachte, Ihr reist hier im Süden herum?«

»Nachdem ich *Belle Étoile* verlassen hatte, blieb ich tatsächlich für einige Zeit im Süden. Aber dann kehrte ich nach Versailles zurück.« Er wollte nicht mehr über sich erzählen, als unbedingt nötig. »Sophie wandte sich an mich, weil sie Hilfe bei der Suche nach ihrem ehemaligen Geliebten brauchte. Der Mann hat sie erpresst, und sie wollte dem endgültig einen Riegel vorschieben.«

»Erstaunlich.« Was immer der Herzog dachte, er verbarg es hinter einer undurchdringlichen Miene. Seine Augen blickten klar und aufmerksam. Früher hatte er gerne mit auffordernden Blicken gespielt und sich sogar bei den nüchternsten Gesprächen in der Bewunderung seines Gegenübers gesonnt. Dass er dabei den Eindruck vermittelt hatte, jederzeit an einem kleinen Tête-à-Tête interessiert zu sein, war kein Zufall gewesen.

Henri de Mariasse hatte sich verändert, daran gab es keinen Zweifel. Ebenso wie an Vincents Behauptung, dass der Herzog es nie zugeben würde.

»Das heißt, Sophie war in letzter Zeit überhaupt nicht hier, auch nicht auf der Durchreise?«

»Nein.« Der Herzog füllte sein Glas aufs Neue. »Ich habe sie seit über zwei Jahren nicht gesehen. Seit ich das letzte Mal in Versailles war.«

Farid fühlte sich, als würde ihm der Boden unter den Füßen weggezogen. Niemals waren ihm Zweifel gekommen, dass er mit seiner Annahme, Sophie auf *Belle Étoile* zu finden, falschliegen könnte. Und er hatte keine Ahnung, wohin er sich jetzt wenden sollte.

Er gab seine beiläufige Haltung auf. »Wohin könnte sie gegangen sein?«

»Ich werde mich umhören, schließlich habe ich Kontakte im ganzen Land.« Die verschwunden geglaubte Arroganz des Herzogs blitzte kurz auf. »Bis dahin könnt Ihr hierbleiben und mir von Versailles und Eurem sicherlich aufregenden Leben dort berichten. Ich führe hier auf dem Land ein geradezu erschreckend langweiliges Dasein, deshalb bin ich für jede Abwechslung dankbar.«

»Ach, gibt es die berühmten Nächte der Aphrodite nicht mehr?«

Der Herzog schnitt eine Grimasse. »Höchstens zwei oder drei Mal im Jahr. Und ohne Zeremonienmeister. Ein müder Abklatsch des Originals.«

»Und sonst? Was ist aus den berühmten Festen geworden?«

»Im Sommer gibt es Gartenfeste, Konzerte und Theateraufführungen. Im Winter üppige *Diners* mit zehn Gängen, Schlittenfahrten und dem Anstimmen beliebter Lieder, dargeboten von miserablen Dilettanten – wie man es eben bei Hausmusikabenden gewohnt ist.«

Farid unterdrückte ein Lächeln. »Ihr seht aus, als hättet Ihr in eine selbstgezogene Zitrone gebissen.«

»Tatsächlich gibt es Tage, an denen mir die Beschaulichkeit zum Halse heraushängt, aber im Großen und Ganzen bin ich zufrieden.« Er räkelte sich in seinem Stuhl »Es ist nicht so, dass ich Versailles vermisse. Und Orgien habe ich genug für drei Leben gehabt«, fügte er wegwerfend hinzu. »Da gibt es nichts, was mich noch reizen könnte.«

Ein Herzog von Mariasse, der mit den Füchsen zu Bett ging und mit den Hühner erwachte, erschien Farid tatsächlich so unwahrscheinlich wie ein fliegendes Schwein.

»Also seid Ihr glücklich?« Dieselbe Frage hatte er Vincent gestellt, und nach dem gerade Gehörten erwartete er eine larmoyante Gegenfrage wie »Was ist schon Glück?«.

Stattdessen blickte der Herzog zur geöffneten Balkontür, durch die das Licht der untergehenden Sonne fiel, und schwieg so lange, dass Farid schon dachte, er würde keine Antwort mehr bekommen.

Schließlich sah der Herzog wieder zu Farid. »Ja.«

Farid wartete, aber der Herzog fügte nichts hinzu. Keine Erklärung, keine Relativierung, keine zynische Floskel. Offenbar drückte dieses eine kleine Ja alles aus, was zu sagen war. Dann kam der Herzog auf den Grund von Farids Besuch zurück. »Wie gesagt, am besten Ihr bleibt ein paar Tage hier, und ich werde sehen, was ich tun kann, um Sophie d'Asseaux' Aufenthaltsort herauszubekommen. Und in der Zwischenzeit erwarte ich von Euch eine Reihe pikanter

Historchen, die sich in den letzten Jahren in Versailles zugetragen haben.«

»Einverstanden«, sagte Farid müde. Was sollte er auch sonst tun?

»Gut, ich läute nach François, er wird Euch Eure Räume zeigen und sich um einen persönlichen Kammerdiener kümmern.« Der Herzog stand auf. »Ihr könnt Euch frisch machen, wir sehen uns dann um acht beim Diner.«

»Wie lange willst du ihn noch auf die Folter spannen?« Vincent stand neben dem Herzog auf dem Balkon. Gemeinsam blickten sie hinunter in den Park, wo Farid mit ausholenden Schritten seine Kreise zog.

Henri küsste Vincent auf den Hals und schob seine Hand unter das aufgeknöpfte Hemd seines Geliebten. »Ach, er ist doch erst sechs Wochen hier«, erwiderte er. »Und er ist amüsant. Findest du nicht?«

»Wenn du meinst. Ich hätte nicht geglaubt, dass ich das jemals sagen würde, aber langsam habe ich Mitleid mit ihm. Was immer zwischen ihm und Sophie vorgefallen ist, es nagt an ihm.«

»Es kann nicht mehr an ihm nagen, als sein Versuch, uns auseinanderzubringen, an uns genagt hat. Rache sollte man kalt genießen – und ausgiebig.« Die Hand des Herzogs glitt in Vincents Hose und schloss sich um den langen, harten Schaft.

Vincent lehnte sich an Henri. »Andererseits wären wir wohl kaum hier und damit beschäftigt, uns Lust zu verschaffen, wenn er nicht gewesen wäre.«

»Er hat uns um mehr als ein Jahr betrogen.« Der Herzog knabberte an Vincents Ohrläppchen. »Und das soll ich ihm so einfach durchgehen lassen?«

»Was ist schon ein Jahr gegen den Rest unseres Lebens.« Vincent hielt den Atem an und stöhnte, als der Herzog sich vor ihm niederkniete und begann, die Spitze seiner Rute ausgiebig mit der Zunge zu liebkosen, ehe er die Lippen darum schloss.

Henri nahm ihn tief und immer tiefer in den Mund, saugte voller Hingabe und massierte dabei Vincents Hoden. Er kannte den Punkt, an dem Vincent explodieren würde, und vermied ihn gekonnt, um die Lust noch weiter zu steigern. Mit winzigen Erholungspausen schraubte er Vincents Erregung immer höher, bis er ihm endlich die ersehnte Befriedigung verschaffte. Schwer atmend stand Henri dann auf und presste unwillkürlich die Hand auf die schmerzhaft pochende Schwellung in seiner Hose.

Vincent sah ihn mit einem verschleierten Blick an und streckte ihm die Hand entgegen. »Komm, lass uns hineingehen.«

Henri nickte. Kurz darauf lag er auf dem Bett und lehnte sich in die Kissen, um Vincent zu beobachten, der sich mit raschen Bewegungen seiner Kleider entledigte. Nackt kniete sich Vincent dann neben ihn und löste das Band von Henris Hose. Er spuckte in die Hand, schloss seine Faust um die schmerzhaft erigierte Rute und molk ihn so fest, dass Henris Samen nach wenigen Augenblicken aus der Eichel schoss.

Vincent säuberte den Geliebten mit wenigen routinierten Handgriffen und streckte sich dann neben ihm aus. »Hast du Sophie geschrieben, dass Farid hier ist?«

Henri spielte mit Vincents glänzenden Locken. »Nein, ich will mich da nicht einmischen.«

Vincent lachte und stützte sich auf den Ellbogen. »Du willst dich nicht einmischen? Lässt du ihn deshalb hier auf kleiner Flamme schmoren?«

»Das ist etwas anderes«, entgegnete Henri würdevoll. »Außerdem wird es zeigen, ob ihm tatsächlich etwas an Sophie liegt oder ob sie nur ein Zeitvertreib ist.«

»Und wie lange willst du ihn noch hinhalten?« Vincent zog Henris Kopf zu sich und küsste ihn.

»Du willst ihn loswerden, *mon petit*, ist es das?«, fragte Henri, als er wieder zu Atem kam. »Ich habe doch ohnehin für niemanden Augen außer für dich. Außerdem bin ich einfach zu alt, um noch durch mehrere Betten zu hüpfen – so wie du mich forderst.«

Vincents Lippen wanderten über Henris Brust nach unten. »Und solange er hier ist, wirst du auch keine ruhige Minute mehr haben.«

Farid lief rastlos durch den Park und versuchte, seine Anspannung in den Griff zu bekommen. Es war der vierundvierzigste Tag, den er auf diesem traumhaften Anwesen verbrachte, allerdings hatte sich der Aufenthalt für ihn längst in seine persönliche Hölle verwandelt.

Zu Beginn hatte er sich in das träge Lebensgefühl gefügt, das auf *Belle Étoile* herrschte, und die Erholung und relative Sorglosigkeit genossen. Er hatte alle möglichen Szenarien seines Wiedersehens mit Sophie durchgespielt und jeden Satz, den er an sie richten wollte. Die Lösung aller Probleme hatte sich schließlich wie von selbst ergeben, als hätte sie nur darauf gewartet, von ihm entdeckt zu werden.

Sobald er die Entscheidung für sich und sein Leben getroffen hatte, wurde das Warten auf eine Nachricht über Sophies Verbleib zur grausamsten Folter, die er sich vorstellen konnte. Jeden Tag saß er wie auf glühenden Kohlen, beobachtete stundenlang die Auffahrt von *Belle Étoile* und stürzte sich auf jeden Fremden, noch ehe er vom Pferd steigen konnte.

Allerdings brachte keiner von ihnen Nachricht von Sophie, und Farid fühlte sich zunehmend wie ein Gefangener im Paradies. Die Tage verstrichen und zerrten unter der flirrenden Sonne des Südens an seinen Nerven. Er hätte sich längst selbst auf die Suche gemacht, wenn er nur gewusst hätte, wo er anfangen sollte.

Es war einer jener idyllischen Vormittage, die der Herzog in seinem Gewächshaus zu verbringen pflegte, an dem Farid den Entschluss fasste, seinem Gastgeber unmissverständlich klarzumachen, dass sich seine Geduld dem Ende neigte.

Der Herzog schnitt an einer kümmerlichen Pflanze mit fadendünnen Blättern herum. »Farid, so früh schon auf den Beinen?«, fragte er, ohne sich umzudrehen.

Farid blickte sich um. Es roch nach Erde und Moos, jedes Fleckchen im Gewächshaus war mit Pflanzen bedeckt, gerade die Arbeitsfläche, vor der Henri stand, bot etwas Raum.

»Ich habe schlecht geschlafen«, sagte er grimmig und lehnte sich neben dem Herzog an eine Säule. »Ich habe das Gefühl, dass mir die Zeit durch die Finger rinnt.«

»Ist das so?« In Henris Stimme schwang nur mäßiges Interesse. »Ich bin ratlos, was ich mit dieser Lilie machen soll. Sie will einfach nicht gedeihen, ganz egal, was ich mit ihr anstelle.«

Farid bemühte sich, ruhig zu bleiben. »Mir ist die Idee gekommen, dass Sophie das Land verlassen haben könnte. Vielleicht sollte man die Passagierlisten der Schiffe überprüfen, die in den letzten Wochen ausgelaufen sind.«

»Ja, das ist eine Möglichkeit, an die ich tatsächlich nicht gedacht habe.« Der Herzog nickte beifällig. »Was meint Ihr, wohin könnte sie sich eingeschifft haben?«

Farid zuckte die Schultern. »Ich habe keine Ahnung. Sie hat nie etwas erwähnt, aus dem man schließen könnte, dass sie sich nach einem Leben auf einem fremden Kontinent sehnt.«

»Es muss etwas sehr Wichtiges sein, dass Ihr Sophie zurückgeben wollt, wenn Ihr solche Mühe daransetzt, sie zu finden.«

Der Herzog steckte einen Stab in den Topf mit der Lilie und band einen Teil der Pflanze mit einem dünnen Bastfaden daran fest.

Farid zögerte. »Ja, das ist es.«

Der Herzog schob die Pflanze zur Seite, drehte sich um und verschränkte die Arme vor der Brust. Mit gehobenen Augenbrauen sah er Farid schweigend an.

»Was wollt Ihr hören?« Farid fuhr sich mit der Hand durchs Haar und funkelte sein Gegenüber gereizt an. »Ich muss sie finden, nicht nur, weil ich Ihr etwas Wichtiges zurückgeben will. Ich muss noch einmal mit ihr sprechen. Ich muss ihr sagen ...« Er brach ab und senkte den Kopf.

Der Herzog studierte ihn eine Weile wie eine interessante botanische Neuentdeckung. »Es ist euch also tatsächlich ernst.«

»Ja, aber ich habe es gründlich verdorben«, sagte Farid bitter.

Henri lächelte. »Habt Ihr das? Ihr, ein Mann, der weiß, was Frauen wünschen? Der sich rühmt, jeden Gedanken zu kennen, der in diesen hübschen Köpfchen wohnt? Der jeder Frau einen Höhepunkt verschaffen kann und ...«

»Es reicht. Ihr habt Euren Spaß gehabt, und ich gestehe Euch ein bisschen Schadenfreude zu. Aber Ihr wisst ganz genau ...«

»Dort drüben. Neben der Amaryllis.« Die Stimme des Herzogs klang noch immer erheitert.

Farid sah sich um. Er hatte keine Ahnung, welche der zahlreichen Pflanzen eine Amaryllis war, und folgte schließlich dem ausgestreckten Arm, mit dem ihm der Herzog die Richtung wies.

Am Tontopf einer großen Pflanze mit langen, fleischigen Blättern lehnte ein zusammengefaltetes Blatt Papier. Farid nahm es und faltete es auseinander. Seine Finger zitterten, als er die wenigen Zeilen überflog.

Dann ließ er das Blatt sinken und stieß den angehaltenen Atem aus. »Wie lange wisst Ihr es schon?«

»Eine ganze Weile.« Der Herzog bemühte sich um eine ernste Miene, aber seine funkelnden Augen verrieten, dass ihm die ganze Sache gehörigen Spaß machte. »Aber seht es doch von der positiven Seite. Ihr braucht Euch nicht den Strapazen einer Seereise zu unterziehen.«

Farid blickte noch einmal auf die Zeilen. »Das ist ihr Elternhaus, oder? Ich dachte, ihre Eltern hätten sie verstoßen?«

»Offenbar nur der Vater, und dieser weilt nicht mehr unter den Lebenden. Ihre Mutter bat sie, nach Hause zu kommen.«

»Ihr habt es vom Tag meiner Ankunft an gewusst, nicht wahr? Ihr wusstet die ganze Zeit über, wo Sophie ist, und habt mich einfach schmoren lassen. Ich hoffe, ich habe Euch ausreichend amüsiert«, fügte Farid sarkastisch hinzu.

»Natürlich habt Ihr das, aber ganz unter uns, *mon cher*, diese Genugtuung habe ich mir schon verdient, nachdem, was Ihr mir und Vincent angetan habt.«

»Mir ist klar, dass Ihr keine schlaflosen Nächte verbracht habt, weil Ihr mich hier festgehalten habt.«

»Oh, die hatte ich durchaus.« Der Herzog lächelte. »Allerdings in einem anderen Sinn, als Ihr es meint.«

# 25

Sophie fuhr sich mit der Hand über die schweißnasse Stirn und fragte sich, ob es wirklich der richtige Zeitpunkt war, um Rosen für das Haus zu schneiden. Den breitkrempigen Hut, der ihr als Sonnenschutz diente, hatte sie längst abgenommen, da es ihr in der drückenden Hitze unerträglich war, ihn zu tragen. An ihrem linken Arm hing ein Weidenkorb, in den sie die abgeschnittenen Rosen legte. Der süße, berauschende Duft umhüllte sie wie ein seidener Mantel, und die leuchtenden Farben schmeichelten ihren Augen.

Das Leben auf *La Corbeille d'Argent*, ihrem Elternhaus, unterschied sich grundlegend von dem in Versailles. Es gab weniger Dienstboten, weniger Hektik und keine streng geregelten Tagesabläufe. Gesellschaftliche Zusammenkünfte mit Nachbarn verliefen zwanglos, oft sogar ohne vorherige Verabredung. Natürlich kamen unmittelbar nach Sophies Heimkehr viele, die sehen wollten, was aus der in Ungnade gefallenen Tochter geworden war. Jedoch fehlten diesen Besuchen die verborgenen Spitzen und heuchlerischen Gesten, die Sophie aus Versailles kannte. Man interessierte sich für ihr Leben am Hof, ohne unverschämte Fragen zu stellen oder beleidigende Kommentare abzugeben.

Die Aussprache mit ihrer Mutter war tränenreich verlaufen. Eine Nacht und einen Tag lang erzählte Sophie, wie es ihr ergangen war, ließ nichts aus von der Zeit in Italien, dem Tod ihrer Kinder und ihrer tiefen Verzweiflung darüber. Die

Beziehung zum Herzog von Mariasse verschwieg sie allerdings, und Farid war nichts weiter als »ein guter Freund«, der ihr geholfen hatte, als Franco versuchte, ihr Leben zu zerstören.

Gemeinsam mit ihrer Mutter beweinte Sophie die Vergangenheit, um diese Jahre dann endgültig zu begraben und in die Zukunft zu sehen. Sie erzählte auch von dem Geld, das sie vom Herzog erhalten hatte, erwähnte aber nicht die genaue Höhe.

In den folgenden Tagen sah sie sich im Haus, auf den dazugehörigen Ländereien und in der stillgelegten Silbermine um. Ihre Mutter hatte sich nach dem Tod des Vaters um nichts gekümmert und den Verwalter Jean-Paul Merrier nach Gutdünken werken lassen. Glücklicherweise gehörte Merrier zu jenen Männern, die ihre Verantwortung ernst nahmen, und so fand Sophie alles in gutem Zustand vor. Das Innere des Hauses konnte eine Renovierung vertragen, eine Aufgabe, die Sophie ebenso in Angriff nehmen wollte, wie die Instandsetzung der Silbermine. Sie plante, neue Stollen graben zu lassen, und hatte deswegen nach fachkundigen Bergleuten aus Spanien geschickt. Mit ihnen wollte sie sich darüber beraten, ob eine neuerliche Erschließung erfolgversprechend durchgeführt werden konnte.

Ihr Leben lief in ruhigen Bahnen, alles schien sich wie von selbst zu fügen, so als wäre sie nie weg gewesen. Hier war der Platz, an den sie gehörte, der Platz, wo sie Geborgenheit fand und an dem sie sich lebendig und nicht wie eine kostümierte Puppe fühlte.

Sie korrespondierte mit Marion, aber die Berichte aus Versailles langweilten sie, je länger sie auf *La Corbeille* lebte. Die Zeit am Hof erschien ihr zunehmend wie ein verblassender Traum. Auch mit dem Herzog von Mariasse und seiner

Schwester Ghislaine tauschte sie regelmäßig Briefe. Im Herbst würde sie nach du Plessis-Fertoc fahren, um Ghislaine einen Besuch abzustatten und zu sehen, wie groß die Zwillinge geworden waren. Vielleicht würden sie alle gemeinsam eine Woche oder zwei nach *Belle Étoile* fahren. Und im nächsten Jahr, wenn die Renovierung der Innenräume von *La Corbeille* abgeschlossen war, würde sie selbst Gastgeberin sein.

Sophie summte zufrieden vor sich hin, während sie eine Rose nach der anderen in ihren Korb legte. Für heute hatte sie genug Blüten geschnitten, entschied sie wenig später und wandte sich zum Haus um.

Keine zehn Schritte von ihr entfernt stand ein Mann. Sie erkannte ihn sofort, und ihr Herzschlag schien für einen Moment auszusetzen. Der Korb glitt von ihrem Arm, und die Rosen fielen ins Gras. Einen winzigen, unendlichen Moment lang hörte Sophie ihre innere Stimme, die ihr befahl, stehen zu bleiben und kühl zu lächeln.

Doch da war es schon zu spät. Ihre Beine setzten sich ohne ihr Zutun in Bewegung, und das Nächste, an das sie sich später erinnern konnte, war Farids Kuss. Sie küssten sich, als gäbe es kein Morgen.

Was so abwegig nicht war.

Farid löste sich schließlich von Sophie und schob sie ein Stück von sich weg. »Wir müssen reden.«

Sophie schüttelte den Kopf. »Später.« Sie wollte nicht darüber nachdenken, warum er hier war. Sicher gab es dafür einen plausiblen Grund, der nichts damit zu tun hatte, dass sie kläglich daran gescheitert war, ihn wenigstens für einen ganzen Tag aus ihren Gedanken zu vertreiben. Egal. Er war da. Das allein zählte. Über den Grund seines Hierseins nachzudenken, bedeutete, darüber nachzudenken, dass er auch wieder weggehen würde. Und das wollte sie in diesem

Augenblick nicht. Stattdessen küsste sie ihn und presste sich an ihn. Durch sein dünnes Hemd spürte sie seine vertraute Härte und die kraftvollen Muskeln seines Körpers, die sich unter ihren Händen anspannten. Sein Mund war so heiß und feucht wie in ihrer Erinnerung und verschaffte ihr mühelos die größten Wonnen. Sie rieb ihre Scham an seiner Erektion und spürte, wie seine Hände über ihren Rücken glitten und sich in ihre Hinterbacken gruben, um sie noch enger an sich zu pressen.

»Ja«, seufzte sie. »Oh ja!«

»Sophie«, murmelte er an ihrem Mund. »Wir sollten ...«

»Später«, wiederholte sie und schob die Hand in seine Hose. Sie hatte ihn kaum berührt, als er sie hochhob und zu einem schattigen Platz unter einem Apfelbaum trug. Er legte sie ins warme Gras und war einen Augenblick später über ihr.

Sie blickte in sein Gesicht mit den dunklen Augen und erschauerte unter seinem fordernden Blick. Ihre Finger wanderten über die Knöpfe seines Hemdes. »Zieh dich aus«, befahl sie heiser.

Ohne ein Wort zog er das Hemd über den Kopf und beugte sich wieder zu ihr. Sie keuchte, als sie seinen Mund auf ihrem Hals spürte und kurz darauf hörte, wie der Ausschnitt ihres dünnen Sommerkleides entzweigerissen wurde. Seine Zunge liebkoste die empfindlichen Spitzen ihrer Brüste, bis sich Sophie ungeduldig unter ihm wand. Dann begann er an ihnen zu saugen, dass ihr die Tränen in die Augen traten und sie zwischen ihren Schenkeln noch feuchter wurde.

Während er fortfuhr, ihre Brüste lustvoll zu quälen, zerrte sie ihren Rock nach oben und packte den Bund seiner Hose, um seine harte Rute zu befreien. Er half ihr, indem er die Hüften hob und sich schließlich zwischen ihren weit gespreizten Schenkeln niederließ. Mit einem einzigen Stoß war er in ihr, und Sophies Anspannung löste sich sofort in einem heftigen Orgasmus.

Sie hatte keine Gelegenheit, zu Atem zu kommen, denn er machte weiter, grub die Finger in das Gras neben ihrem Kopf und stieß immer wieder hart und kraftvoll zu, während seine Zunge nicht genug von ihrem Mund bekommen konnte.

Ihr zweiter Höhepunkt überrollte sie ebenso unvermittelt wie der erste. Farid keuchte, und einen Moment später zog er sich aus ihr zurück. Sie spürte seinen heißen Samen auf ihrem Schenkel, und ein seltsames Gefühl des Bedauerns machte sich in ihr breit.

Er würde sie wieder verlassen, daran zweifelte sie nicht, aber er könnte ihr etwas schenken, ehe er ging. Doch offensichtlich dachte er nicht daran, das zu tun.

Sie schob den Gedanken beiseite und lächelte den Mann an, der sich neben ihr ausstreckte. »Willkommen auf *La Corbeille*.«

Er stützte sich auf den Ellbogen und sah auf sie hinunter: »Wenn ich gewusst hätte, wie du Gäste empfängst, wäre ich schon früher gekommen.«

Sophie nahm all ihren Mut zusammen. »Und warum bist du überhaupt gekommen?«

Er strich mit dem Zeigefinger die Haarsträhnen aus ihrem Gesicht. »Ich bringe dir die Bilder.«

Sophie runzelte überrascht die Stirn. »Du wolltest sie doch im Haus der Freude sicher aufbewahren.«

»Ja, das war meine Absicht. Allerdings haben sich die Dinge geändert.«

Seine Stimme klang so ernst, dass sich Sophie aufsetzte. »Ist etwas passiert? Ein Feuer oder eine andere Katastrophe?«, fragte sie alarmiert.

»Nein, dem Haus geht es gut, keine Sorge.« Er grinste schief, ein müder Abklatsch seines gewohnten Lächelns.

»Was ist es dann? Warum bringst du die Bilder zu mir, wenn sie dort sicher waren?«

»Das Haus der Freude gehört mir nicht mehr.«

In der Stille, die seinen Worten folgte, erschien sogar das Rascheln der Blätter über ihr ohrenbetäubend. Die Schulden hatten ihn also doch in die Knie gezwungen – das war Sophies erster Gedanke. Der zweite, dass der Bankrott der Grund für seine Reise in den Süden war. Hier gab es genügend Landsitze, deren vermögende Besitzer für ein wenig Abwechslung gutes Geld bezahlen würden. Schließlich hatte Farid in dieser Gegend schon einmal als Zeremonienmeister lustvoller Orgien jenes Geld verdient, mit dem er später das Haus der Freude gekauft und ausgestattet hatte.

Sophie spürte, wie alle Farbe aus ihrem Gesicht wich, und biss sich auf die Lippen. Was hatte sie erwartet? Sie suchte nach einer angemessenen Erwiderung und sagte schließlich: »Wie traurig für dich, dass es so weit kommen musste. Gab es keine andere Möglichkeit?«

Er hob fragend die Brauen. »Ich glaube, ich verstehe nicht.«

»Nun, du hast meine finanzielle Beteiligung abgelehnt, und deine Misere war allgemein bekannt. Ich hatte gehofft, dass du eine andere Möglichkeit finden würdest, als das Haus zu verkaufen. Schließlich hing dein Herz daran.«

Langsam schüttelte er den Kopf. »So war es nicht. Die Dinge liefen vor meinem Entschluss recht gut, ich habe das Haus nicht aus einer Notlage heraus verkauft.«

»Sondern?«, fragte Sophie mit zweifelnder Stimme.

»Ich war zu der Einsicht gekommen, dass es Zeit ist, etwas anderes zu tun.« Er sprach beinahe beiläufig, sodass Sophie Mühe hatte, ihm zu folgen. Abwartend sah sie ihn an.

»Ich war mir nicht sicher, wie meine Zukunft aussehen sollte, als ich mich entschloss, das Haus aufzugeben und an Emmaline für eine lebenslange Leibrente zu verkaufen. Ich wusste nur, dass es sich richtig anfühlte. Erst in den vergangenen Wochen, in denen ich viel Zeit zum Nachdenken hatte, wurde mir klar, wie ich leben möchte.«

»Du hattest viel Zeit zum Nachdenken?«, wiederholte Sophie fragend.

Farid schnitt eine Grimasse. »Der Herzog von Mariasse hat mich eine geraume Weile lang auf *Belle Étoile* beherbergt, ehe er sich bequemte, mir deinen Aufenthaltsort zu nennen.«

»Aber warum? Er wusste seit meiner Abreise von Versailles, dass ich in mein Elternhaus zurückkehren würde.« Sophie verstand immer weniger von dem, was er ihr sagte.

»Du kennst doch seinen etwas seltsamen Sinn für Humor.« Farid beugte sich zu ihr. »Abgesehen davon, dachte er vermutlich, dass ich für meine Einmischung in seine Beziehung zu Vincent eine Lektion verdient hätte.«

»Also hast du es doch absichtlich getan!«, rief Sophie. Der Verdacht hatte sie lange Zeit nicht schlafen lassen. »Ich wusste es, ich wusste, dass das Ganze kein Zufall war. Du wolltest Vincent zeigen, dass Henri ihn nicht respektierte und ihn ohne Skrupel betrügen würde.«

Farid nestelte an Sophies zerrissenem Ausschnitt herum. »So könnte man sagen.«

»Emmaline hat dich einen Romantiker genannt, und ich dachte, die gute Frau muss verrückt sein.« Sophie blickte auf seine Finger, die erfolglos versuchten, den Stoff in seinen ursprünglichen Zustand zurückzuversetzen. »Aber sie hatte recht, du hast die Beziehung der beiden gerettet, indem du ihnen vor Augen geführt hast, was sie verlieren, wenn sie so weitermachen wie zuvor.«

»Im Grunde ging es mir wohl darum, Henri für sein selbstherrliches Verhalten zu bestrafen. Ich habe ihn zu diesem Zeitpunkt wirklich gehasst.« Er machte eine Pause. »Im Nachhinein betrachtet wohl auch dafür, wie er dich für seine Pläne missbraucht hat.«

»Ich war einverstanden. Mit allem«, sagte Sophie ruhig.

»Was ist dir auch anderes übrig geblieben.« Er gab seine Versuche auf, ihr Kleid zu richten, und griff nach seinem Hemd. »Zieh das an, sonst werde ich ziemlich schnell damit aufhören müssen, in zusammenhängenden Sätzen zu sprechen.«

Sie nahm das Hemd, legte es in ihren Schoß und lächelte. »Ich werde mich nicht beklagen.«

Er sah sie so lange schweigend an, bis sie seufzend in das Hemd schlüpfte und provozierend langsam die Knöpfe schloss. »Wirst du mir jetzt wenigstens das Ergebnis deines wochenlangen Nachdenkens auf *Belle Étoile* verraten?«

Er nickte. »Ehe ich hierherkam, war ich in Toulouse und habe ein Zimmer gemietet. Danach machte ich mich auf den Weg zum Rektor der Universität. Ich brauchte einiges an Überzeugungskraft und zwei Beutel voller Münzen, ehe er sich einverstanden erklärte.« Farid holte tief Luft und sah sie mit festem Blick an. »Ich werde Medizin studieren. Und mich später als Arzt hier niederlassen.«

Sophie starrte ihn mit offenem Mund an. Womit auch immer sie gerechnet hatte, diese Eröffnung traf sie völlig unvorbereitet. »Warum?«, fragte sie heiser und räusperte sich. »Ich meine, wie bist du auf diese Idee gekommen?«

Er blickte zu Boden, als wäre ihm das Thema peinlich. »Ich will Menschen helfen, das wollte ich schon immer. Nur nahm mein bisheriger Weg eine ganz andere Richtung.« Seine Stimme wurde noch leiser. »Ich dachte, ein Bordell für

Frauen würde irgendwie dazu beitragen, dass in arrangierten Ehen weniger gleichgültig und weniger verächtlich miteinander umgegangen würde ...«

Sophie wusste nicht, ob sie lachen oder weinen sollte. Farid war also nicht nur ein Romantiker, sondern obendrein ein Idealist. Sie biss sich gerade in jenem Moment auf die Lippen, als Farid den Kopf hob.

»Lach nur«, sagte er. »Glaub mir, ich weiß wie lächerlich sich das für dich anhören muss.«

Sie streckte den Arm aus und legte die Hand auf seine Schulter. »Das ist es nicht. Natürlich bin ich überrascht, aber ich wusste immer, dass du ein Mann mit vielen Facetten bist, auch wenn du dir große Mühe gegeben hast, sie zu verbergen.«

»Sophie ...«

Sie ließ ihn nicht ausreden. »Du willst Menschen helfen. Gut. Und deshalb Arzt werden. Gut. Aber warum nutzt du dann nicht deine Gabe? Deine Fähigkeit, Menschen zu heilen?«

»Weil ich diese Fähigkeit nicht nach Belieben einsetzen kann, und weil ich zu lange brauche, um mich von den Strapazen zu erholen.« Er schloss die Augen. »Ich wünschte, es wäre anders. Aber es ist, wie es ist.«

Sophie musterte ihn nachdenklich. Die Linien in seinem Gesicht hatten sich vertieft, und er wirkte so unglücklich, dass es ihr ins Herz schnitt. Sie begriff, wie viel Kraft es ihn gekostet haben musste, all diese Dinge laut auszusprechen. Und dass er auf ihr Urteil wartete.

Toulouse war nur einen knappen Tagesritt von *La Corbeille* entfernt. War seine Entscheidung für diese Stadt reiner Zufall? Er hätte ihr die Bilder übergeben und zurück nach Paris gehen können, um Medizin zu studieren. Oder nach Leyden.

»Warum bist du wirklich hier?«, fragte sie leise.

Er öffnete die Augen. »Ich musste herkommen. Ich musste dich sehen.«

»Warum?« Sie grub die Fingernägel in ihre Handflächen. »Du hast in Versailles alles darangesetzt, um mich loszuwerden.«

Er breitete die Arme in einer hilflosen Geste aus. »Sophie, ich weiß nicht, wo ich herkomme, ich weiß nicht, wer meine Eltern sind. Ich weiß nicht, wer ich bin. Ich habe nichts, nicht einmal einen Namen. Woher hätte ich das Recht nehmen sollen, dein Angebot anzunehmen und dich damit zu meinesgleichen zu machen?«

Sophie schüttelte den Kopf. Ihr Herz hämmerte vor Aufregung, gleichzeitig hatte sie Angst, zu weit zu gehen. Aber sie musste es wissen. »Sag es. Sag, warum du wirklich hier bist.«

»Ich liebe dich.« Seine Stimme klang rau. »Darum bin ich hier. Weil ich nicht anders kann. Ich liebe dich. Und ich habe keine Ahnung, wie es weitergehen soll.«

Er sah so erschöpft und elend aus, dass Sophie die Tränen kamen. »Jetzt wird mir klar, was mich an deinem Vortrag in Versailles so gestört hat. Du hast dein ganzes Leben lang mit Frauen zu tun gehabt. Deshalb weißt du nicht nur genau, was eine Frau will, sondern auch, was sie nicht will. Du hättest mir so ziemlich alles an den Kopf werfen können, ohne mich loszuwerden. Aber du hast mich mit einer Waffe geschlagen, der ich nichts entgegensetzen konnte. Doch deine Behauptungen waren gelogen.« Sie sah ihn durchdringend an, und er nickte. Aber das reichte ihr nicht. »Sag es«, forderte sie ihn auf. »Ich will es laut und deutlich aus deinem Mund hören.«

Er zögerte keine Sekunde. »Ich habe gelogen. Jedes einzelne Wort war gelogen. Du hast mich befriedigt, mehr als befriedigt. Ich habe nicht das geringste Verlangen nach einer anderen Frau.«

Sophie lächelte. »Den letzten Satz ignoriere ich, wir wollen es doch nicht übertreiben, oder?« Dann wurde sie ernst. »Ich glaube dir. Und auch ich habe es in den vergangenen Wochen nicht geschafft, über dich hinwegzukommen und dich zu vergessen. Ich liebe dich noch immer. So ist es nun einmal, ich fürchte, daran ist in diesem Leben nichts zu ändern.«

Sie wartete, dass er sie in die Arme nahm, aber er tat es nicht. Und er sah auch nicht besonders glücklich aus. Deshalb fragte sie weiter: »Du musst dir doch auf *Belle Étoile* Gedanken gemacht haben, wie es weitergehen soll, oder?«

Er seufzte. »Im Grunde habe ich erwartet, dass ich bekomme, was ich verdiene – nämlich, dass du mich zum Teufel jagst. Und für den unwahrscheinlichen Fall, dass du es nicht tust ...«

Er griff nach ihrer Hand. »Ich habe mehr Frauen gehabt, als ich zählen kann. Ich kann es nicht ungeschehen machen, aber ich möchte dich aus diesem Sumpf herausheben. Du bist etwas Besonderes für mich, und ich sehe nur eine Möglichkeit, dies klar und deutlich zum Ausdruck zu bringen.« Er holte tief Luft. »Sophie d'Asseaux, ich bitte dich, mir die Ehre zu erweisen, meine Frau zu werden. Vor Gott und der Welt. Ich schwöre dir, dass du es nicht bereuen wirst, keinen Tag deines restlichen Lebens.«

Sophie fehlten die Worte. Sie sah ihn nur an und fühlte, wie ihr die Kehle eng wurde. In ihren geheimsten Träumen war sie immer nur bis zu der Stelle gekommen, an der er ihr endlich seine Liebe gestand. Nie hatte sie sich Gedanken gemacht, was dann kommen sollte. Sie wollte einfach nur mit ihm zusammen sein, ob als seine Geliebte oder seine Geschäftspartnerin, das wäre ihr egal gewesen.

Er interpretierte ihr Schweigen falsch. »Ich verstehe, wenn du Bedenken hast, nach allem, was du von mir weißt. Aber ich kann nicht anders mit dir zusammen sein. Es … es …« Er brach ab und suchte nach Worten, ohne jedoch ihre Hand loszulassen. »Es ist das Einzige, was ich keiner anderen Frau je angetragen habe. Dieser Wunsch ist rein und unverbraucht. Auch wenn ich selbst es nicht bin.«

Sophie kämpfte darum, nicht in Tränen auszubrechen. »Ja«, sagte sie dann mit fester Stimme. »Ich will deine Frau werden, und ich will deinen Namen tragen.«

Das war es, worum es ihm ging und was ihn gleichzeitig verunsicherte. Dass da jemand war, der aus freiem Willen und ohne Vorbehalt zu ihm gehörte, und das auch vor aller Welt kundtat.

Beinahe erschrocken sah er sie an. »Bist du sicher? Du musst gründlich darüber nachdenken, was es für dich bedeutet …«

»Es bedeutet, dass ich deine Frau sein werde und vor Gott und der Welt zu dir stehe.« Sie rutschte zu ihm und schmiegte sich an ihn. »Wann willst du heiraten?«

Er seufzte. »Bald. So bald wie möglich. Ehe du es dir anders überlegst oder ein besseres Angebot bekommst.« Er nahm sie fest in die Arme. »Ich habe in Toulouse kein Zimmer gemietet, sondern ein Haus mit Dienstboten. Für den Fall, dass du mich nicht zum Teufel jagen würdest …« Er küsste sie, ehe sie etwas erwidern konnte. »Wenn du lieber hierbleiben willst, bis ich als Arzt praktizieren kann, werde ich versuchen, so oft wie möglich herzukommen.«

Sophie nickte. »Ich habe Pläne für *La Corbeille* und die Silbermine gemacht, wir werden sehen, wie sich das alles vereinbaren lässt. Aber nach allem, was passiert ist, sollten diese Dinge keine unüberwindbaren Hindernisse sein. Wir werden einen Weg finden«, schloss sie zuversichtlich. »Nichts ist unmöglich für Monsieur und Madame Bejaht.«